AF139173

Lisi Schuur
und
Eike M. Falk

Nele & Robert
Eine Liebesgeschichte

Lisi Schuur
Stammt aus Westfalen. Wohnt in Ratingen.

Eike M. Falk
Stammt aus der Pfalz. Wohnt in Hamburg.

Herstellung und Verlag:
BoD - Books on Demand, Norderstedt
ISBN 978-3-7386-4355-8

Die Ausstellung hatte beiden gefallen. Der Besucherandrang hielt sich zum Glück in Grenzen, und - keine einzige Führung heute.

Nele, Gisela stupste sie an, sieh dir mal diese Vase an. Sie waren im Museumsshop gelandet. Das gehörte sich so, ein bisschen stöbern ist doch schön. Die Vase war bezaubernd, sie schien aus Murano Glas zu sein. Doch da gab es noch etwas viel Schöneres.

Gisa, rief Nele, wir gehen rüber und schauen uns die Hentrich Glassammlung an, was meinst du? Du wirst dich wundern, was es da für schöne Sachen gibt.

Gisa war recht unentschlossen. Sie wollte sich eigentlich auf den Weg machen. Sie fühlte sich ziemlich erschöpft und dachte an die lange Fahrt, die sie noch vor sich hatte.

Aber nur kurz, meinte sie, und Nele freute sich. Sie fiel Gisa um den Hals und beide schoben lachend ab.

Fast wären sie die breiten Treppenstufen hinuntergefallen. Das hatte auch ein Mann bemerkt, der die beiden schmunzelnd betrachtete.

Och, dachte Nele, der sieht wirklich nett aus. Es war der, der ihr schon im Gebäude aufgefallen war. Sie standen am Aufzug, und er suchte die Garderobe.

Auf der anderen Seite hinter einem großen Teich mit Springbrunnen, führten wiederum Treppenstufen zur Glassammlung.

Drei andere Besucher waren mit ihnen angelangt. Der Herr von vorhin war auch dabei.

Kurz hatten sie sich angelächelt.

Na, da bin ich gespannt, was mich hier erwartet, hatte er gemeint.

Nele hatte keine Lust ihre Jacke abzugeben, und Gisa sowieso nicht, sie war schon mehr oder weniger auf dem Absprung. Dabei fing es doch schon sehr interessant an.

Gleich am Anfang konnte man sich ein Video ansehen. Es ging darin um eine Glashütte, in der ein Künstler seine Ideen umsetzen ließ. Und umrahmt von Glasskulpturen stand da eine Bank, auf die man sich setzen konnte um sich alles anzusehen.

Nele war schon längere Zeit nicht mehr dort gewesen. Aber wie immer war es auch heute. Da schlich sich so ein Brennen in ihre Brust. So ein Gefühl der Wohligkeit und des Glücks und so ein Ichkönntewahnsinnigwerden. Klar, es gab keine Worte dafür, die anderen konnten so etwas gar nicht nachempfinden. Vor ihr stand ein kleiner Kubus von Gerd Kruft. GLAS, so rein und wunderherrlich. Ist das nicht wunderherrlich, fragte sie laut und neben ihr stand der Mann von vorhin und nickte. Gisa war schon weitergegangen, sie konnte sich nicht so Recht begeistern für diese Kostbarkeit.

Kennen Sie den Künstler, fragte er. Und sie erzählte ihm, dass Gerd Kruft in Essen wohnt und welche wunderschönen Sachen er machte.

Und Sie, fragte er, wo wohnen Sie? Ich wohne in Kaiserswerth, antwortete Nele, bin mit meiner Freundin hier. Sie hat es eilig, sie wohnt in Norden, und will unbedingt noch heute mit dem Auto dorthin fahren. In Norden, fragte er, bei Emden? Ja, ganz schöne Entfernung, nicht? Wohnen sie in Düsseldorf. Nein, sagte er, bin nur beruflich hier unterwegs, ich komme aus Hamburg.

Es war schön gewesen in Düsseldorf, der Besuch bei Sonya und Franz, gastfreundlich und freundschaftlich wie nur je.

Er kannte die beiden von der gemeinsamen Studienzeit, nun, in verschiedenen Fachbereichen, aber damals hatten sie sich kennengelernt und auch damals schon waren die beiden ein Paar gewesen.

Lange Jahre hatten sie gemeinsam in Köln, im Wallraf-Richartz gearbeitet, aber vor zwei Jahren waren sie nach Düsseldorf ans NRW-Forum gewechselt.

Sie hatten immer zusammen gearbeitet, wenn auch in anderen Abteilungen der jeweiligen Museen, Franz in der Verwaltung, Sonya im Ausstellungsbetrieb, aber sie blieben zusammen, wie sie auch als Paar zusammengeblieben waren.

Sein Kontakt zu den beiden war nie abgerissen. In Köln hatte er sie oft besucht, wie auch sie, wenn sie in Hamburg zu tun hatten, zu Gast bei ihm waren.

In Düsseldorf, allerdings, war dies sein erster Besuch gewesen. Die Stadt kannte er gar nicht. Natürlich war er häufig von hier aus geflogen, war umgestiegen, aber die Stadt selbst hatte er niemals besucht.

Wenn er nicht zu diesem Colloquium eingeladen worden wäre, hätte es damit wohl noch länger auf sich warten lassen. Gut, dass es so gekommen war. Denn es war schön gewesen. Er hing einem Gedanken nach, den er festzuhalten suchte.

Am Bahnhof noch hatte er die jüngste Ausgabe der Geo und den Natinal Geographic gekauft, dazu lag eine deutsche Neuübersetzung von Gauguins Noa Noa aufgeschlagen auf seinen Knien. Er hatte das während der Fahrt durcharbeiten wollen.

Daran war nicht zu denken. Der ICE hatte Geschwindigkeit aufgenommen. Draußen flog die Landschaft vorbei. Und da war ein Gesicht im Fenster. Und ein Lachen aus rotem Mund. Ihr Gesicht. Und ihr Lachen. Sie hatte wundervoll Lachen können.

Wunderherrlich. Er versuchte diesen Eindruck zu verdrängen und blätterte mechanisch eine Seite des Buches um. Es war aussichtslos. Seine Gedanken blieben gefangen.

Sonya und Franz, die beiden, gingen immer noch miteinander um wie ein frisch verliebtes Liebespaar. Und da war nichts Gespieltes daran. Das war so. Wie konnte das nur sein?

Und natürlich freute es ihn. Und natürlich freute es ihn, sie so zu erleben. Auch wenn er es sich nicht vorstellen konnte. Weil er es nicht erlebt hatte. Es schien ihm wie eine Fata Morgana. Ein Luftgebilde. Wie in einem Märchen aus 1001 Nacht.

Sie hatten ihn zu einer Ausstellung mitgenommen. In den Kunstpalast.

Dort war er ihr begegnet. Er war vor einem kleinen Kubus des Glaskünstlers Gerd Kruft stehen geblieben. Und dann war diese Frau neben ihm aufgetaucht und hatte dieses Gebilde `wunderherrlich` gefunden.

Wie. Kann. Jemand. Etwas. Wunderherrlich. Finden. Er sezierte den Satz. Wunderherrlich. Er hatte das noch nie jemanden sagen hören. Und wenn er jemals jemanden das hätte sagen hören, dann hätte er, da ist er sich ganz sicher, stehenden Fußes kehrt gemacht und wäre davongestürzt, geflohen.

Dieser Ausdruck, das war doch die Quintessenz von Gefühlsduselei, oder?

Und was war geschehen? Er war stehen geblieben. Und nicht einfach so. Wie gebannt.

Zunächst war es die Stimme gewesen. Diese kräftige, sich sehr bewusste Altstimme, die alles andere als kitschig klang. Und der rheinische Tonfall darinnen, den er mochte.

Und dann hatte er sich umgedreht. Und hat in diese lachenden blauen Augen gesehen. Und dann hat er es sich selbst sagen hören: Wunderherrlich … ja, ich denke das trifft es. Hatte er gesagt.

Und sie haben zusammen gelacht. Und sie hatten noch viel zusammen zu lachen an diesem Abend. Der ihm wie ein Tanz erschienen war. So leicht.

Er schaute auf aus seinen Gedanken. Und er sah ihr Gesicht im Fenster.

Cornelia. Aber alle nennen mich Nele. Robert.

Und Nele. Was für ein schöner Name. Cornelia. Nele.

Lachen. Durch die Räume streifen. Ihre rheinische Altstimme. Ihre Schönheit. Sie war von innen wie von außen schön.

Sekt hatten sie getrunken, Moselsekt. Und hin und wieder einen Happen gegessen.

Cornelia hatte ihn Bekannten von sich vorgestellt, aber es war ihm wie ein fernes Raunen vorübergegangen auf ihrer Wanderung, so kam es ihm vor, als ob sie gemeinsam eine neue Welt zu entdecken gingen.

Von sich hatte sie nur wenig erzählt, er von sich auch nicht, das bedauerte er nun und hoffte, dass auch sie es bedaure.

Immerhin hatten sie sich etwas später des Abends auf Facebook befreundet. Ausgesprochen albern war das gewesen. Und Facebook nicht unbedingt sein Metier. Aber er war da vertreten. Sie auch. Und so war es denn dahin gekommen.

Er hätte sie liebend gerne nach ihrer Telefonnummer gefragt. Aber das wäre wohl verfrüht gewesen. Und auch von ihr kamen keine Anreize in dieser Richtung. Nein. Es wäre eindeutig zu früh gewesen. Und doch nicht verkehrt. Und doch hätte er es gerne so gehabt. Andererseits – zu welchem Ziel? Was hätten sie sich am Telefon zu sagen gehabt? Dieser eine Abend, das war nicht genug. Und doch wiederum – ein Anfang. Ein Anfang – wozu?

Ein Anfang im Tanz. Ein Anfang im Traum aus 1001 Nacht. Durch die Räume. Wie beschwingt.

Sonya und Franz hatte er gänzlich aus den Augen verloren. Sie ihn aber nicht. Sie hatten ihn begleitet. In gewisser Weise. Sie würden es ihm unter die Nase reiben. Denn der Abend hatte ein Ende. Es hieß Abschied nehmen.

Cornelia wohnte in Kaiserswerth, das war ein Stadtteil im Norden. Nahe des Flughafens, nahe des Rheins. Sonya und Franz wohnten in Meerbusch, auf der anderen Seite. Abschied. Ein Kuss auf die Wangen. Cornelia würde mit Freunden fahren. Sonya, Franz und er ein Taxi nehmen. Ein Kuss auf die Wangen …

Und ihr Gesicht im Fenster. Es würde ihn begleiten. Es würde ihn nicht verlassen. Er würde es in jedem Fenster sehen. Er war verliebt.

Und Sonya und Franz hatten es ihm genüsslich unter die Nase gerieben. Gnadenlos. War das so offensichtlich gewesen? Während der Taxifahrt trieben sie ihre Späße. Und er wie im Traum. Aber konnte das sein? Konnte man sich so Hals über Kopf verlieben?

Offenbar schon. Ja. Er war verliebt. Und er war es wie ein kleiner Schuljunge. Staunend. Wie beim ersten Mal. Da gab es kein Vertun. Und er staunte über sich. Und seine Gedanken hingen in der Luft. Wie sollte er wieder zu Boden finden? So ging das nicht. So konnte, so durfte das nicht sein. Und doch – war es so.

Ihr Gesicht im Fenster. Rote Lippen. Blaue Augen. Es war schön.

Es war angenehm sich mit ihr zu unterhalten. Und ich möchte es wieder und wieder tun. Tagelang. Wenn sie das möchte. Wenn ich das möchte. Wenn wir es so wollen. Wir könnten auch schweigen. Ich bin mir sicher. Wir könnten auch schweigen miteinander. Ja, da bin ich mir ganz sicher. Ganz vortrefflich schweigen könnten wir. Zweifel. Ja. Zweifel gibt es auch. Ob das ausreichen wird. Reden und Schweigen. Fehlt da noch was?

Robert starrte aus dem Fenster. Sie war weg. Wieso war sie verschwunden? Wohin?

Er würde sie wiederfinden. Es würde sich eine Gelegenheit ergeben. Sie hatten sich verabredet. Recht vage. Doch immerhin. Cornelia würde nach Hamburg kommen. In zwei Wochen bereits. Sie wollte eine Freundin besuchen. Bis dahin …

Robert lehnte seinen Kopf zurück in die Polsterung. Der Gauguin entglitt ihm, fiel zu Boden. Er verharrte einen Moment. Dann hob er das Buch auf.

Bis dahin …

Würde er Qualen leiden. Er wusste es. Wie ein kleiner Junge. Ein Pubertierender. Einer, der von gar nichts eine Ahnung hatte. Es war unglaublich. Es war ungeheuerlich. Facebook. Er würde sich an Facebook festhalten müssen. Eine … eine Strategie entwickeln ihr nahe zu sein. Es war … erniedrigend … wie konnte er nur solche Gedanken verfolgen. Und doch formte sich etwas in seinem Kopf. Ein Schuljunge! Oh Gott!

Er sah aus dem Fenster. In die Landschaft hinaus. Irgendwo kurz vor Bremen.

Der Abend war wirklich schön gewesen. Bei Sekt und Häppchen hatte sie sich nett mit ihm unterhalten. Robert hatte beruflich in Düsseldorf zu tun. Er war in Begleitung eines Ehepaars gekommen. Es waren alte Freunde von ihm, hatte er erzählt. Sie wohnten in Meerbusch und klagten sehr über den zunehmenden Lärm der Flugzeuge. Gisa hatte Wiebke entdeckt, sie war mit ihrer Mutter, einer Ärztin, hier. Nele sah sie heute zum ersten Mal. Wiebke kannte sie von der Schule. Sie war etwas älter und kannte sich schon damals gut mit Kosmetik aus. Vor allem benutzte sie einen Kajal Stift. Nele erinnerte sich daran, wie sie ihn auf der Schultoilette ausprobiert hatte. Und dazu gehörten fast weiße Lippen. Also nahm sie Penaten Creme für den Mund, sie besaß keinen weißen Lippenstift. Sie fand sich damals sehr hübsch damit. Na, ja ......

Jedenfalls waren die drei hellauf begeistert sich wiederzusehen. Sie hatte also die meiste Zeit mit Robert verbracht. Seine Freunde schienen sehr nett zu sein. Sie hatte sich mit allen gut unterhalten. Robert hatte eine angenehme Stimme. Er sprach aber keinen Dialekt. Er lachte viel, und ihr kam es vor, als kenne man sich schon lange. Schade, er wohnte ja in Hamburg, und so würde man sich eher nicht wiedersehen. Sie hatte ihm von ihrer Absicht erzählt, über Ostern eine Freundin in Norderstedt zu besuchen. Er schlug sofort ein Treffen vor. Aber sie waren dann vom Thema abgekommen.

Immerhin hatte sie noch Kontakt zu ihm. Er war bei Facebook und sie hatten sich dort angefreundet. Am Abend noch, wie Kinder, Handy raus und Freundschaftsanfrage beantworten.

Blaue Augen und graumeliertes Haar, und so herzlich und Küsschen links und rechts und er hat mich so angesehen. Quatsch, doch, er hat mir auch die Hand etwas mehr gedrückt und auch anders. Zu blöd, dass Gisa es auch mitbekommen hat. Sie hat wie immer tausend Einwände, dabei hab ich ihr nur gesagt, dass ich ihn nett finde, und dass wir uns in Hamburg wiedersehen. Ja, und, was soll das bringen, typisch Gisa. Ich werde auf jeden Fall bei fb schnögern. Aber Mist, wenn er gebunden ist. Du glaubst auch jedem, du bist viel zu leichtgläubig. Jaaa, mir egal, dann bin ich es eben. Irgendwie ist er doch so nett und geht mir nicht aus dem Kopf. Aber das hat nichts mit Verliebtheit zu tun, oder doch? Gut, dass niemand hört, was ich so denke.

Sie hatte natürlich bei fb nachgesehen. Nur im Auto war die Verbindung so schlecht, und irgendwann hatte sie aufgegeben. Gisa setzte sie vor ihrer Haustür ab und beide verabschiedeten sich im Auto.

Vor dem Zubettgehen natürlich noch bei fb reinschauen. Er hatte Freunde, die weit entfernt wohnten. Ein paar Fotos gab es auch, und sie sicherte sich sein Profilbild.

Lächerlich, es darf ja wohl nicht wahr sein. Aber jedenfalls kann ich ihn mal ansehen, wenn ich möchte. Es weiß ja niemand davon.

Dabei wusste sie sowieso wie er aussah. War sie verliebt? Es war wie früher. So ein Gefühl im Bauch. Und dieses, ich möchte zu ihm. Und dann es sich ausmalen, und dann noch mal überlegen, was er an dem Abend so gesagt hatte, und dann nochmal an die Küsschen denken und an den Händedruck, und überhaupt, mal eben schnell das Bild anschauen, und schnell das Handy wieder aus und träumen...

Und bald war Ostern. Und dann sah sie Marion wieder und ihn - vielleicht.

Die Reise zu Marion stand bevor, Robert hatte nichts mehr von einem Treffen erwähnt …

Sie musste sich die Fahrkarte endlich besorgen. Vorher schaute sie sich im Internet nochmal die Zugverbindungen an. Na, wenn ich schon hier bin, dachte sie, schadet ein kurzer Blick bei fb nicht.

Na bitte, eine Nachricht für mich. Oh, von Robert. Ich schick dir mal meine Telefonnummer. Du wolltest mich doch besuchen, oder? Sag mir, wann du Zeit hast, dann können wir uns verabreden.

So, und nun? Der Alltag hatte sie längst wieder und Tim hatte sich auch schon wochenlang nicht gemeldet. Zwischendurch hatte seine Freundin sie angerufen, und ihr ihr Herz ausgeschüttet. Meine Güte, dachte Nele, was geht mich das an. Dabei, stimmte es ja nicht. Gerade sie ging es was an. Das kommt davon, meinte Marion, als sie ihr davon erzählte, du ziehst dir alles an, typisch Helfersyndrom. Wenn er kommt und wieder Geld will, gib ihm keins. Er nutzt dich nur aus. Seine Freundin wollte ihn aus der Wohnung werfen, hatte sie erzählt. Er sei so unzuverlässig und dauernd in Geldschwierigkeiten.

Aber Marion hatte Recht. Sie musste sich wirklich mal anders benehmen. Sie freute sich auf Marion, ihr konnte sie alles anvertrauen. Sie hatte schon angedeutet, dass sie Robert besuchen wollte, eventuell.

Jetzt schien es ja zu klappen mit dem Treffen.

Ich muss mich aber zwingen etwas distanzierter zu sein. Was soll er von mir denken, wenn ich ihm um den Hals falle. Also, mal hübsch gesittet und vor allem nicht so spontan. Er findet es bestimmt aufdringlich. Und überhaupt hat er es wahrscheinlich aus Höflichkeit gesagt, dass so ein Treffen schön wäre. Ich weiß doch selbst, was man so daherredet. Und ob man sich bei Tageslicht auch nett findet, ist ja noch die Frage. Trotzdem, ich freu mich schon so. Ich hab das Bild im Kopf nicht verloren, und seine Stimme hab ich auch noch genau im Ohr. Boah, diese Musik gerade im Radio, Lucy Jordan, Marianne Faithfull, passt auch gerade gut. Ich ruf ihn gleich an. Nein, ich warte lieber noch, er denkt sonst noch, dass ich nichts anderes zu tun habe, als ihn sofort anzurufen. Ich ruf später an.

Robert war auf Facebook vertreten, weil einige seiner Freunde, Kollegen auch, aus Australien, in der Südsee, auf dieser Plattform aktiv waren und sich von Zeit zu Zeit auf diesem Wege bei ihm meldeten. Er selbst bevorzugte die klassische Form des Mailens und hatte auf Facebook nur sehr selten etwas zum Besten gegeben.
Doch nun, da er Cornelia dort wusste …
Er besuchte ihre Seite. Es war nicht sehr erhellend. Auch sie schien sich dort nicht allzu sehr auszulassen. Ein Gruß von einem Freund oder einer Freundin. Und von ihr einige Fotos von Kunstausstellungen, die sie besucht hatte, nun, dass sie sich für Kunst interessierte, das war ihm nichts Neues mehr. Doch was hatte er erwartet? Als er in der Bahn saß, auf der Heimfahrt, im ersten Überschwang der Gefühle, das war verflogen, hatte sich gelegt, beruhigt. Doch da war und es blieb dieses Kribbeln im Bauch. Wiedersehen wollte er sie, das war überhaupt keine Frage. Der Termin ihres Hamburgbesuches rückte näher. Sie würde über Ostern in Hamburg sein, Anfang April, von Donnerstag bis Montag. Da würde sich doch etwas finden lassen, da würde sie doch etwas Zeit, einige Stunden für ihn erübrigen können …
Es galt sich ein Herz zu fassen. Er erkundigte sich was es so gab und traf eine Entscheidung. Die er ihr in einer persönlichen Mitteilung über Facebook unterbreitete.

Bei welcher Gelegenheit er ihr seine Telefonnummer mitteilte und sie um die ihre bat. Schließlich, wenn man sich treffen wollte, war es doch sinnvoll Kontakt zu halten. Wenn man sich treffen wollte. Sofern sie sich mit ihm treffen wollte. Doch warum nicht? Ein einfaches Nein. Ein einfaches Ja.

Es war ein Ja geworden. Cornelia hatte seinen Vorschlag angenommen.

Robert war der Leiter der Ozeanienabteilung am Museum für Völkerkunde.

Über die Feiertage waren immer besondere Aktionen geplant.

An diesem Samstag, an dem er sich zum Abend hin mit Cornelia verabredet hatte, würde es, was ihre Abteilung anlangte, schwerpunktmäßig um die Stabkarten der Mikronesier gehen. Er würde einen kleinen Vortrag dazu halten und am Nachmittag hatte er gemeinsam mit den Studentinnen und Studenten, die derzeit ein Museumspraktikum absolvierten, einen Bastelkurs für Kinder vorbereitet.

Eine reichliche Anzahl an Bambusstäbchen verschiedener Längen stand zur Verfügung, Kokosbast, Muscheln und Leim. Die Bambusstäbchen dienten dabei sowohl als Gerüst wie zur Darstellung von Strömungslinien oder fester Landmasse, die Muscheln der Markierung von Inseln. Es waren also Seekarten, worum es hier ging. Die Kinder würden zur Vorlage bereitgestellte Stabkarten nachbauen können, sie konnten ebenso gut ihrer Fantasie freien Lauf lassen oder die Gestaltung der ihnen bekannten Inseln von Nord- und Ostsee in Angriff nehmen.

Solche Aktionen bereiteten allen Beteiligten immer größtes Vergnügen und die Zeit verflog wie im nu.

Um vier Uhr war es dann aber vorbei und die Kinder zogen voller Stolz mit den von ihnen gefertigten Kreationen unterm Arm davon, zurück in die Arme ihrer Eltern.

Robert und seine Studenten räumten noch auf, machten sauber, um fünf Uhr waren sie fertig, es wurde aber auch Zeit, höchste Eisenbahn.

Robert wollte noch duschen und sich umziehen. Er hatte sich extra frische Kleidung mitgebracht, bei solchen Bastelaktionen wusste man nie wie man davonkam, er war unbehelligt davon gekommen, aber sicher war sicher.

Um viertel vor sechs hatten sie sich verabredet.

Cornelias Freundin wohnte in Norderstedt, sie würde also bequem mit der U 2 zur Hallerstraße fahren können, wo er sie am Bahnsteig erwarten wollte.

Gleich auf der anderen Straßenseite gab es ein sehr schönes italienisches Restaurant, wo er einen Tisch für sie beide reserviert hatte.

Und gegen acht würden sie in die Kammerspiele gehen, und auch dieses Theater lag gleich um die Ecke.

Vielmehr – der Logensaal der Kammerspiele war ihr Ziel. Eine kleine Dependance, die im selben Gebäude untergebracht war, im Keller gewissermaßen, früher einmal der Fundus des Theaters, beherbergte es nun eine kleine Bühne. Nicht mehr als fünfzig Besucher fanden dort Platz, wobei die Zuschauer an kleinen runden Tischen Platz nahmen. Urgemütlich war es und trug ganz den Charme eines Pariser Cabarets. Und aus dem Bistro des Theaters konnte man mit Getränken versorgen lassen.

Literarische Lesungen fanden dort statt und musikalische Darbietungen. So, wie an diesem Abend.

Veronique Elling, eine großartige Sängerin, die Robert bereits mehrfach erlebt hatte, würde Lieder und Texte aus dem Leben von Edith Piaf vortragen.

Das war das Programm, das er sich ausgedacht und Cornelia vorgeschlagen hatte.

Und sie hatte spontan zugesagt.

Diese Spontanität gefiel Robert und war ihm auch von jener ersten Begegnung in Düsseldorf in besonderer Weise in Erinnerung geblieben. Und nun freute er sich auf ein Wiedersehen.

Doch wie würde es sein?

Eigentlich, dachte Robert, weiß ich gar nichts von ihr. Über persönliche Dinge haben wir gar nicht gesprochen. Sie konnte ja sehr wohl glücklich verheiratet sein, oder in einer festen Beziehung. Nun, aber auch dann würde es ein netter Abend werden – und ihm einen kleinen Stich ins Herz versetzen.

Aber nein, nein – sie war solo, wie er, er spürte das irgendwie. So, wie sie damals miteinander umgegangen waren, es konnte nicht anders sein.

Und wenn sich dieser Eindruck bestätigen sollte, und wenn sich bestätigen sollte, dass sie einander gut verstehen, dann, ja dann würde er es wagen.

Warum denn nicht? Er hatte den Eindruck, dass sie gut zueinander passten. Sie war ein aufgeschlossener, ein weltoffener Mensch, eine Frau, die sich für vieles interessierte, neugierig war. Und so war er doch auch. Man wurde nicht Ethnologe, wenn man ein verschlossener Mensch war. Nun gut, ja, die Bücherwürmer, die sich in den Bibliotheken vergruben, die gab es auch, und auch er trieb sich oft genug in den Archiven herum, aber das war es ja nicht, dabei handelte es sich um eine berufsbedingte Facette.

Er war ein Mensch, der auf andere zugehen konnte, wie auch andere sich ihm gerne anvertrauten, das eine bedingte das andere. Er war jemand, der Vertrauen einflößte, er war es so sehr, dass sich häufig wildfremde Menschen, am Flughafen, in Hotellobbys, an allen möglichen Orten und Plätzen, mit einer Frage, einem Anliegen an ihn wandten. Und auch sie schien ihm ein solcher Mensch zu sein. Ja, sie passten zueinander. Und ja – er würde es wagen.

Im schlimmsten Falle würde es eine Abfuhr geben und einen etwas tieferen Stich ins Herz, doch daran mochte er jetzt nicht denken.

Vielleicht würde es ja auch alles ganz anders kommen. Unnütze Gedanken. Er wischte sie beiseite. Es wurde auch Zeit.

Er meldete sich bei ihr über WhatsApp, fragte, ob sie bereits in der Bahn säße. Es kam auch prompt ihre Antwort, ja, sie sei bereits unterwegs.

Und so machte auch er sich auf den Weg, auch wenn die U-Bahn-Station nicht weit entfernt lag.

Er freute sich jetzt nur noch. Auf einen schönen Abend.

Aus dem später wurde ein bald. Sie hatten ein Treffen für den Samstagabend vereinbart. Er hatte ihr ein Essen und einen anschließenden Besuch in den Kammerspielen vorgeschlagen. Eine Sängerin, auf die er große Stücke hielt, würde dort Chansons von Edith Piaf vortragen. Das gefiel ihr gut, und sie sagte zu.

Ich hätte zu allem ja gesagt. Oder? Wie jetzt, ach komm, tu nicht so. Hauptsache, ich seh ihn wieder. Seine Stimme am Telefon, und wenn er so lacht...hoffentlich klappt das mit der U-Bahn. Aber ich hab es mir ja aufgeschrieben. Und ich hab ja meinen Mund dabei, ich kann ja fragen, wenn ich nicht genau weiß ... Auf jeden Fall werd ich nicht viel essen. Und was soll ich anziehen? Die große Handtasche kann ich nicht nehmen, weil wir ja hinterher noch ... Aber in die kleine passt nicht so viel rein. Ich werd gleich mal testen. Ich freu mich total.

Sie hatte sofort Marion angerufen, und ihr alles erzählt. Weißt du was, hatte die gemeint, ich geb dir meinen Haustürschlüssel, und du kannst zurückkommen wann du willst. Gute Idee, dann musste sie nicht so auf die Uhr schauen. Aber wahrscheinlich wurde es nicht sonderlich spät.

Vor allem, fährt die U-Bahn die ganze Nacht hindurch?

Der Abreisetag stand bevor, und Nele überprüfte nochmal alle Klamotten, die sie mitnehmen wollte. Sie hatte einer Nachbarin Bescheid gesagt, dass sie für ein paar Tage verreisen wollte. Ihr lieber Sohn hatte sich gnädigerweise zwischendurch gemeldet, und sie erzählte ihm von ihrem Besuch bei Marion. Von Robert hatte sie nichts gesagt, Tim musste ja nicht alles wissen. Er erzählte ja auch nur was er wollte. Und über Gisa hatte sie sich gestern aufgeregt.

Sie hatte ihr von der bevorstehenden Reise erzählt, und da ging es los. Sag bloß du triffst dich mit ihm? Ja, super, oder? Das ist wieder typisch für dich, hatte Gisa gemeint. Und gib Marion seine genaue Adresse, wenn mal was passiert. Was soll denn passieren, außerdem hab ich die Adresse gar nicht. Na ja, Gisa war sowieso nur frustriert. Beim nächsten Anruf geh ich nicht dran, nahm sich Nele vor.

Die Zugfahrt war abwechslungsreich. Nette Menschen im Abteil, und ein kleines Mädchen hatte ihr ein Bilderbuch gezeigt. Das lasen sie beide zusammen. Herrlich, das Kind hatte zu jedem Bild eine Geschichte parat. Die Eltern amüsierten sich mit, und bald saß Kathi auf ihrem Schoß und drehte an ihrem Jackengürtel.

Marion hatte sie abgeholt, und wie immer war die Wiedersehensfreude riesig.

Robert ging bis zur Mitte des Bahnsteiges, bis dorthin, wo das Tennisfeld auf den Boden gemalt war, und auf den gegenüberliegenden Tunnelwänden jeweils ein Tennisspieler, eine Besonderheit hier, wegen des nahegelegenen Centre Courts.
In drei Minuten würde die Bahn eintreffen. Drei Minuten freudiger Erwartung.
Der Zug fuhr ein, kam zum Stehen. Robert sah sie gleich, sie war etwas weiter vorne zugestiegen, er ging auf sie zu, die sich, suchend umschauend, nun auch ihn entdeckte. Sie lächelte ihm entgegen.
Er trat auf sie zu. Es gab keine Verlegenheiten. Sie nahmen sich in den Arm, gaben sich einen Kuss auf die Wange.
Das ist schön, sagte Robert, schön dass du gut hergefunden hast.

Der Samstag ließ sich gut an. Sie hatten Freitagsabend lange zusammen gesessen und waren irgendwann todmüde ins Bett gefallen. Marion hatte vorgeschlagen nur kurz shoppen zu gehen, damit sie nachmittags noch Zeit zum Ausruhen hatte.
Mit neuen Ohrringen waren sie zurückgekommen. Die legte sie jetzt an, und Marion fand sie sehr passend zum Outfit.
Sie blickte andauernd auf die Uhr, und endlich ging es los. Marion gab ihr die Zweitschlüssel, brachte sie zur Bahn und wünschte ihr viel Spaß.
Sie stellte sich vor, wie er wohl aussehen würde, und was er sagen würde. Und überhaupt...

Sie stieg aus und sah ihn. Und er lachte, und sie lachte zurück. Er sagte, wie schön, und sie, find ich auch. Und beide lachten.

Ja, er ist wirklich so nett, und genau so, wie ich dachte. Und eigentlich könnten wir in einen Park gehen, und uns auf eine Bank setzen. Aber gedrückt hat er mich nicht so sehr. Ja, wie, du bist blöd, hör jetzt auf, und benimm dich! Oder ins Kino könnte man auch gehen ... Also, ehrlich ... Es war nicht weit zum Restaurant. Robert hatte einen Tisch bestellt, und man merkte, dass er öfter dort verkehrte.

Sie gingen die Treppe zur Straße hoch. Robert warf Nele einen freundlichen Blick zu. Gut schaust du aus, sagte er, ich hoffe, deine Freundin ist nicht böse, dass ich dich ihr heute Abend entführe.

Nein, antwortete Nele. Meine Freundin ist mir nicht böse. Ich glaub, wir waren uns noch nie böse. Das ist ja gerade das Schöne an unserer Freundschaft. Wir nehmen uns ernst, auch wenn wir uns manchmal nicht nachvollziehen können. Nele schaute Robert an, hast du auch einen guten Freund?

Ja, aber es ist recht kompliziert und nicht in wenigen Worten zu erklären, eigentlich ist es sogar ein ganzer Roman, sagte Robert und lachte, aber da waren sie schon oben an der Treppe angekommen, schau, sagte er, die Tennisarena am Rothenbaum, wo die German Open stattfinden, das ist gleich dieses hohe Gebäude hinter uns, und dort hinter dem Sportplatz, was da so rötlich schimmert, das ist das Völkerkundemuseum, wo ich arbeite, von der Straße aus kannst du es besser sehen, wir brauchen nur noch über die Ampel dort vorne, auf der anderen Straßenseite ist dann auch gleich das Restaurant. Und auf dem Weg dorthin, sie hatten noch einen Taxenstand zu queren, begann Robert bereits munter von seinem Tag im Museum zu berichten. Ein wenig wunderlich ob seiner Gesprächigkeit kam er sich schon vor, er schielte seitlich zu Nele hin, die schien es mit Fassung zu tragen, aber da standen sie bereits vor der Ampel, Robert wies noch einmal auf das Museum hin, sie gingen hinüber, da lag auch schon das Restaurant vor ihnen, etwas tiefer als das Straßenniveau gelegen, gewissermaßen im Souterrain des Hauses. Sie gingen einige Stufen hinunter. Und hinein.

Nele tat es leid, dass sie Robert nach seinem Freund gefragt hatte. Solche Fragen stellt man nur Menschen, die man länger kennt. Sie mochte es ja auch nicht, wenn man ihr zu viel Privates entlocken wollte.
Wie sind denn deine Arbeitszeiten, fragte sie ihn. Habt ihr gleitende Arbeitszeit? Das Museum hätte sie sich gerne mal angesehen. Ihr fiel das Neanderthal Museum in Mettmann ein. Dort gab es auch Aktionstage für Kinder. Sie würde ihn später genauer nach seiner Arbeit fragen. So richtig vorstellen konnte sie sich seine Arbeit nicht.
Draußen war es recht frisch. Gut, dass sie den Mantel angezogen hatte.

Das Restaurant war nicht groß, aber gemütlich eingerichtet. Und die Küche ist gut, sagte Robert. Sie wurden auch vom Wirt persönlich begrüßt und zu ihrem Tisch geleitet, er kümmerte sich auch um die Mäntel der beiden, auch Robert hatte einen übergezogen, wenn auch nicht zugeknöpft. Es ist gut, dass auch du einen Mantel mit hast, sagte er zu Nele, auch wenn es jetzt noch ganz freundlich aussieht, abends kann es durchaus bitter kalt werden und im Laufe der Nacht auf den Gefrierpunkt gehen, zumal in den Außenbezirken wie Norderstedt. Und auch ich wohne etwas weiter draußen, in Wellingsbüttel, nicht ganz so weit wie Norderstedt, aber es liegt etwa in derselben Richtung.

Und auf Neles Frage, ob er öfters hierher käme, weil doch der Wirt sie so freundlich empfangen habe, sagte er ja, nicht oft zwar, aber er käme schon manchmal mit Kollegen hier hin, auch mit Studenten, wenn es etwas zu feiern gäbe.

Nele schaute sich um. Sie mochte es, wenn man sich wohl fühlen konnte in einem Restaurant. Und hier war es ihr angenehm. Den Grappa würde sie ablehnen. Die Bilder an den Wänden waren bunt gemischt. Vor allem aber war es angenehm temperiert. Doch zuerst musste sie sich die Hände waschen. Sie fragte Robert nach den Toiletten.

Als sie zurückkam, sah sie Robert im Gespräch mit dem Wirt. Dieser erkundigte sich nach ihrem Getränkewunsch. Sie bestellte ein Mineralwasser.

Es war schön mit Robert hier zu sitzen.

Er passt gut in die Umgebung, er sitzt da so unaufgeregt und nimmt mir jede Verlegenheit.

Die Kerze auf dem Tisch war angezündet. Sie dachte an ihren letzten Restaurantbesuch in Düsseldorf. Dort brannten alle Kerzen auf den Tischen, ob belegt oder nicht. Das sah wunderschön aus. Sie erzählte Robert davon.

Na, meinte Robert, jetzt kommt das Wichtigste, und reichte ihr die Speisekarte.

Robert schaute auf Cornelia und freute sich an ihrem Anblick, wie sie ruhig in der Speisekarte blätterte. Nur, wie sollte er ihr sagen, was ihm dabei durch den Kopf ging ohne mit der Tür ins Haus zu fallen? Er beschloss genau das zu tun.

Weißt du, sagte er, ich finde es total toll, dass du so spontan zugesagt hast, ich bin da manchmal etwas unbedarft, jedenfalls gibt es genug Menschen, die das so empfinden, wenn mir jemand gefällt, dann zeige ich ihm das, dann gehe ich auf ihn zu, dann versuche ich mit ihm ins Gespräch zu kommen, ich bin da schon so manches Mal auf die Nase gefallen damit, früher, und es wird mir wohl weiter so ergehen, aber irgendwann einmal habe ich beschlossen, dass es gut so ist, dass es mir egal ist, wenn es schief geht, denn auf diese Weise habe ich sehr viele nette Menschen kennengelernt und manche zu Freunden gewonnen, und das wiegt alles andere auf. Und als wir uns vor zwei Wochen in Düsseldorf begegneten, weißt du, da wusste ich gleich, da ist ein Mensch, den ich gerne kennenlernen würde ... aber, und er geriet schon wieder ein wenig in Verlegenheit, wir sollten uns nun wohl besser auf die Speisekarte konzentrieren.

Nele schaute Robert an und schmunzelte. Ja, sagte sie, dann ist es ja gut. Ich hab auch keine Probleme auf Menschen zuzugehen. Aber es sind immer die Nahestehenden, sie betonte das letzte Wort, die damit Probleme haben, bei mir jedenfalls. Sie finden mich wahlweise unmöglich, zu gutgläubig, und sehr unvernünftig. Vor allem, wenn ich angesprochen werde, und mich direkt auf den andern einlasse, finden sie das völlig daneben. Über allen und allem verbirgt sich irgendetwas Undurchschaubares für mich, nicht für sie, sie durchschauen alles sofort.

Weißt du schon, was du essen möchtest? Ich dachte mir, ich nehme die Minestrone, andersrum wären Nudeln auch nicht schlecht.

Robert schaute sie so an, und sie blickte schnell wieder auf die Karte.

Meine Güte, also bitte, fang nicht an zu spinnen. Große Reden halten und sich dann wie ein Teenager fühlen.

Also ich, sagte Robert, und blätterte noch einmal hin und her, ich fände ja Coda di rospo ganz interessant, zumindest hört es sich spannend an, wenn ich nur wüsste, was das ist, ich müsste mal fragen, ich bin nicht so der große Italiener, ach nein, hier steht es ja auch auf Deutsch: Seeteufel, na bitte, na also, warum nicht. Weißt du, ich mag Fisch. Wenn man es mit der Südsee zu tun hat und öfters dort zu Besuch ist, tut man gut daran Fisch zu mögen. Robert lachte. Was magst du denn zu deiner Minestrone trinken? Was mich betrifft, ich nehme ein Viertel von dem Vernaccio di San Gimignano, das ist ein schöner trockener Weißwein, den trinke ich gerne mal, wenn es sich ergibt, auch aus nostalgischen Gründen, ich bin dort nämlich mal gewesen.

Nele konnte sich einen Weißwein zur Minestrone gut vorstellen. Da schließe ich mich an, sagte sie. Er schien ja ein richtiger Weinkenner zu sein. Oh weh, ich hab nicht viel Ahnung von Wein, hörte sie sich sagen, er muss mir einfach nur schmecken.

Sie lachte und nestelte an der Serviette herum. Und, wie oft bist du so unterwegs, in der Südsee? Ich kenne sie gar nicht.

Die Bedienung kam und fragte nach ihren Wünschen. Robert hatte sich für den Seeteufel entschieden und griff zum Weißbrot, das vor ihnen stand. Backen sie es selber, fragte Nele. Nein, ich glaube nicht, meinte Robert, aber es passt sehr gut zum Dip.

Sie griff auch zum Brot und sah ihn an. Ich freu mich schon auf nachher, meinte sie. Ja, ich mich auch, aber zunächst werden wir hoffentlich etwas Leckeres zu essen bekommen.

Doch, du siehst so aus, wie ich dich in Erinnerung hatte, meinte Nele. Und prompt kam von ihm, na ja, es ist ja auch erst zwei Wochen her. Es wär ja schlimm, wenn die Erinnerung schon nach so kurzer Zeit trügen würde.

Doch eigentlich - hatte Robert das so gar nicht sagen wollen, er bekam schon wieder so ein komisches Gefühl. Zum Glück erschien in diesem Moment die Bedienung um nach ihren Wünschen zu fragen. Sie bestellten sich beide noch ein Wasser zum Wein.

Die Südsee, sinnierte Robert, ja, ich fahre eigentlich jedes Jahr dort hin, aber es gehört schließlich zu meinem Beruf. Im letzten Jahr zum Beispiel bin ich auf Samoa gewesen und habe beobachtet und dokumentiert wie ein bestimmter Haustyp nach klassischem Muster gebaut wurde. Mit angepackt habe ich auch dabei, du siehst, es hat durchaus etwas mit praktischer Arbeit zu tun, nicht, dass man ständig in Südseeromantik baden würde, aber natürlich - schön ist es dort, und wie ...

Doch da kam bereits die Bedienung zurück und brachte das Wasser, den Wein, es wurde eingeschenkt. Robert hob sein Glas. Auf einen schönen Abend, sagte er.

Ja, sagte Nele, und schaute Robert an, auf einen schönen Abend. Sie hob ihr Glas und lachte. Schade, wir sind ja schon per du, sonst hätten wir glatt auf Bruderschaft trinken können. Gute Idee, meinte Robert, wir können es ja nun offiziell nachholen.

Komm, sagte Robert und stand auf, gib mir mal einen Tüscher, wie man hier in Hamburg sagt, und du bekommst auch einen, so, wunderbar, also, äh, ich bin der Robert ...

Nele lachte. Einen Tüscher, das hatte sie ja noch nie gehört. Na gut, sie gab ihm den Tüscher, stellte sich vor und beide setzten sich wieder. Sie besah ganz interessiert die Tischdecke. Schön, meinte sie, wenn die Tische alle gleich eingedeckt sind. Ihr fiel nichts anderes ein, denn innerlich war sie enttäuscht. Was hatte sie sich eigentlich vorgestellt? Das war ja wohl eindeutig von ihm. Er wollte einen netten Abend mit ihr verbringen, und sonst nichts. Ihre psychologisch bewanderten Freundinnen, wie Gisa z.B., hatten es ihr ja auch schon erklärt. Was du immer in alles hineinlegst, typisch für dich, Nele. Dabei wollte sie doch nichts hineinlegen. Es war doch nur, sie fand ihn so nett, und sie war verliebt, und hätte ihn gerne richtig geküsst, oder noch schöner, er hätte begonnen sie zu küssen. Eben kein Tüscher, sondern richtig.
Meine Güte, kitschiger ging es wirklich nicht. Und auf keinen Fall würde sie sich jetzt was anmerken lassen. Oh, rief sie, und schaute ihn nicht an, da kommt das Essen.

Ja, und das Essen kam und es sah richtig lecker aus. Und Robert, seinen Seeteufel betrachtend, sagte, na, auf diese Weise zubereitet sieht er doch recht manierlich aus. Und Nele lachte. Höflich? Zustimmend? Robert wusste es nicht so genau. Weißt du, sagte er, Raubfische schmecken immer gut, aber, sich etwas zurücknehmend, nun lass uns mal essen. Guten Appetit! Und: Guten Appetit! sagte Nele.

Doch dann, während des Essens, fing Robert zu erzählen an. Eine Unsitte. Aber so war er nun mal. War nichts mit zügeln.

Weißt du, sagte er, und schaute versonnen auf sein Glas, wegen San Gimignano, das war so, ich bin da mal mit meiner Frau gewesen, meiner geschiedenen Frau, aber auch das ist schon eine Ewigkeit her, mit der Scheidung, meine ich, aber damals waren wir glaube ich noch gar nicht verheiratet, und geheiratet haben wir, da waren wir beide noch ganz jung, sie 20, ich 21, da hatten wir gerade erst angefangen zu studieren, und geheiratet haben wir nur, weil ein Kind unterwegs war, und wir haben es beide haben wollen, unbedingt, das war die Sannah, und zwei Jahre später ist die Janne noch dazu gekommen. Und die Simone, also meine geschiedene Frau, die litt an einer Krankheit von der ich gar nicht mehr weiß wie sie genannt wird, und die machte, dass sie zuzeiten wie apathisch war und sich dadurch in allem überfordert fühlte, und das wurde immer schlimmer und trat immer häufiger auf, und sie kriegte überhaupt nichts mehr auf die Reihe obwohl ich ihr in allem geholfen habe, mit dem Haushalt und den Kindern, und eigentlich habe ich von einem gewissen Zeitpunkt an alles alleine machen müssen, und das Studium noch nebenbei, also, wir haben uns nur noch gestritten, und eines Tages war sie fort. Mit den Kindern.

Nele wusste nicht was sie sagen sollte. Das war bestimmt keine leichte Zeit für ihn gewesen. Sie dachte an ihre geschiedene Ehe. Du, sagte sie, ich hab mit 19 Jahren Alexander geheiratet und war bereits im vierten Monat schwanger. Als Tim, mein Sohn, 15 war, haben wir uns scheiden lassen. Er hat mich mit einer Arbeitskollegin betrogen, und ich brauchte lange bis ich dahinterkam. Tim wollte bei mir bleiben. Sein Vater hatte aber viel Kontakt zu ihm, jedenfalls früher. Hast du denn deine Töchter immer sehen können? Oder hat deine Ex was dagegen gehabt?

Am Anfang, sagte Robert, und nahm noch einen Bissen von seinem Seeteufel, denn das Essen vergaß er über seinem Erzählen nicht, er konnte das ganz gut miteinander vereinbaren, und ein wenig war es wohl auch seiner Beziehung zur Südsee geschuldet, denn dort machte man das ebenso - beim Essen erzählen - am Anfang war ich es, der sich dem verweigerte, ich war so erbittert ... und mit meiner Doktorarbeit beschäftigt, zwei Jahre ging das so, später habe ich mir bittere Vorwürfe gemacht, und es dann eben doch in die richtigen Bahnen gelenkt. Mit meinen Töchtern habe ich seitdem einen sehr engen Kontakt, und auch jetzt, wo sie erwachsen sind, immer noch. Nur zu Simone nicht. Obwohl ich ihr nie einen Vorwurf machte. Es war eben ihre Krankheit. Sie hat auch noch einmal geheiratet und es ist wieder schief gegangen. Furchtbar traurig.

Nele löffelte ihre Suppe weiter. Zu Alexander habe ich auch keinen Kontakt mehr, er hat seine Tusse von damals geheiratet. Tim besucht ihn zwei bis dreimal im Jahr. Sie hörte auf zu reden, fast hätte sie zu viel von Tim erzählt. Aber ihren Sohn würde sie zunächst mal raushalten, nahm sie sich vor. Und wenn das Thema drauf kommt, werd ich nur oberflächlich antworten. Sie sah Robert an, ja, so ist das im Leben. Es hat alles seine Vor- und Nachteile. Jedenfalls sitzen wir heute hier und essen lecker. Der Wein schmeckt mir übrigens auch, sie lachte, zumindest zur Suppe passt er hervorragend.

Da stimme ich dir zu, sagte Robert. Wir wollen lieber an das Heute denken - und erst einmal aufessen. Und das taten sie. Und dann lehnte Robert sich zufrieden zurück. Du, sagte er, wir haben noch reichlich Zeit. Das Theater liegt gleich um die nächste Ecke. Wie wärs, wollen wir noch einen Nachtisch bestellen, einen Kaffee, oder beides? Und ich erzähle dir, was uns dann erwartet.

Nele entschied sich für den Nachtisch. Und auf jeden Fall Tiramisu muss es sein. Mich zwingt immer jemand zum Tiramisu, obwohl es ja soo kalorienhaltig ist.
Sie sah sich ein wenig um. Die meisten Tische waren mittlerweile besetzt. Für den Nachbartisch hatte sich ein älteres Paar entschieden. Beide wirkten sehr korrekt. Als die Speisekarte gebracht wurde, hörte sie den Mann sagen, du weißt ja, was ich will. Sie darauf, du kannst doch trotzdem noch mal nachsehen, was es so gibt. Warum, meinte er, du machst das schon. Die Dame grummelte nicht lange, und als die Bedienung kam, gab sie die Bestellung für beide auf.

Und auch zu ihnen kam die Bedienung um abzuräumen. Und die obligate Frage, ob es geschmeckt habe. Und Robert sah Nele fragend an. Hat es das? Oh ja, sagte Nele, es war lecker. Dem, ergänzte Robert fröhlich, schließe ich mich unumwunden an. Das freue sie, sagte die Bedienung, und ob es noch Wünsche gäbe, fragte sie. Und Nele äußerte ihr Begehren nach dem Tiramisu. Und auch da war Robert ganz ihrer Meinung, ein Tiramisu käme auch ihm durchaus gelegen, und einen Espresso hätte er gerne noch dazu. Die Bedienung ging und Robert sah Nele an und lächelte, und sie lächelte zurück, auf eine Weise, die Roberts Herz schmelzen ließ, wie kitschig das auch klingen mochte, sagte er sich, aber das gibt es, ohne jeden Zweifel, und wie auch nicht, ich erlebe es doch in diesem Augenblick. Und er freute sich. Und er räusperte sich. Von den Kammerspielen möchte ich dir ein wenig erzählen, wenn es dir recht ist ...

Sicher war es Nele recht. Sie fühlte sich etwas befreiter. Sie hätte nicht sagen können, warum. Es war nur so ein Gefühl. Doch auch das andere Gefühl meldete sich wieder, und sie musste aufpassen auf sich. Cool musste sie wirken, nahm sie sich vor. Er sollte nichts von ihren Gefühlen merken, sie musste einen bleibenden Eindruck hinterlassen, und nahm sich vor, sehr viel Gescheites von sich zu geben. Ach Quatsch, schalt sie sich. Ich mach das nicht. Ich bleib wie ich bin. Ist mir doch gleich, was er von mir denkt. Genau, das war die Lösung. Das Tiramisu wurde gebracht.

Und mit Lust verzehrt. Und Robert schlürfte seinen Espresso. Und fühlte sich wohl, und irgendwie beschwingt, und überhaupt ... lehnte er sich wieder zurück in seinen Stuhl.
So. Also von den Kammerspielen wollte ich dir noch was erzählen. Die wurden kurz nach dem Krieg von Ida Ehre wiedereröffnet. Und dann auch noch mit Wolfgang Borcherts 'Draußen vor der Tür'. Dadurch ist das Haus berühmt geworden.
Mittlerweile ist alles runderneuert, schick und modern eingerichtet, du wirst es ja gleich sehen. Es gibt ein Restaurant, das übrigens auch sehr gut ist, und eine Bar. Und im Logensaal ist es richtig behaglich. Obwohl es heute bestimmt rappelvoll sein wird. Ist ja klar - Edith Piaf. Und die Veronique Elling ist richtig gut. Ich hab uns aber

Karten vorbestellt, und der Peter, das ist der künstlerische Leiter, der wird uns schon ein schönes Plätzchen frei halten. Ich bin da nämlich fast so etwas wie ein Stammgast geworden. Denn auch unter der Woche gibt es Veranstaltungen, literarische Lesungen, aber auch die oft mit musikalischer Begleitung, da ist es dann natürlich viel leerer, und auch gemütlicher, in gewisser Weise, und ich gehe da manchmal ganz gerne auch nach Feierabend hin, es ist ja um die Ecke, und ich habe schon viele interessante Entdeckungen gemacht, aber, ach, nun habe ich dir so viel von mir erzählt, ich glaube fast, dass ich dich gar nicht richtig zu Wort kommen lasse, das tut mir leid. Von deinem Sohn weiß ich ja nun, na ja, und Robert lachte fröhlich, zumindest dass es ihn gibt. Aber was machst du denn so, beruflich, meine ich, aber, und er besann sich ein wenig, du musst natürlich nicht, wenn du nicht magst, nicht, dass du dich jetzt von mir überfahren fühlst ...

Ich arbeite als Sekretärin bei einer französischen Firma, erzählte Nele. Sie produzieren Flüssiggas. Ich werde zur Zeit in Düsseldorf eingesetzt und bearbeite in erster Linie Angebote. Bis vor kurzem hab ich noch in Krefeld gearbeitet. Ich hatte großes Glück, dass ich die Stelle bekam. Alexander kannte einen Abteilungsleiter und ich hab anfangs nur als Halbtagskraft da gearbeitet. Hab die Ablage gemacht. Nach der Scheidung musste ich ganztags arbeiten und hab mich beworben, als sie die Stelle intern ausgeschrieben haben.
Sie schaute auf die Uhr. Ist es nicht schon Zeit zu gehen, fragte sie. Ich bin sehr gespannt und freu mich schon drauf. In Düsseldorf haben wir das Kommödchen. So ähnlich stelle ich es mir vor.

Oh, das Kommödchen, richtig, sagte Robert, das kenne ich, wenn auch nur vom Hörensagen. Ich glaube, wenn ich wieder nach Düsseldorf komme, will ich unbedingt da hin. Und nun, da meine Freunde dort wohnen, wird sich bestimmt bald wieder die Gelegenheit ergeben. Ich habe schon mit meinem ersten Besuch viel zu lang gewartet, da gilt es einiges nachzuholen. Aber ich glaube mit dem Kommödchen ist der Logensaal denn doch nicht zu vergleichen. Aber es wird dir gefallen, da bin ich mir sicher.

Robert kramte nun sein Handy raus um ebenfalls nach der Uhr zu sehen. Na ja, sagte er, wir haben immer noch reichlich Zeit, aber wir können auch gemütlich schlendern. Und zahlen müssen wir ja auch noch, und er winkte dem Wirt, der bald erschien, und Robert beglich ihre Rechnung, und auch der Wirt fragte noch einmal nach ihrer beider Zufriedenheit, sie sahen sich an, Robert und Nele, und sie äußerten sich zufrieden, und der Wirt wünschte einen angenehmen Abend, mit einem zweideutigen Unterton, wie Robert argwöhnte.

Aber was heißt denn schon zweideutig, sagte er sich, völlig eindeutig ist es, er muss es bemerkt haben, ein guter Wirt spürt so etwas, und auch was mich betrifft ist es völlig eindeutig, ich mag sie jetzt noch mehr, und ich bin verliebt, und nicht auf eine so unbestimmte Art wie das vorher war, ich bin ganz unbedingt verliebt und ich hätte sie fragen sollen ob sie irgendwie gebunden ist, ich könnte sie immer noch fragen, aber das wäre viel zu auffällig, nein, völlig ausgeschlossen, erst recht nach dem, womit ich sie gelöchert habe die ganze Zeit, das war ja schon viel zu viel gewesen, fast peinlich sogar, nein, ich werde es einfach darauf ankommen lassen, schließlich sind wir ja erwachsene Leute, nicht wahr ... ja, nein, ja, doch ... aber nun hieß es keine Löcher mehr in die Luft zu starren, er musste nun entschlossen sein, und bleiben, und daran denken, dass er sie liebte, und dass dafür jede Peinlichkeit in Kauf zu nehmen war ...

Du, sagte er, dann lass uns mal aufbrechen. Wir können uns in den Kammerspielen einen weiteren Wein genehmigen, wenn wir uns trauen, oder etwas anderes, wir müssen das auch nicht gleich austrinken sondern können es in den Logensaal mitnehmen. Meistens gibt es auch eine Pause, während der man sich etwas Neues holen kann, aber manchmal auch nicht, wir müssen fragen.

Und dann standen sie auf und Robert half Nele in den Mantel. Und sie traten auf die Straße hinaus, es war schon ein gutes Stück kälter geworden in der Zeit, die sie im Restaurant verbracht hatten, und die Sonne war mit ihrem Untergang beschäftigt. Aber Robert argwöhnte nun nicht mehr.

Was für ein Glück, sagte Nele, dass ich den Mantel angezogen habe. Und guck mal, wie schön der Himmel aussieht. Robert schaute auch zum Himmel. Wenn die Sonne noch einmal so klar und schön ist, bevor sie hinter Häusern oder Schornsteinen oder Bäumen verschwindet, dann sieht es so toll aus. Ich hab unterwegs im Auto schon mal angehalten um Fotos zu machen, aber bevor ich das Handy richtig eingestellt hatte, war die Sonne schon so gut wie weg. Ich finde, der Untergang geht immer schnell. Ja, meinte Robert, so ein Untergang geht oft sehr schnell. Beide lachten und schauten sich an. Ja, sagte Nele, ist so. Ist so, klang bei ihr wie isso. Sie zog sich den Mantel enger und versuchte den Kragen hochzustellen. Warte, ich helf dir, meinte Robert. Sie blieben stehen und Nele spürte, oder hoffte sie nur, jedenfalls schaffte er es den

Mantelkragen hochzustellen. Was gab es für einen Grund stehenzubleiben, also bitte, wie peinlich es sowieso schon war. Wie im Kitschfilm, aber da passte sie ja hinein. Aber wieso ist sowas denn kitschig. Warte, sagte sie, ich muss nur mal den Schulterriemen meiner Handtasche verstellen. Das ist immer so ein Gedöne damit. Laufend rutscht sie mir von der Schulter.

Robert wusste, dass es nun darauf ankam. So, wie Nele vor ihm stand, an ihrem Kragen und nun an ihrer Handtasche nestelnd, es war doch wie eine Einladung, was war denn los mit ihm, was wartete er denn noch, und doch kamen ihm Bedenken, nun, wo es darauf ankam, kamen ihm Bedenken, dass man sich noch nicht genug kannte, dass man sich getrost noch etwas Zeit lassen könne damit, nein, er wollte nichts mehr davon wissen, diese ewigen Bedenken, kennenlernen konnte man sich auch noch nach dem ersten Kuss, und vielleicht, nein, ganz sicher war es dann viel schöner, weil alle Spannung dann gewichen war und man sich auf das Schöne konzentrieren konnte, jawohl, das Schöne, und das Schöne stand vor ihm, und was wartete er denn noch?
Robert trat wieder ein Stück näher zu Nele heran. Er wollte, dass sie es weiß. Er wollte ihr die Möglichkeit geben ihn zurückzuschieben oder sich abwenden zu können wie von ungefähr, falls es ihr unangenehm war. Er legte ihr die Hand auf die Schulter, da, wo sie an den Riemen ihrer Handtasche hantierte, den Kopf etwas seitwärts geneigt. Sie schaute auf zu ihm. Er sah ihr in die Augen.

Er ist so nah, und schaut mich so an, und jetzt kommt der Kuss, oder soll ich, ich trau mich nicht, vielleicht will er nicht, ich bleib ganz unbeweglich, er soll ...

Ein erster Kuss, das - ist das Schönste doch, wenn zwei Menschen einander zugetan sind, wenn sich eine Übereinstimmung entwickelt, wenn sie sich lieben. Denn das alles ist da, auch wenn sie es noch nicht wissen. Vielmehr - über die eigenen Gefühle ist sich ein jeder der beiden durchaus im Klaren. Und wenn diese Klarheit Sehnsucht heißt. Die sich verquickt mit Hoffen und Bangen. Denn da ist dieser andere da, von dem man alles will und gar nichts weiß. Vor allem nicht das eine: ob er die eigenen Gefühle teilt und erwidert. Liebt er mich, wie ich ihn liebe. Ist er entschlossen zu diesem Kuss, der es besiegelt. Wird auch der Andere bereit sein sich auf das Abenteuer einzulassen. Das nun zweifellos in Aussicht steht. Und das es von nun an gemeinsam zu bestehen gilt. Von diesem Moment an, diesem ersten Kuss, aus Sehnsucht entstanden und in Seligkeit sich wiederfindend. Aus zwei Sehnsüchten eine Seligkeit zu schaffen, eins zu werden in diesem Gefühl, Liebe geheißen, von Kuss zu Kuss.

Dies alles ging Robert gewiss nicht durch den Kopf als er Cornelia in die Arme nahm. Und sie küsste.

Sie küsste ihn auch. Ohne zu überlegen machte sie mit. Es war so schön, es war endlich da, dieses Gefühl, und er, er sowieso. Und ihn anschauen und merken, wann er aufhören will, und weitermachen wollen, aber nur, wenn er ... Nicht zu lange, es ist erst ein Anfang.

Aber dann bitte nicht albern und abwiegeln, und es hat sich so ergeben, und so. Einfach nur weitermachen mit dem Schönen.

Sich noch einmal ansehen und nichts sagen. Und in die Augen schauen und lesen. Ich kann mich nicht irren, denn es ist alles so wie ich fühle.

Und sie schauten sich an, und Nele sah in seinen Augen alles, was sie so gerne sehen wollte. Und ihr fielen keine klugen Gedanken ein, und sagen konnte sie auch nichts.

Und genau so waren auch Roberts Gefühle. Weitermachen mit dem Schönen. Das nun begann, das nun da war ganz und gar und ohne Fragen. Und so schön. Ihr in die Augen zu sehen. Und Liebe zu lesen. In ihren Augen. So schön.

Und Robert legte seine Stirn an Neles Stirn. Tief blickten sie sich in die Augen. Du, sagte Robert, nun wird es ein ganz besonderer Abend. Und wieder küssten sie sich. Ganz langsam, beinahe bedächtig. Dieses Mal war es wie eine Bestätigung des ersten Kusses. Sie wussten sich nun.

Und dann lösten sie sich voneinander. Und sahen sich an. Da war doch noch etwas? Sie hatten doch noch etwas vor?

Und Robert tastete nach ihrer Hand, wie die ihre nach der seinen gesucht hatte, so fanden sie sich wie von selbst. Und das war beinahe ein noch schöneres Gefühl. Sich gemeinsam auf den Weg zu machen. Hand in Hand.

Und so gingen sie die Straße hinunter, vorbei an den schönen Gründerzeithäusern, unter den hohen Platanen. Und bald schon schlenkerten sie mit den Armen, übermütig, wie zwei Teenager. Und dann blieben sie wieder stehen und küssten sich noch einmal. Ja, es war wahr. Es gab sie, sie beide nun.

Und wie Robert gesagt hatte, waren sie auch bald da, standen an der Treppe, die zu dem hell erleuchteten Theater hinaufführte.

Und alles war anders. Und etwas war Wirklichkeit geworden. Nele musste sich nichts mehr überlegen, und sie konnte sich frei fühlen, kann man sich in Liebe frei fühlen? Ja, dachte sie, man kann es gerade dann. So glücklich fühlte sie sich, und sie freute sich auf das Konzert, und vorher würden sie noch einen Wein trinken. Jeder sollte sich nochmal verlieben, wenn er älter ist, dachte Nele. Es ist weniger ungestüm, es ist viel wissender. Und die Hand des andern hat so viel mehr Gewicht.
Und seine Augen suchten ganz anders, und ihre Augen verstanden das Geschriebene in seinen Augen, und alles war gut.
Robert und sie gingen die Treppe hinauf, und am liebsten hätte sie ein Stufenspiel gemacht, so übermütig war sie. Und beide freuten sich auf einen nunmehr ganz besonderen Abend.

Und schon standen sie im Foyer. Und entdeckten sich in einem großen Spiegeln. Noch immer Hand in Hand. Mit großen Augen. Sie stellten sich davor hin. Sie setzten sich in Pose. Untergehakt, mit strahlenden Gesichtern. Du, sagte Robert, lass uns erst einmal die Mäntel abgeben, die Garderobe ist eine Etage tiefer. Dort befand sich auch der Logensaal, und Peter entdeckte sie auch gleich wie sie die Treppe hinunter kamen. Er trat auf sie zu und Robert stellte ihm Nele vor. Er freue sich Sie kennenzulernen, sagte Peter. Und wenn er das sagte, meinte er das auch. Und Robert nickte er freundlich zu, er müsse gleich zurück, die

Vorbereitungen, doch die Karten lägen bereit. Sie würden bei ihnen mit am Tisch sitzen, es sei nicht mehr anders machbar gewesen, ausverkauft. Und zog wieder davon. Und Nele schaute Robert fragend an. Und der erklärte es ihr, während sie ihre Mäntel abgaben. Er habe die Karten zu spät bestellt, da sei es bereits ausverkauft gewesen. Doch es gäbe einen Tisch, an dem Peter und seine Mitarbeiterin, die die Abendkasse führte, während der Vorstellung Platz nähmen. Und da es sich jeweils um Vierertische handele, befänden sie sich nun in bester Gesellschaft. Und er strahlte sie an, und sie ihn, und schon gaben sie sich wieder einen Kuss, nur so, auf den Mund, Lippe zu Lippe, und doch ... Freude.

Du, meinte Robert dann, nun habe ich doch zu fragen vergessen, wegen der Pause, du weißt, und er nahm sie bei der Hand und sie gingen zum Logensaal hinüber, den Nele nun schon einmal bewundern durfte, einige Leute saßen bereits an ihren Tischen, ein Klavier auf der kleinen Bühne, gedämpfte Beleuchtung. Und? fragte Robert. Schön, flüsterte Nele zurück und drückte seine Hand. Und Peter stand bei seiner Kollegin an der Kasse. Zu denen traten sie hin. Nein, entgegnete Peter auf Roberts Frage, eine Pause werde es nicht geben, sie sollten sich nur genügend zu trinken besorgen, er könne aber auch etwas bestellen, es sei ganz entspannt nun, und den Tisch kenne er ja, aber Robert sah Nele fragend an, versuchte sich in ihren Blick zu lesen, nein, entschied er dann, wir besorgen es uns selbst, und Peter nickte wieder, Nele einen freundlichen Blick zuwerfend.

Erneut tastete Robert nach Neles Hand. Die sich fand wo sie sein sollte. Und so gingen sie wieder die Treppe hinauf und - traten noch einmal vor den Spiegel hin, wie wenn sie sich verabredet hätten. Strahlend. Im Spiegel. Und dann -

war ihnen der Spiegel egal. Und sie drehten sich zueinander hin. Und sie küssten sich. Wie wenn ... wie wenn ... das war gar nicht zu beschreiben. Wie man sich küsst wenn man liebt, wenn man frisch verliebt ist.

Und dann gingen sie ins Bistro hinüber und Robert bestellte jedem ein Wasser und ein Glas Grauen Burgunder. Der ist gut hier, sagte er, und Nele drückte seine Hand. Und der Kellner sagte ihnen, sie mögen nur ruhig wieder nach unten gehen, er würde es ihnen vorbeibringen. Das war nett von ihm, doch auch er mochte etwas von dem Zauber abbekommen haben, der von Nele und Robert ausging, dieser ganz besondere Zauber, der sie umstrahlte. In dem sie sich geborgen fühlten. Und geborgen fühlen durften.

Nele fühlte sich so beschwingt, und in dieser Stimmung musste sie gut aufpassen, dass sie nicht zu impulsiv reagierte. So wie jetzt. Sie hatten Platz genommen und schauten sich an und nein, sie konnte nicht schon wieder küssen wollen. Sie lachte, und auf Roberts Frage, warum, gab sie keine Antwort und schüttelte leicht mit dem Kopf. Sie schaute sich um und fand es schön hier. Alle Altersklassen waren beim Publikum vertreten. Robert nickte einem Paar zu, das an ihrem Tisch vorbeiging. Man kennt sich, meinte er, die beiden sind auch oft hier. Der Wein wurde gebracht, und Robert nahm sein Glas. Auf uns und einen schönen Abend, strahlte er. Ja, gab Nele zurück, jaaa.

Ihr fiel auf einmal ein, dass sie ihr Handy noch nicht auf stumm geschaltet hatte. Das würde noch fehlen, mitten in der Vorstellung ein Klingelton, und dann auch noch die Chili Peppers. Sie nahm das Handy aus der Tasche und entdeckte eine WhatsApp Meldung. Marion hatte gefragt, ob alles in Ordnung sei, und nochmals einen schönen Abend gewünscht. Da musste sie mal eben antworten. Ja, ja, meinte Robert, ohne Handy ist man echt aufgeschmissen, richte ihr einen Gruß von mir aus. Nele stellte zur Feier des Tages ihr Handy ab, und nicht nur auf Stumm, mit Vibration...

Dann war es auch schon so weit. Das Licht wurde heruntergefahren und Peter und seine Kollegin setzten sich zu Nele und Robert an den Tisch, auch sie hatten sich etwas zu trinken mitgebracht. Da betraten bereits Veronique Elling und ihre drei Begleiter an Klavier, Cello und Akkordeon die Bühne. Das Publikum wurde freundlich begrüßt - und schon ging es los.

Veronique war eine großartige Interpretin und verstand es die Chansons mit Texteinlagen zu verknüpfen, die den Aufzeichnungen und Briefen Edith Piafs entnommen waren und häufig einen Bezug zu den vorgetragenen Liedern herstellten. Das war nicht nur interessant, es war schön, es war wundervoll, zumal für Nele und Robert, die immer wieder Blicke wechselten und sich die Hand drückten. Ihre fröhlichen Augen wurden noch heller.

So vergingen anderthalb Stunden wie im Fluge. Es hätte länger so weiter gehen können für die beiden, die nun klatschten und klatschten, einander zulächelnd, glücklich. Und immerhin zwei Zugaben geschenkt bekamen für ihre Mühen.

Doch dann war es vorbei. Und Peter lud sie ein noch ein Weilchen zu bleiben, Veronique würde bestimmt gleich noch auf einen Schwatz vorbeikommen, und vielleicht noch der ein oder andere ihrer Musiker, auch ein Schauspieler vom Thalia-Theater, der mit seiner Freundin unter den Zuschauern gesessen hatte, gesellte sich nun an ihren Tisch, auch den kannte Robert, es war eine kleine Welt, in der man sich hier bewegte.

Und Robert sah Nele fragend an und die nickte freudig ihr Einverständnis. Und Robert sagte, dass er nun gerne auf die Toilette gehen würde, danach könnte er ja noch etwas zu trinken ordern, und Nele fand das eine fabelhafte Idee, sie wolle sich unbedingt anschließen, sagte sie, und ließ ihr helles Lachen hören, dieses Lachen, das so tief von innen kam und das Robert so sehr mochte und einmal mehr gefangen nahm.

Ich will es immer und immer hören, sagte er sich, und nahm sich das Versprechen ab, stets dafür Sorge zu tragen, dass es nie verloren ginge.

Und so standen sie auf, streckten sich ein wenig, und machten sich auf den Weg zu den Toiletten, Hand in Hand, doch dann hieß es sich voneinander zu lösen, mit einem Kuss, natürlich, Robert in dieser, Nele hinter der anderen Tür verschwindend.

Robert war als erster wieder draußen und schlenderte zur Garderobiere hinüber um ein paar Worte zu wechseln. Doch Nele kam auch bald und Robert nahm sie bei der Hand, dann in den Arm. Das war nun, sagte er, der erste Trennungsschmerz. Es hätte scherzhaft klingen sollen, doch dann merkte er an Neles Blick, dass er es besser nicht hätte sagen sollen, denn auch ihm versetzte es nun einen kleinen Stich, der Gedanke, dass dieser schöne Abend bald zu Ende gehen sollte ...

Ja, genau, dachte Nele, Trennungsschmerz. Wir müssen noch besprechen, wann wir uns, und auch wann die Bahn fährt. Und wenn die letzte Bahn zu früh fährt, nehm ich mir ein Taxi. Ist mir dann gleich, was es kostet. Einmal ist keinmal, besänftigte sie sich. Sie mochte jetzt auch nicht weiter darüber nachdenken, sie hatte ja bereits die Lösung gefunden.

Nele küsste Robert und lachte, woher willst du wissen, dass ich einen Trennungsschmerz haben werde, dass du einen haben wirst, glaub ich. Das war jetzt ziemlich blöd von mir, dachte sie, als sie Roberts Gesicht sah.

Wir gehen am besten zum Tisch zurück, sagte Nele, bin gespannt ob Veronique schon da ist. Wir müssen ja nicht ewig dableiben, wir könnten ja noch...

Na, meinte Robert, was könnten wir denn noch? Vielleicht, ich weiß es auch nicht, meinte Nele, ich dachte nur, dass wir noch etwas alleine sind, bevor ich fahre. Oder, lachte sie verlegen, oder nicht?

Also, nicht lange, vielleicht können wir ja noch einen kleinen Spaziergang danach machen, oder so.

Was Neles Bemerkung zum Trennungsschmerz anlangte, war Robert etwas verstimmt. Aber er mochte es ihr nicht übel nehmen. Sie hatte es gewiss als Neckerei verstanden. Frauen waren manchmal so ... so ... nun ja - so eben. Und schließlich hatte er ja damit angefangen, unnötigerweise. Er beschloss, nicht weiter darauf einzugehen. Das andere allerdings ...

Du, sagte er, wir müssen uns doch noch etwas zu trinken bestellen. Und außerdem habe ich eine Idee. Nein, verbesserte er sich, genau genommen sind es zwei Ideen, und ich finde sie beide ziemlich gut. Vorschlag eins: wir lassen es ruhig angehen und bleiben so lange wir mögen. Dann fahren wir mit dem Taxi nach Hause, bringen dich nach Norderstedt, und danach fährt es mich weiter nach Wellingsbüttel. Und Vorschlag zwei, nun ja, nun, du fährst doch erst Montag zurück nach Düsseldorf, da könnten wir doch morgen noch zusammen sein, einen Ausflug machen, und deine Freundin kommt mit, versteht sich, wenn sie mag, die dürfen wir natürlich nicht vergessen, denn schließlich bist du ja ihretwegen hergekommen, aber ich glaube, selbst wenn wir ab und an ein wenig herumturteln, das wird sie verkraften können, und wir hätten noch einen ganzen Tag, überleg doch mal, einen ganzen langen Tag ...

Oh ja, Roberts Idee fand Nele gut. Dann machen wir es so, dass wir das Taxi nehmen. Ich sprech mit Marion, wenn sie mag, kommt sie morgen mit, und wenn nicht, komm ich alleine. Dann sehen wir uns morgen auf jeden Fall. Marion wird es verstehen, da bin ich mir sicher.
Nele freute sich und fiel Robert um den Hals. Er ist soo süß, dachte sie, und vergaß, dass es mögliche Zuschauer gab. Aber ein Küsschen auf jedes Auge musste mal eben sein. Robert lachte, und meinte, sie hätte ihn fast blind geküsst. Ist gut, so Nele, dann bekommst du noch einen Kuss auf den Mund. Und ehe er sich's versah, wurde er geküsst.
So, ab jetzt werde ich mich benehmen, meinte Nele. Es kann ja nicht sein, dass ich mich aufführe wie ein Teenager. Zum Glück schien Robert nicht beleidigt zu sein. Er lachte nur und nahm ihre Hand.
Die Getränke wurden bestellt, und beide gingen zum Tisch zurück.

Robert freute sich. Einmal mehr freute er sich über Nele, und freute sich mit ihr. Ihre Spontaneität hatte so etwas Erfrischendes, Lebensfreudiges. Und ansteckend war es auch.
Sie gingen also wieder in den Logensaal hinunter. Veronique und Peter saßen nun auch am Tisch, auch zwei weitere Tische noch waren besetzt, doch die meisten

Besucher waren längst nach Hause gegangen. Das Haus war nun nahezu leer, da in den Kammerspielen an diesem Abend keine Vorstellung stattgefunden hatte. Es wurde noch ein Wein getrunken und Veronique und Peter erzählten von einem Projekt, das sie gemeinsam ins Leben gerufen hatten. Es war dies der Salon Francais, der einmal im Monat stattfand, und in dessen Verlauf sich verschiedene französischsprachige Künstlerinnen und Künstler der unterschiedlichsten Sparten präsentierten. Der Clou war, dass auch das Publikum mit eingebunden wurde, Gespräche mit und Fragen an die Künstler waren ausdrücklich erwünscht. Und das alles auf Französisch, so das Konzept, und das funktionierte ganz prima, auch wenn man ab und an ein Auge zudrücken musste, wenn es allzu kompliziert wurde.

Man trennte sich aber bald, Veronique war müde und auch Peter zog es heim ins Bett.

Du, sagte Robert zu Nele, wir gehen noch ein Stück, es ist ja noch früh, und du wolltest doch auch noch etwas spazieren gehen, und ich, hmmm, und er sah sie verschmitzt an, hätte auch nichts dagegen einzuwenden. Es muss ja nicht weit sein, nur bis zum Dammtor-Bahnhof, dort finden wir mit Sicherheit ein Taxi, und auf dem Weg erzähle ich dir, was ich mir so vorstellen könnte für den morgigen Tag.

So nahm man also Abschied und die beiden holten ihre Mäntel ab.

Frisch war es geworden, richtig frisch, und es schauderte ihnen ein wenig, wie sie auf die Straße traten, aber sie nahmen sich gleich wieder in den Arm. Das wärmt, flüsterte Nele Robert ins Ohr.

Oh ja, sagte der nur, oh ja. Und schon küssten sie sich wieder. Und dann hakte sich Nele bei Robert ein und beschwingt machten sie sich auf den Weg.

Ich habe mir gedacht, erzählte Robert, dass wir gemeinsam an die Landungsbrücken fahren. Wo wir uns vorher treffen wollen, können wir morgen Vormittag noch besprechen. Und von den Landungsbrücken fahren wir mit der Fähre nach Teufelsbrück. Weißt du, ich könnte mir vorstellen, dass es auch für Marion ein schöner Ausflug sein könnte, denn ich denke, dass es ihr womöglich ähnlich ergeht wie mir, wenn man im Osten Hamburgs zuhause ist, dann kommt man eher selten mal in den Westteil, irgendwie trifft sich immer alles in der Mitte. Ich jedenfalls bin schon lange nicht mehr dort gewesen, aber gut, vielleicht hat Marion noch eine bessere Idee, ihr könnt das nachher ja noch in aller Ruhe besprechen.

Aber wenn sie mit meinem Vorschlag einverstanden sein sollte, können wir uns während der Fahrt überlegen, ob wir lieber über Blankenese zum Falkensteiner Ufer hinaufwandern und das Puppenmuseum besuchen, oder in den Jenisch-Park gehen, der gleich oberhalb der Landestelle beginnt, und das mitten im Park gelegene Ernst-Barlach-Haus besichtigen und von dort aus Richtung Innenstadt den Elbuferweg entlangspazieren um dann am Fischmarkt rauszukommen.

Und irgendwo dazwischen, ich glaube am Museumshafen in Övelgönne, liegt ein alter Passagierdampfer vor Anker, der zum Restaurant umgebaut ist und wo man aufs Vorzüglichste Fisch essen kann, da bekommt die Nele dann eine Scholle vorgesetzt, oder wonach auch immer ihr gelüstet ...

Nele war begeistert, der Vorschlag gefiel ihr. Sie kannte ja überhaupt nichts von Hamburg. Mit der Fähre über die Elbe, das ist auch schön. Bei uns in Kaiserswerth gibt es auch eine Fähre. Man setzt mit ihr nach Langst über. Als mein Sohn klein war, sind wir manchmal mit der Fähre hin- und hergefahren. Einfach nur so, ohne an Land zu gehen. Wir beide fanden das so schön. Alexander hat das nie verstanden. Das lohnt sich doch gar nicht, meinte er immer. Die Fähre nimmt den kürzesten Weg und man hat nicht viel vom Rhein. Nimm doch das Auto, und dann fahrt ihr von Langst aus mal in die anderen Dörfer. Ja, klar, das wusste ich auch. Aber Tim und ich mochten doch das Fährefahren an sich.

Schade, meinte Nele, dass morgen Sonntag ist. Du hast eben den Fischmarkt erwähnt. Da gibt es ja sicher am Sonntag keinen Verkauf. Ich finde die Verkäufer so klasse, wenn sie ihre Waren so lautstark anpreisen. Überhaupt, wenn auf Märkten Vorführungen stattfinden, wo z.B. Küchengeräte vorgestellt werden, eine Reibe vielleicht, dann könnte ich ewig stehenbleiben und zuhören. Immer schon fand ich sowas lustig. Wenn dann Interessierte mit einbezogen werden, und sich mit ihnen eine Diskussion entwickelt, herrlich. Wobei ich mich nie daran beteiligen würde, aber das Zuhören ist so spaßig.

Ach ja, seufzte Nele, das finden meine Bekannten langweilig, und ihnen zuliebe bleib ich auch nie mehr stehen.

Ja, ja, meinte Robert, was man alles so aufgibt für andere. Er fand es wahrscheinlich genau so lächerlich wie alle anderen auch. Hätte sie es bloß nicht erzählt. Überhaupt, wieso erzählte sie so viel von sich.

49

Sie sah Robert an. Wo würdest du denn am liebsten hingehen, fragte sie, ins Puppenmuseum oder ins Ernst-Barlach-Haus?

Das überlass ich euch, meinte er, es ist beides interessant.

Ich finde es schön, sagte Nele, wie es gekommen ist. Ich auch, Robert sah sie an. Hast du damit gerechnet, Nele schaute ihn an. Ich hab es mir irgendwie gewünscht, setzte sie hinzu. Was soll das denn heißen, fragte Robert. Ach, nichts weiter, nur, dass ich es mir gewünscht hab. Ja, mehr sagte er nicht. Wie, ja, was heißt das denn, Nele lachte. Na, egal, meinte sie, und gab Robert einen Kuss auf die Nase und einen zweiten auf die Stirn.

Und Robert betrachtete sie, beglückt. Und gab ihr seinerseits einen Kuss auf die Nase. Und strich ihr die Haare zurück und gab auch jedem ihrer Ohren einen Kuss. Und pustete sanft hinein.

Nele schummerte es, und ein wenig zuckte sie mit den Schultern. Fast war es Robert, als schnurrte sie wie eine Katze. Magst du das, flüsterte er. Ja, hauchte sie zurück. Da gab er ihr noch einen Kuss auf den Mund.

Duu, Nele, sagte er dann, der Fischmarkt, das ist kein Wochenmarkt im üblichen Sinne, den gibt es nur am Sonntag, und dann auch noch ganz früh. Du müsstest schon um 5 Uhr dort sein, damit es sich lohnt.

Wir könnten jetzt natürlich nach St. Pauli fahren und die Nacht durchtanzen. Im Mojo Club oder im Uebel & Gefährlich. Der Name allein klingt doch schon vielversprechend, findest du nicht auch? Und wenn wir uns müde getanzt haben suchen wir uns ein nettes kleines Café, wo es ein frühes Frühstück für uns gibt, ja, und dann ist auch schon Zeit für den Fischmarkt. Aber ich denke, dass wir das der armen Marion nicht antun sollten.

Für deinen nächsten Besuch aber merken wir es uns vor. Ich glaube, du bist jemand, der gerne tanzt, ich müsste mich schon sehr täuschen, wenn es nicht so wäre, ich jedenfalls tanze für mein Leben gerne. Na, und dann sollst du natürlich auch deine Marktschreier bekommen, so viele du willst, und die Lautesten und die Wildesten, du wirst entzückt sein. Duu, Nele? Ja? Ich liebe dich.

Ich dich auch, du, ich liebe dich auch. Nele sah Robert an. Einen Moment lang die Luft anhalten, das machte sie immer, wenn sie wissen wollte, ob da etwas war in ihr. Dann wird es so abgekapselt, das Innere horcht, ob alles in Ordnung ist.
Nele sah Robert an, sie sah nur Liebe in seinen Augen. Und sie liebte ihn auch, das wusste sie. Und sie küssten sich anders als zuvor, wissender, sie mussten nicht mehr suchen. Sie hatten sich gefunden. Es war schön, es war anders. Es war alles gesagt in einem Satz. Der stand fest. Sie glaubte Robert, und Robert glaubte ihr. Du, am schönsten war das du. Du immer DU. Nele legte ihren Kopf an seine Brust. Ihre Arme waren um ihn geschlungen. Seinen Mantel hatte sie aufgeknöpft. Und Robert machte es genauso. Er hielt sie umschlungen und legte seinen Kopf auf ihren Kopf. Nele war glücklich und beide wurden ganz still.

Das war schön, wie sie das gesagt hatte, dachte Robert und drückte Nele noch ein wenig fester an sich. Ich liebe dich. Das war so - bestimmt, wie sie das gesagt hatte, als ob es gar nicht anders hätte sein können. Dabei hatte ich es doch zuerst gesagt. Und auch ich hatte es bestimmt gemeint. Ich wusste, dass es so ist. Ich weiß, dass es so ist. Nach so kurzer Zeit. So lange ist es gar nicht her. Der erste zögerliche Kuss. Und doch, und doch ... zuvor schon, ja in Düsseldorf bereits, da war es so bestimmt gewesen. Nur was, nur was - gewesen? Das klingt so nach Vergangenheit. Genau. Es war etwas erwacht. Es hatte geschlummert. Und nun war es erwacht. Wie aus einem Dornröschenschlaf. Ob es das gibt? Dass man sich findet? Dass man zusammen gehört und gar nichts voneinander weiß? Und dann, durch Zufall, trifft man sich. Da braucht es sehr viel Glück dazu, dachte Robert, sehr viel Glück. Und dieses Glück habe ich jetzt gefunden. Ob es Nele wohl ähnlich ergeht? Nachher, im Taxi, werde ich sie fragen. Ach - halt! Vielleicht möchte sie ja tanzen gehen. Er richtete sich ein wenig auf, löste seine Stirn von ihrer Stirn. Nele, du, fragte er sie, was machen wir denn nun: Taxi oder Tanzen?

Tanzen, bitte, Nele schaute ihn an.
Robert schmunzelte, wenn du es gerne möchtest, ich sag nicht nein. Gibst du Marion Bescheid? Nele murmelte ein ja vor sich hin. Richtig war es ja nicht, sie hatte nur an sich gedacht. Aber, ja und, dann denk ich jetzt mal nur an mich. Marion würde es verstehen, da war sie sich sicher. Aber trotzdem ist es nicht nett von mir. Marion und sie hatten schon Pläne gemacht, und der Tag sollte mit einem ausgiebigen Frühstück beginnen.
Robert, ich glaub, wir verschieben das Tanzen auf einen späteren Termin. Marion wäre enttäuscht. Lass uns lieber das Taxi nehmen. Wir sehen uns auf jeden Fall morgen wieder, ob Marion Lust hat mitzukommen, sehen wir dann.
Robert verstand ihre Entscheidung. Ja, meinte er, wir haben dazu immer noch Gelegenheit. Vielleicht ja schon

beim nächsten Mal, du wolltest ja die Marktschreier kennenlernen.

Ja, und dich will ich auch genauer kennenlernen, Nele lachte, aber wer weiß, vielleicht liebe ich dich dann gar nicht mehr.

Was soll das denn heißen, meinte Robert, das versteh ich nicht.

Ach nichts, Nele war verlegen, ich habs nur so gesagt, aus Spaß. Aber es war blöd, ich hab dich lieb, und das bleibt so, egal was kommt.

Ich würde so etwas nicht sagen, meinte Robert. Ich käme gar nicht auf die Idee. Ich bin verliebt in dich, und ich liebe dich, obwohl ich dich nicht genau kenne.

Am Taxistand standen zwei Taxis in Bereitschaft. Na, meinte Robert, sollen wir eins nehmen? Ja, bitte. Hoffentlich dauert die Fahrt ganz lange, und von mir aus kann er sich ruhig etwas verfahren.

Sie kramte in ihrer Handtasche nach dem Handy. Ich muss nochmal nach Marions Hausnummer sehen. Beim Anmachen des Handys wurden zwei WhatsApp Nachrichten angekündigt. Aber jetzt lese ich sie nicht, entschied sie sich. Eine war von Tim und die andere von einer Arbeitskollegin.

Sie hatte die Adresse gefunden und dem Fahrer die fehlende Hausnummer genannt.

Weißt du was, sagte Robert, lehnte sich zu Nele hinüber und nahm ihre Hände in die seinen, ich möchte gar nicht wissen was morgen ist, oder vielmehr - mir Gedanken darüber machen was morgen sein könnte. Ich bin zwar kein grüblerischer Mensch, aber früher habe ich mir schon reichlich Gedanken gemacht. Von meiner Ehe will ich gar nicht reden, das hatte auch seine ganz speziellen Ursachen, warum das nicht funktioniert hatte, ich habe dir ja schon ein wenig davon erzählt. Das ist aber schon so lange her, dass ich gar nicht mehr darüber nachdenke. Aber danach kam dann eine Zeit, da hatte ich eine Beziehung nach der anderen, so etwa im Jahresabstand. Und es ist immer schiefgelaufen. War es eine Kollegin, so scheiterte es an zu großer Nähe. Weil man ja ähnlichen Interessen folgte. Das kann ermüdend sein. Oder wenn es eine Frau war, die in einem anderen Bereich arbeitete, dann war es zu große Entfernung. Es fehlte irgendwie an der Mitte, wenn du verstehst was ich meine, ein Ort, wo man sich treffen konnte und ansonsten eigene Wege ging. Und bei dir, ja, da hatte ich gleich das Gefühl, dass wir beide diesen Ort kennen, ich drücke mich da wohl etwas ungeschickt aus, aber da ist noch etwas anderes, ich bin noch nie so verliebt gewesen, da brauche ich gar nicht drüber nachzudenken, das ist so, und vielleicht, ja ganz bestimmt sogar, möchte ich darum nichts von einem Morgen wissen, weil ich Angst davor habe, dass es wieder schiefgehen könnte. Darum möchte ich dich lieben und an die Liebe glauben, jetzt, hier, in diesem Moment.

Nele hörte ihm zu und merkte, dass er aus seinem Herzen sprach. Er war ehrlich und sie war berührt. Bei ihr war es ähnlich verlaufen. Ein paar sogenannte Beziehungen, aber nichts auf Dauer. Es lag mit Sicherheit auch daran, dass sie Männern nicht mehr richtig glauben konnte. Im Laufe der Jahre waren ihre Zweifel zwar weniger geworden. Aber den richtigen Partner hatte sie nicht gefunden.
Aber, Nele sah Robert an, wie stellst du dir die Mitte vor? Wäre es eine Fernbeziehung mit aller Liebe darin, die möglich ist? Man kann sich trotzdem verwirklichen, indem man das tut, was man möchte, und man kann es,

weil man ja nicht zusammen lebt. Und jeder ist reif genug, den andern zu lassen wie er ist. Eigentlich, so Nele, scheint es eine perfekte Lösung zu sein. Und hätte mir jemand vor dreißig Jahren so etwas gesagt, wäre ich fürchterlich enttäuscht gewesen. Ich wundere mich, dass ich jetzt so anders reagiere.

Aber eins weiß ich auch, so Nele, ich bin verliebt in dich, und wenn ich sage, ich liebe dich, empfinde ich es genau so. Und ja, ich möchte, dass es so bleibt. Und ich hoffe, dass wir es hinkriegen. Aber, jetzt möchte ich über nichts mehr nachdenken, ich möchte dich küssen zum Beispiel. Schwupps zog sie Roberts Hemd aus der Hose, und ehe er sich wehren konnte, hatte sie ihn auf den nackten Bauch geküsst. Aber, es war ein Geräuschekuss, der den Bauch wackeln ließ und unanständige Geräusche machte. Robert lachte und sagte, hör auf damit, was soll der Fahrer denken. Na und, meinte Nele, lass ihn denken was er will. Sie stopfte sein Hemd wieder in die Hose, und kuschelte sich an Robert und beide küssten sich. Du Robert, du könntest mir Zahlen oder Buchstaben auf den Rücken schreiben, und ich muss erraten, was du schreibst, ja, bitte.

Robert schrieb: Ich liebe dich. Das war aber einfach, beschwerte sich Nele. Das soll es auch sein, lachte Robert. Und Nele lachte auch. Und schon wieder küssten sie sich.

Jetzt schreib ich bei dir, sagte Nele, und malte einen Kaktus auf seinen Rücken. Robert tippte auf einen Baum. Nein, so Nele, stimmt nicht. Sie malte ganz langsam wieder einen Kaktus. Mmmmhh, kein Baum, mal nochmal. Das machst du extra, rief Nele, nur damit ich immer malen muss. Ich sag dir jetzt die Lösung, und dann malst du wieder.

Robert traute es sich nicht zu, Kaktusse noch sonstige Blümchen solchermaßen hinzubekommen, dass irgendjemand irgendetwas hätte erkennen können.

Wenn das aber hieße Nele nahe zu sein und sich erneut über ihren Rücken hermachen zu dürfen, sollte es ihm recht sein.

Er hatte sich schon etwas Besonderes ausgedacht, als das Taxi zum Stehen kam, sie hatten ihr Ziel erreicht.

Oh schade, dachte Robert, aber er hatte es kommen sehen, er kannte sich in Norderstedt gut genug aus. Wir sind da, sagte er zu Nele, die mit ihren Gedanken ganz woanders zu sein schien. Oh, murmelte sie nur, und begann sich zurechtzuzupfen.

Du, sagte Robert, ich würde dich gerne noch bis vor die Tür begleiten, wenn ich darf, und, zum Fahrer gewandt, ich darf doch kurz mit aussteigen? Aber ja, erwiderte der Fahrer, der glücklicherweise nicht zur gesprächigen Sorte gehörte und die beiden auch während der Fahrt hatte gewähren lassen.

Schade, dachte Nele, jetzt müssen wir Abschied nehmen. Dabei wäre sie noch gerne weitergefahren mit ihm. Sie kramte in ihrer Handtasche nach der Geldbörse. Sie schaute nach vorn auf das Taxameter. Gleich geb ich Robert das Geld, dachte sie. Ach ja, Marions Schlüssel, sie hatte ihn in einem Extrafach untergebracht. Sie stieg aus. Du, Robert, es kann ja nicht sein, dass du alles bezahlst, warte, hier ist das Geld für's Taxi.

Nein, kommt nicht in Frage, sagte Robert, und schob Neles Hand sanft zurück. Ich zahle, wenn er mich in Wellingsbüttel absetzt. Aber jetzt komm, lass uns aussteigen, ich möchte dich nämlich küssen wie noch nie, und dir für den schönen Abend danken, und einfach nur glücklich sein, dass es dich gibt, und auf morgen freue ich mich, oh, und wie ...

Und sie stiegen aus, und eng umschlungen gingen sie bis vor die Haustüre hin. Und dann haben sie sich geküsst wie noch nie. Und eigentlich hätte das gar nicht aufhören dürfen, aber sie hörten dann doch auf und Robert sagte, du, sagte er, richte deiner Freundin bitte einen schönen Gruß aus und sage ihr, sie solle mir nicht böse sein, dass ich dich ihr entführte, und dass ich mich freuen würde, wenn sie morgen mitkäme und ... und überhaupt ... Nele, du ... du bist einfach einzigartig ... Und schon wieder lagen sie sich in den Armen, und küssten sich, und küssten sich wie sie sich noch nie geküsst hatten, und Robert wunderte sich, wie konnte das denn sein, dass es schon wieder eine Steigerung gab, aber mit Nele schien alles möglich zu sein ... aber dann trennten sie sich doch, Nele zog ihren Schlüssel heraus um die Haustüre zu öffnen und Robert wandte sich um und ging zurück zum wartenden Taxi...

Nele war glücklich. Einfach glücklich. Sie hoffte, dass Marion schon zu Bett gegangen war. Dann könnte sie sich gleich hinlegen und vor sich hin träumen. Es war alles still, und nur ein kleines Lämpchen brannte, und ein Zettel lag davor. Bin schon ins Bett gegangen. War so müde. Ich hoffe, du hattest einen schönen Abend. Wenn du was brauchst, bedien dich. Du weißt ja wo alles steht. Bis morgen früh, schlaf gut.

Nele war froh, ging ins Bad, machte sich zurecht für die Nacht, schaute sich im Spiegel an und fand, dass sie glücklich aussah. Sogar kleine Fältchen und größere Linien sahen jetzt nicht so dramatisch aus. Na ja, dachte Nele, es wird an dem Licht hier liegen. Ob Robert wohl alles gesehen hatte? Bestimmt, dachte Nele, aber entweder er kommt klar damit oder nicht, wenn nicht, kann er sich gleich vom Acker machen ...

Sie legte sich aufs Gästesofa und kuschelte sich ein. Lampe aus und träumen. Sie stellte sich Robert vor und sein Gesicht, und sie konnte es sich genauestens vorstellen. Sie spürte seine Küsse, sie roch seinen Duft, sah seine Augen mit diesem Blick, und spürte seine Hände, und hörte seine Stimme, und hatte Sehnsucht, und die Sehnsucht war so groß...

Und dann schlief sie ein, und wurde von Marion unsanft geweckt. Der war nämlich eine Tasse hingefallen, als sie den Frühstückstisch decken wollte. Oh, rief Marion, das tut mir leid. Ich dachte, ich steh auf und deck schon mal den Tisch. Wie spät ist es denn, fragte Nele. Sechs Uhr erst, so Marion, aber ich konnte nicht mehr schlafen. Ach, egal, meinte Nele. Ein leckerer Kaffee ist nicht schlecht. Ja, meinte Marion, du kannst dir einen machen, du weißt ja mit der Senseo umzugehen. Ich trink meinen Tee. Sollen wir uns Brötchen aufbacken? Ich hab aber auch Brot. Sie entschieden sich für die Brötchen und Nele fing an zu erzählen. Hör mal, meinte Nele, bist du sauer, wenn ich Robert heute noch mal sehe? Ich soll dir auch Grüße von ihm ausrichten. Wieso, meinte Marion, wann wollt ihr euch denn treffen? Das weiß ich noch nicht, aber wir würden dich gerne mitnehmen. Robert hat einen Ausflug mit der Fähre in den Westen von Hamburg vorgeschlagen. Hast du Lust mitzukommen?

Aber, ihr wollt doch bestimmt lieber alleine sein, meinte Marion, oder? Nein, Quatsch, ja, ich mein eigentlich schon, aber trotzdem wär es schön wenn du mitkommst. Ach, ich weiß nicht, so Marion. Jetzt zick nicht rum, du kommst mit, okay, so Nele. Na gut, ich bin auch schon lange nicht mehr mit der Fähre gefahren, und fänd es schon ganz nett.

Ja super, da freu ich mich. Ich schick Robert eine sms, aber ich warte noch etwas, es ist noch sehr früh. Du, Marion, weißt du was, ich bin sooo verknallt in ihn, wenn du ihn siehst, wirst du mich verstehen.

Ist doch supi, meinte Marion, also ich find es klasse. Mit ihm kann ich reden wie mit dir, sagte Nele. Er ist irgendwie ganz anders als Peter es war. Ach, Peter, meinte Marion, ich wusste sofort, dass das nichts wird mit euch. Wenn der schon mit seinen Vorträgen anfing, der war sowieso total rechthaberisch. Und, meinst du, dass Robert auch in dich verknallt ist? Ja, ist er. Hat er das gesagt? Ja, aber mehr sag ich nicht. Musst du ja auch nicht, Marion schaute sie an, aber wie war denn das Konzert? Die Brötchen waren aufgebacken, der Tisch gedeckt, Wurst, Käse und Marmelade und Butter, alles sah lecker aus. Du, sollen wir uns auch ein Ei kochen? Ach nein, muss nicht sein, das dauert wieder endlos, und ich hab Hunger. Marion lachte, ich auch, hab gestern Abend nichts Gescheites gegessen, hatte keine Lust zu kochen. Haha, so Nele, ich hab lecker gegessen und Wein getrunken, Weißwein - Grauburgunder, und er hat sogar geschmeckt. Du, das Lokal ist echt nett, kann ich dir empfehlen. Nele erzählte vom Konzert, und wie toll Veronique war und wie der Abend weitergegangen war.

Und zwischendurch immer, er ist soo nett, und ich freu mich total... Du, ich schreib jetzt die sms. Ja, mach, so Marion und Nele klickte WhatsApp an. Ach, da gab es ja noch zwei ungelesene chats. Aber jetzt nicht, dachte Nele, oder doch, eben Tims Nachricht lesen. Ja klar, er beklagte sich schon wieder über seine Freundin. Bianca wolle ihn rauswerfen, aber er würde schon freiwillig gehen, nur, ohne Kohle kann man keine Wohnung mieten. Ich hätte auch kein Geld für die Kaution, schrieb er. Hätte sie es nur nicht gelesen, dachte Nele. Sie beschloss, erstmal nicht zu antworten. Wer weiß, morgen haben sie sich wieder vertragen, und ich mach mir die ganze Zeit umsonst einen Kopf. Und außerdem ist er alt genug. Er fragt sonst auch nie nach Rat ...

Nele schickte Robert eine Nachricht und hoffte, dass er sie erhielt.

Wonach gelüstete es Nele, fragte sich Robert, wie er schließlich alleine im Taxi saß. Er hatte dem Fahrer seine Adresse genannt und der ließ ihn freundlicherweise seinen Gedanken nachhängen.

Zwanzig Minuten bis Wellingsbüttel. War das genügend Zeit das Mysterium einer Frau zu ergründen? Noch dazu einer Frau wie Nele es war? Illusorisch. Und doch steckte es im Wesen eines Mannes sich darüber Gedanken zu machen. Seit Adam und Eva unterm Apfelbaum saßen. Robert machte da keine Ausnahme. Er wollte denken. Doch er träumte nur. Dass sie diejenige sei, die er sich immer erträumte. Erträumt hatte. Nach der er auf der Suche war. Illusorisch. Es war ein wundervoller Abend gewesen. Nein. Unsinn. Es war ein Abend wie auf Wolken gewesen. Nein. Einfacher. Es war ein Abend mit ihr gewesen. Darauf kam es an. Und sie hatten sich geküsst. Und sie hatten sich gespürt. Und es war Übereinstimmung gewesen. Das. Ja, das. Das es festzuhalten galt. Nein. Nicht halten. Nicht klammern. Das es behutsam zu entwickeln galt. Robert träumte sich fort. In Küssen. Er war eben auch nur ein Mann.

Dabei - ein wenig launisch schien sie schon. Oder kapriziös. Ja, das wohl eher. Mit dem Tanzen gehen, oder wie rasch sie mit dem Entlieben bei der Hand war. Sie hatte ihn necken wollen, gewiss, aber steckte nicht noch etwas mehr dahinter. So etwas sagte man nicht einfach so. Oder? Na und. Er kannte sie ja viel zu wenig. Einen anderen Menschen zu entdecken, das war nun mal ein Abenteuer. Und er war ein abenteuerlustiger Mensch. Und auf dieses Abenteuer würde er sich gerne einlassen. Und damit sollte es jetzt genug sein. Auf morgen. Und auf neue Abenteuer. Darauf würde er gleich noch ein Glas trinken. Dann durfte er träumen.

Und Robert träumte. Bestimmt träumte er, denn wir Menschen sind zum Träumen geschaffen. Nur erinnern konnte er sich nicht daran. Dann war es bestimmt ein schöner Traum gewesen, sagte er sich beim Aufwachen, ein Nele - Traum, schmunzelte er und schaute auf die Uhr, kurz vor 6, so früh wachte er normalerweise nicht auf. Es ist, weil ich mich so freue. Und er freute sich, freute sich über Nele und ein ganz klein wenig über sich und über den Tag mit ihr, der nun beginnen wollte, aber eine halbe Stunde will ich mir noch Zeit geben, mich noch einmal umdrehen und an Nele denken, das, ja, das vor allem.

Aber genau das ließ ihn dann doch nicht schlafen. Wenn sie mir nun eine Nachricht geschickt hat, dachte er, schwang sich aus dem Bett, zog sich den Bademantel über und ging hinüber in sein Arbeitszimmer, wo er gewohnheitsgemäß sein Handy abgelegt hatte, und gewohnheitsgemäß hatte er es stumm geschaltet. Das WhatsApp - Icon aber zeigte eine neue Nachricht an. Die war von ihr, und sein Herz tat einen kleinen Freudenhüpfer. Sie schien wohl auch früh auf den Beinen. Ja, sie und ihre Freundin seien zu dem Ausflug nach Teufelsbrück bereit. Ein wenig enttäuscht war er schon, dass die Freundin mitkam, er ertappte sich bei dem

Gedanken, dass er lieber mit Nele alleine geblieben wäre, aber das war gemein, und ihre Freundin bestimmt sehr nett, wie könnte es anders sein, alles was mit Nele in Zusammenhang stand erschien ihm nett und erwünscht, und außerdem würden sie ja doch zusammen sein, das Wie spielte dabei keine Rolle, er würde sie bald wiedersehen und nur darauf kam es an. Er schrieb also gleich zurück und schlug vor, dass sie sich am Ohlsdorfer Bahnhof treffen sollten, er würde sie dort am Bahnsteig ihrer U-Bahn erwarten und gemeinsam würden sie dann mit der S-Bahn weiterfahren. Sie sollten ihm nur Bescheid geben wenn sie sich auf den Weg machten. Ja, und dann malte er noch ein Herz ♥ dazu, das heißt, die App ließ er es malen und kam sich reichlich albern dabei vor.

Nele hörte den Benachrichtigungston und klickte WhatsApp an, und Robert hatte geschrieben, und zum Schluss stand da ein Herz. Und ihr Herz geriet in Unordnung und sie freute sich so auf ihn. Nicht mehr lange, und sie würde ihn wiedersehen. Mit Marion überlegte sie sich eine ungefähre Zeit und teilte Robert diese mit. Welche U-Bahn wir dann aber wirklich nehmen, schrieb sie, schreib ich dir später genau. Und auch sie setzte ein Herz ♥ chen an das Ende. Marion ging zuerst ins Bad, und Nele hatte etwas Zeit ihren Gedanken nachzuhängen. Wie schön es doch wäre mit ihm allein zu sein, dachte sie, und musste doch tatsächlich schlucken. Es kam so viel Sehnsucht in ihr hoch, und sie konnte sich nicht dagegen wehren. Sie stellte sich vor in seinen Armen zu liegen, und dann küssen und staunen und streicheln, und man könnte schöne Musik dazu hören. Und dann würde er sagen, ich will nicht, dass du gehst. Und sie würde antworten, ich will auch nicht gehen. Und sie nahm sich vor, nur auf ihr Herz zu hören. Sie wollte ja vernünftig sein, und kannte ihn doch noch gar nicht, aber sie wusste, dass sie ihn nicht verlieren wollte. Dabei besaß sie ihn noch gar nicht. Und sie wollte ihn nicht besitzen, und er sollte sie nicht besitzen. Aber trotzdem wollte sie ihn für sich, und sie wollte ihm gehören. Nele wollte nicht weiterdenken, denn das war der springende Punkt. Man muss sich so lieben, dass jeder freiwillig beim andern bleibt. Da dürfen keine Ketten im Spiel sein, dachte sie und etwas Angst beschlich sie. Aber wenn ich es nicht schaffe, dass er bleibt. Ich möchte es doch so gerne.

Marion war fertig, und Nele schickte sich an ins Bad zu gehen. Als sie fertig war, beschlossen sie aufzubrechen. An der Haltestelle schickte sie Robert die Nachricht mit der genauen Zeit ihrer Ankunft. Marion lächelte sie an. Du freust dich sehr, nicht? Und wie, sagte Nele, ich schwebe sozusagen auf Wolken vor Glück. Und Marion verstand sie, und streichelte ihr den Arm. Marion, darf ich mir was wünschen, fragte Nele. Na klar, was denn? Ich möchte hinterher nicht über Robert reden, sagte Nele. Nur, wenn ich dich was fragen möchte, setzte sie hinzu. Ja, versteh ich, meinte Marion, meine Güte, dass muss ja ein toller Mann sein, wenn du dir so viele Gedanken machst. Ja, das ist er auch, strahlte Nele, du wirst mir Recht geben, wie lange dauert es noch bis wir da sind? Nicht mehr lange, ich hoffe, du schaffst es noch bis dahin durchzuhalten. Beide lachten. Und tatsächlich war nach kurzer Zeit das Ziel erreicht.

Robert war ungeduldig und viel zu früh aufgebrochen. Es versprach erneut ein sonniger Tag zu werden, auch wenn die Temperaturen weiterhin nicht mitziehen mochten, aber das machte nichts. Für einen Ausflug war es eigentlich ideal.

Dieses Herz, das er da vorhin seiner Nachricht angehängt hatte, lag ihm im Magen, gemeinsam mit dem Frühstücksbrötchen rumorte es ein wenig und er befürchtete, dass Nele ihn für total plemplem halten mochte. Er würde sie behutsam nach ihrer Reaktion befragen, so etwas musste man doch wissen. Und wieder kam er sich reichlich albern vor. Und wieder stand er auf einem Bahnsteig, seine Nele erwartend. Deja vu. Seine Nele. Na, na - ermahnte er sich. Seine geliebte Nele. Das klang schon besser. Aber allzu lange brauchte er gar nicht zu warten, die richtige Bahn kam schon bald. Wie sie ausstiegen, die Freundinnen, entdeckte er sie gleich. Am liebsten wäre er nun ungestüm auf Nele zugesprungen, aber das ging wohl nicht an, also ging er gemessenen Schrittes auf die beiden zu, um zunächst Marion freundlich zu begrüßen, das gebot ja wohl die Höflichkeit, bevor er Nele einen ersten zaghaften Kuss aufdrücken durfte, der von ihr huldvoll entgegen genommen und erwidert wurde. Erst als sie treppab- treppauf zum nächsten Bahnsteig wechselten konnte er sie in die Arme schließen und ausgiebig küssen.

Und wie sie sich voneinander lösten nahm er sie bei beiden Händen und schaute ihr ausgiebig in die leuchtend blauen Augen.

Wunderschön siehst du aus, sagte er. Die Liebe macht schön, lachte Nele. Und auch Robert musste nun lachen. Ja dann, sagte er, müsste ich der reinste Adonis sein. Oder ein Tiki. Tikis, das sind so kleine Götter der Polynesier. Ein Liebes-Tiki. Nur, dass sie nicht ganz unseren Schönheitsidealen entsprechen. Die sind nämlich nicht nur am ganzen Körper, die sind auch im Gesicht tätowiert.

Nö, sagte Nele, das muss nicht sein.

Wohl wahr, lachte Robert, wir sind auch so schön.

Wie sie dann in der Bahn saßen, fragte Robert Marion wie es denn so mit den Osterfeuern in Norderstedt abgegangen sei, bei ihnen in Wellingsbüttel habe der Rauch heute Morgen noch gestanden.

Ach, mischte Nele sich da ein, und ich habe mich gewundert ob es nicht irgendwo gebrannt hat. Ja, lachte Marion, hättest du mal gefragt, aber ich hätte dir natürlich vorher schon davon erzählen sollen, nur gab es andere wichtige Neuigkeiten zu besprechen, und sie zwinkerte den beiden, die ihr, Hand in Hand gegenüber saßen, zu. Mit den Osterfeuern, das ist so eine Besonderheit in Hamburg und Umgebung. Immer am Ostersamstag gibt es das. Oft sind es Stadtteilinitiativen, die das veranstalten, die Schrebergärtner, die dann ihren ganzen alten Kram loswerden können, aber manchmal machen die Leute das auch in ihren Gärten und laden die Nachbarn dazu ein. Die Holzhaufen, die dabei aufgeschichtet werden sind dann natürlich unterschiedlich groß, die Größten aber gibt es am Elbstrand, an den Überresten werden wir dann auf dem Rückweg vorbeikommen.

Man hätte natürlich, ergänzte Robert, auch zum Osterfeuer gehen können, aber wenn man hier wohnt, dann ist man doch schon des Öfteren dabei gewesen und hat vergessen, dass es sich um eine touristische Attraktion handeln könnte. Ja, lachte Marion, ich hatte das auch nicht mehr auf dem Zettel, und sicherlich hattet ihr das bei eurem Konzert schöner. Ja, stimmte Nele zu, und wer weiß, wie es sonst gekommen wäre. Nun, meinte Robert, ich gehe einfach mal davon aus, dass es unvermeidlich war. Und Nele drückte ihm zur Belohnung die Hand noch etwas doller.

Auf die Fähre freue ich mich besonders, sagte Marion, wohl auch um die Gedanken auf das Praktische und Naheliegende zurückzuführen, ich bin nämlich schon ewig nicht mehr auf der Elbe unterwegs gewesen.

Ich auch nicht, ergänzte Robert, und mit der Fähre ist fast noch schöner als eine Hafenrundfahrt ...

Ja, warf Marion ein, weil man das ganze Panorama hat, Blohm + Voss, und die Containerterminals, Finkenwerder und Airbus ...

Und das Ufer der anderen Seite nicht zu vergessen, führte Robert fort, den Fischmarkt, Övelgönne und den Museumshafen, ach, das wird dir gefallen, Nele ...

Und unter solchem Geplauder verging die Fahrt wie im Nu, sie hatten die Landungsbrücken erreicht, verließen die ungastliche S-Bahn-Station, und traten hinaus auf die leicht im Strom schwankenden Planken. Die Sonne schien und die Möwen kreischten.

Nele war begeistert. Wie schön, hier zu sein, rief sie. Von Anfang an war alles so schön bisher. Das Wiedersehen mit Robert, wie er da auf sie zukam. Am liebsten wär sie ihm um den Hals gefallen. Aber wenig später hatten sie es ja nachgeholt. Und wie angenehm die Fahrt verlaufen war, und jetzt auf der Fähre. Es war ein Traum. Sie sah Marion an. Auch sie wirkte recht zufrieden und lachte ob Neles Begeisterung. Ja, Nele, das war ja wohl genau die richtige Idee. Du auf dem Wasser, da kann ja nichts schiefgehen. Allerdings, lachte Nele zurück, obwohl die Fähre bei uns, das einzige Schiff ist, welches ich bisher kenne.

Ich hab mir fest vorgenommen den Rhein auf einem Schiff näher kennenzulernen. Im Alter, dann mach ich eine Rheinschifffahrt. Und ich werde nicht aussteigen um die Städte an Land zu besichtigen. Ich bleib nur auf dem Schiff

und seh aus dem Fenster, als wäre es meine Wohnung in der ich sitze. Wie, meinte Marion, wie langweilig ist das denn. Ist doch gut, wenn man jeden Tag eine andere Stadt kennenlernen kann. Nein, Nele schüttelte den Kopf, gut ist es, wenn man sitzt, also auf dem Rhein natürlich, und alles von dort aus betrachtet. Ja, klar, meinte Marion, du bist nur zu faul. Nein, ja gut, faul bin ich auch, aber in dem Fall nicht. Es versteht eben keiner, aber ich möchte es so machen. Robert schmunzelte und äußerte sich nicht. Wer weiß, was er so denkt, überlegte Nele. Obwohl er es vielleicht versteht, er ist eher weicher, nicht so ein Macho, sonst hätte er niemals ein Herz-Emoticon benutzt.
Hier sieht es auf jeden Fall toll aus. Aber wir setzen nicht zum anderen Ufer über, oder doch? Wie lange dauert die Fahrt eigentlich?

 Oh, meinte Robert, doch, gut, dass du das erwähnst, wir setzen nicht nur zum anderen Ufer über, wir werden dort sogar umsteigen, in Finkenwerder nämlich. Ich habe heute Morgen nochmal die Fahrpläne studiert, ich hatte das gar nicht mehr parat, da kannst du mal sehen wie lange auch ich nicht mehr hier gewesen bin. Uh, lachte Marion, mal gut dass du das getan hast, ich hatte da gar nicht dran gedacht, und am Ende hätten wir uns auf dem Fluss verirrt, und da mussten sie alle drei lachen, und die gute Laune stieg. Ja, meinte Robert dann, wie sie sich wieder gefangen hatten, in Finkenwerder steigen wir um, und dann geht es wieder zurück ans andere Ufer nach Teufelsbrück. Es ist toll hier, nicht wahr, eine schöne steife Brise, und gut, dass Marion uns gleich aufs Oberdeck gelotst hat, von hier aus hat man alles schön im Blick, und, ja, auch ich könnte mir gut vorstellen lange Flussfahrten zu unternehmen, und einfach nur die Seele baumeln lassen, und in die Welt hinausschauen, und am besten noch wenn du neben mir sitzen würdest, Nele, und wir bräuchten auch gar nicht viel zu reden, nur ab und zu mal ein Wort, wir würden uns auch so verstehen. Aber noch schöner fände ich es auf dem Meer, ich weiß ja nicht wie es mit dir ist, aber so eine lange Seereise, das Gleichmaß der Tage, die Weite, die scheinbare Unendlichkeit der See, die Sonnenauf- und Untergänge, ach, das ist schön, aber schau, jetzt kreuzen wir hinüber auf die andere Seite, siehst du, da drüben, das ist schon Finkenwerder, und ein gutes Stück weiter hinten, man kann sie von hier aus gar nicht sehen, da sind die Harburger Berge, da geht es an manchen Stellen richtig steil bergauf, das denkt man gar nicht, wenn man das nicht kennt, und meint, dass hier alles flach sein müsse, und nachher, wenn wir wieder auf die andere Seite schippern, da solltest du mal nach schräg links schauen, dann siehst du Blankenese in der Entfernung, und auch da geht es ganz ordentlich in die Höhe.

So, aber jetzt bin ich still, jetzt genießen wir den Fluss und die Schiffe, die Sonne und den Wind ...

Wie schön, dachte Nele, dass er mich verstanden hat, und mit ihm wäre es bestimmt wunderbar. Eine Flussfahrt, auf jeden Fall, ob auf dem Meer, da war sie sich nicht so sicher. Das Meer ist so unendlich, und wenn man weit gekommen ist, gibt es keine Möglichkeit in kurzer Zeit das Land zu erreichen. Ich weiß nicht, überlegte Nele, da fühle ich mich bestimmt ausgeliefert, und das hab ich nicht so gern.

Aber die Elbe war schön, zumindest hier. Und die Harburger Berge, da hatte Robert recht, vermutete man hier gar nicht.

Sie sah Marion an. Sie sah auch sehr zufrieden aus. Wirklich wunderbar, nicht, Marion nickte zustimmend. Ob es Touristen sind, die die Fähre nutzen, oder ob sie für die Einheimischen eine Erleichterung ist, man weiß es nicht, meinte Nele. In Düsseldorf ist die Fähre für Autofahrer unerheblich geworden. Man hat ganz in der Nähe eine Autobahnbrücke über den Rhein gebaut. So kann man die andere Seite schnell und unabhängig vom Fahrplan der Fähre erreichen. Den Fährenbetreiber hat das eher nicht gefreut.

Wie viele Schiffe hier unterwegs waren. Einige Containerschiffe hatte sie schon gesichtet. Aber klar, Hamburg mit seinem Seehafen, kein Wunder, dass hier so viel los war.

Robert fragte sich, welchen Gedanken Nele wohl nachhing, während sie interessiert die Szenerie ringsum verfolgte, und auch Marion schien ganz in ihren Betrachtungen versunken.

Für eine Weile versuchte Robert Neles Augen zu folgen, brach diese Unternehmung aber bald ab, er kam sich wie ein Eindringling vor und besann sich seiner eigenen Empfindungen, denen sich hinzugeben, der raschen Fahrt, der Hüpfer über die Wellen hin, und er hoffte, dass Nele dies gut verdaute, das war ja doch ein ganz schöner Seegang hier, wovon man durchaus sprechen durfte, denn es war Flut und die Nordsee drückte ordentlich in die Elbe hinein, die hier auch in ihrer Breite ein ganz anderes Kaliber darstellte als der Rhein bei ihr Zuhause in Düsseldorf.

Aber Nele wirkte äußerlich unbeeindruckt und er freute sich darüber sie an seiner Seite zu wissen, das war eigentlich genug, mehr brauchte es nicht, durchaus nicht, er war glücklich.

Es war dann Marion, die das Schweigen brach. Schau mal Nele, rief sie, wie sie sich erneut dem anderen, dem nördlichen Ufer näherten, das da drüben, das ist schon die Landungsstelle von Teufelsbrück, und hinter den Bäumen, darüber, siehst du, das ist der Jenisch-Park, und da, mittendrin, liegt das Ernst-Barlach-Haus.

Aber vorher legen wir noch auf dem anderen Ufer in Finkenwerder an. Von da aus geht es dann wieder schräg rüber über den Fluss.

Oh ja, sagte Nele, und beschattete ihre Augen mit den Händen, um besser sehen zu können, das denkt man ja gar nicht, und auch nicht wie hoch hier die Wellen sind.

Ja, lachte Robert, das darf man nicht unterschätzen, das kommt von den Elbvertiefungen, seit die damit begonnen haben, ich glaube so um 1900 herum, und soweit ich mich erinnern kann hat Thomas Mann das im Zauberberg erwähnt, ist die durchschnittliche Fluthöhe um vier Meter gestiegen, und vier Meter, das ist eine ganze Menge, und der Westwind pustet heute auch noch ganz schön, das ist dann gerade so wie eine Wildwasserfahrt in einem dieser Erlebnisparks, ich weiß nicht, ob du das kennst?

Nele nickte nur, noch etwas benommen vielleicht, doch Marion nahm da bereits wieder das Wort, schüttelte ihre braunen Locken und lachte in den Wind, aber schön wars, sagte sie.

Und Robert murmelte Zustimmung, beugte sich zu Nele hinüber, nahm ihre Hände in die seinen und drückte ihr einen Kuss auf die Wange. Alles gut? fragte er flüsternd.

Wildwasserfahrt im Erlebnispark, genau... . oder der Power Turm auf der Kirmes in Oberkassel. Das würde mir auch noch fehlen, dachte Nele. Es ist schon recht wild hier, und die Elbe ist ganz anders als der Rhein. Aber sie würde sich nichts anmerken lassen, beschloss Nele. Hoffentlich hielt sich auch ihr Magen daran.

Ja, alles gut. Ich bin nur sehr beeindruckt. Ich hatte gar keine Vorstellung davon, und wenn doch, war sie völlig falsch, das geb ich zu. Ist die Elbe überall so wie hier? Gehen wir nun ins Ernst-Barlach-Haus oder ins Puppenmuseum?

Ja, das sollten wir uns überlegen, meinte Robert. Puppenmuseum, das wär echt schön. Marion drehte sich zu den beiden um. Total interessant, wie die Leute so gelebt haben. Und überhaupt, die Puppen, wie sich ihr Aussehen verändert hat im Laufe der Zeit. Nele, du kennst ja mein Faible für Puppen. Ich könnte mich in fast jede verlieben. Sie lachte, und Nele lachte mit. Ja, ich weiß, ein unerschöpfliches Thema. Du mit deinen Puppen. Ich finde die meisten alten Puppen überhaupt nicht schön, so Nele. Für mich muss eine Puppe eine Puppe sein! Ich muss sie mögen und knuddeln können. Die wertvollen Puppen sehen für mich nicht nach Puppen aus, wenn ich sie anseh, muss ich mich erschrecken.

Aha, meinte Robert, ich halt mich jetzt raus. Entscheidet ihr das mal. Aber Nele hatte sich schon entschieden. Sie wollte Marion eine Freude machen. Nein, Quatsch, wir gehen ins Puppenmuseum. Es ist ja schon interessant. Ja, rief Marion, das wär echt schön.

Also, meinte Robert, nachdem sie in Finkenwerder in die Anschlussfähre, die glücklicherweise auf sie gewartet hatte, umgestiegen waren und sich auf dem Oberdeck neu eingerichtet hatten, mit dem Puppenmuseum, ich habe mir das noch einmal durch den Kopf gehen lassen, ich glaube, ich bin da etwas forsch voran gewesen, wartet mal ...

Und er kramte sein Handy raus und öffnete Google Maps. So, sagte er dann, suchte die richtige Einstellung zu finden und beugte sich zu den Freundinnen hin, dass beide es erkennen konnten. Seht ihr, sagte er, wenn wir von Teufelsbrück aus dorthin gehen, das ist schon ein ganz schönes Ende, und dann den steilen Berg hinauf, und wenn wir dort sind, dann müssten wir wieder zurück, oder nach Wedel, schön, da könnte man Willkom-Höft besuchen, weißt du Nele, das ist die berühmte Schiffsbegrüßungsstelle, wo jedes einlaufende Schiff mit seiner zugehörigen Flagge und Nationalhymne begrüßt wird, nur, da wimmelt es heute garantiert von Touristen, in jedem Fall aber hätten wir eine viel zu große Strecke zurückzulegen, das müssen wir uns nicht unbedingt zumuten. Ich denke, wir fahren da ein andermal mit dem Auto hin. Ich hoffe doch, dass die Nele bald wieder nach Hamburg kommt, denn lohnen tut sich das Puppenmuseum unbedingt, da gibt es ganz viele wunderschöne Puppenhäuser aus der Zeit des Jugendstil und des Art Deco zu bestaunen, die sind teilweise groß wie eine Kommode und allerliebst eingerichtet, und Knuddelpuppen gibt es auch, und er warf Nele einen verliebten Blick zu, doch für heute, denke ich, wären wir vollauf damit beschäftigt den Elbuferweg zurück zu wandern, das ist schon weit genug, aber wenn uns die Kräfte verlassen können wir jederzeit am Strand eine Pause einlegen, irgendwo zu Mittag essen, später Kaffee trinken, und das Ernst-Barlach-Haus ist wirklich sehenswert, der Jenisch-Park, in dem es liegt, beginnt gleich hinter der Elbchaussee, die hier direkt am Ufer entlangführt, der Park ist schön und das Museum ist von überschaubarer Größe, das können wir relativ entspannt bewältigen. Was meint ihr?

Bestimmt kommt Nele wieder nach Hamburg, Marion schmunzelte, fragt sich nur, wohin genau. Was soll das denn heißen, meinte Nele. Aber, setzte sie hinzu, Roberts Vorschlag hört sich gut an. Marion stimmte zu.
Ich hab übrigens früher nicht so gern mit Puppen gespielt, sagte Nele. Aber den Puppenwagen fand ich toll, da konnte man das Verdeck verstellen, und deshalb war ich ständig damit beschäftigt. Ich hatte zwei Puppen und eine Puppenstube. Da gab es einen Herd, der sah sehr echt aus. Und die Kochtöpfe hab ich immer mit Johannisbeeren gefüllt und so getan, als ob ich sie koche. Dann durften alle probieren. Ihr seht, meine Kochfantasie ist früher schon an ihre Grenzen gestoßen. Sie prustete vor Lachen. Ja, das ist typisch für dich, meinte Marion. Ich hab sehr gerne mit Puppen gespielt und hab sie umhegt und gepflegt. Ja, drauf aufgepasst hab ich auch, so Nele, eine meiner Puppen konnte sogar Mama sagen. Sie hatte eine Hose unter ihrem Kleid an, also eine Unterhose, besser gesagt. Da hatte ich viel Arbeit, sie herunterzuziehen, weil sie so stramm saß, und die Mechanik wurde darunter versteckt. Und die Anatomie stimmte von vorne bis hinten nicht, sie lachte schon wieder.
Hast du auch mit Puppen gespielt, fragte sie Robert.

Äh, also offen gestanden - nein. Ich hoffe, dass ihr mir das verzeihen werdet, schmunzelte er still vergnügt, aber ich hatte ganz viele Stofftiere, im Laufe der Jahre wurden es immer mehr, wobei mir das Allererste, ein recht kleiner Teddy, der Allerliebste war, er hieß Hobbel, vielmehr, er heißt immer noch so, ich habe mich nie von ihm getrennt, bei Gelegenheit, Nele, werde ich ihn dir vorstellen, so, aber jetzt heißt es aufgepasst, wir legen an. Na, was sagst du nun, ist es nicht schön?

Oh ja, das sieht wirklich schön aus, staunte Nele. Das scheint aber kein armer Stadtteil zu sein. Die Häuser am Ufer sind ja riesig große Villen. Und dieses da, das sieht ja fast wie eine Burg aus. Richtig malerisch, der Anblick. Ich bin echt begeistert, so abwechslungs-reich ist Hamburg, ich hatte mir mehr so eine kalte Industriestadt vorgestellt. Siehst du, jetzt kannst du sicher verstehen, warum ich hier oben wohnen bleiben möchte, so Marion, weil es hier eben alles gibt. Du brauchst nicht lange, und du bist in einer ganz anderen Welt.
Das ist aber überall so, meinte Nele. Wenn ich nur etwas rausfahre, Richtung Mettmann z.B. habe ich eine hügelige Landschaft vor mir. Wieviele Werften gibt es eigentlich noch in Hamburg? Nele schaute Robert an. Er ist soo, und schwups küsste sie ihn, besser gesagt, traf sie seinen Mund nicht so richtig. Robert nahm sie in den Arm. So bitte nochmal, schmunzelte er. Diesmal klappte es und wie ...
Marion hatte nichts mitbekommen. Sie fotografierte wie wild.

Man gut, dass wir uns noch getroffen haben, lachte Robert. Und - komm, wir üben nochmal, sagte er übermütig, und nahm Nele wieder in den Arm. Es ist so schön mit dir. Wunder-wunderschön. Und wie du strahlst, das gefällt mir ganz besonders an dir. Ja, du hast so etwas Strahlendes. An dir, und um dich herum. Wie die kleine Schwester von der da oben. Und er wies in den Himmel hinauf. Sonnenschein.

74

Da legte man auch schon an. Ja, meinte Robert, während er Nele auf den Landesteg half, hier wohnen schon die betuchteren Zeitgenossen, hier im Westen und ganz im Osten von Hamburg, da wo ich wohne, in Wellingsbüttel, Sasel und Poppenbüttel, die Namen müssen dir schon lustig genug vorkommen, es ist nur so, bei uns im Alstertal, da ist viel Platz, der ist zwar auch weniger geworden in den letzten Jahrzehnten, aber es reicht immer noch um sich eine Villa hinzustellen, hier aber, entlang der Elbchaussee und in Blankenese, ist schon längst alles zugebaut, und so kommt es immer häufiger vor, dass man ein schönes altes Einzelhaus abreißt, um an dessen Stelle ein Mehrfamilienhaus mit Eigentumswohnungen zu errichten, das ist lukrativer, aber wenn das überhand nehmen sollte verlöre dieser Teil Hamburgs viel von seinem Reiz. Ich vermute aber, dass bestimmte alte Häuser mittlerweile schon nicht mehr abgerissen werden dürfen, das ist in Övelgönne auch so, da werden wir nachher noch hinkommen. So, und nun ...

Nun, verkündete Marion unternehmungslustig, heißt es aufwärts schreiten, in den Park, denn auch hier geht schon ganz schön in die Höhe.

Also munter voran, äußerte Robert seine Zustimmung, doch zuvor darf Nele sich alles noch einmal in Ruhe vom Landesteg aus betrachten, die Schiffe, und den Hafen, und die Möwen ...

Und den Wind nicht zu vergessen, Marion stellte sich vor die beiden hin, tief einatmen, und du schmeckst das Meer und die große weite Welt.

Du schwankst doch nicht etwa, flüsterte Robert Nele ins Ohr, und schlang ihr vorsichtshalber die Hände um die Hüften.

Nun aber mal los, kommandierte Marion.

Nele seufzte, oh ja, ich schwanke, und ihr Lachen verriet ihre Flunkerei. Als junges Mädchen habe ich immer die Frauen bewundert, die in Ohnmacht fielen und dann umsorgt wurden, natürlich am besten von einem Geliebten. Das fand ich immer so romatisch. Ich wünschte mir also sehnlichst auch mal in Ohnmacht zu fallen. Und was ist passiert, nichts. Ich konnte noch nicht mal in Ohnmacht fallen. Im Gegenteil, ich war der Typ, der die Ohnmächtigen, also die ohne Liebhaber, rettete.

Also ehrlich, rief Marion, Nele, wie kann man sich sowas wünschen.

Natürlich kann man sich sowas wünschen, stell dir vor du fällst in Ohnmacht, natürlich ohne schlimme Krankheit die dahintersteckt, und dann erwachst du und mit der letzten dir noch verbliebenen Kraft umschlingst du deinen Geliebten und sinkst ihm an die Brust. Und mit ersterbender Stimme hauchst du, ich liebe dich. Und er ist so schmerzerfüllt und presst dich an sich und küsst dich und streichelt dich und ganz langsam findest du wieder zurück ins Leben.

Wir könnten das mal nachstellen, Nele sah Robert an.

Nein, rief Marion, wenn ihr das macht, lauf ich ein ganzes Stück vor, und tu, als ob wir nicht zusammengehören. Das wär ja wohl wirklich peinlich.

Oh, rief Nele, die bereits auf andere Gedanken gekommen war und zum Ufer hinüber deutete, da ist ja ein richtiger Sandstrand!

Schon, meinte Robert, Gelassenheit bekundend, aber das ist doch nur ein ganz kleiner, warte mal ab, nachher, wenn wir uns auf den Rückweg machen, da sollst du richtige Sandstrände zu sehen bekommen.

Oh, da freu ich mich schon drauf, sagte Nele, aber, und sie schaute sich erneut um, warum heißt das hier eigentlich Teufelsbrück?

Ah, meinte Robert, das ist eine alte Geschichte. Hier mündet nämlich ein kleiner Fluss, na, viel eher ist es wohl ein Bach in die Elbe, das ist die Flottbek. Die fließt übrigens quer durch den Park, wir werden nachher wohl ein Stückchen weit an ihr entlang gehen. Und die Stadtteile hier, die sind auch nach ihr benannt, es gibt Groß-Flottbek und Klein-Flottbek, und früher, im Mittelalter, da gab es hier eine Furt. Und weil so eine Furt naturgegebenermaßen eine holperige Angelegenheit ist, kam es bei den Fuhrwerken, die diese Stelle passierten, immer wieder zu Radbrüchen. Und die Leute sagten, wie man das eben so sagt, dass es mit dem Teufel zuginge. Und so beschloss man eine Brücke zu bauen. Nun, man bestellte also einen Zimmermann, der das Werk in Angriff nehmen sollte. Der war sich seiner Sache aber wohl nicht so sicher und bat den Teufels um Unterstützung. Der gerne zu helfen bereit war, aber natürlich mit dem bekannten Pferdefuß, dass er dafür die erste Seele, die die neue Brücke passieren sollte, für sich in Anspruch nahm. Wie nun der Pastor am Tage der Einweihung die Brücke segnete und sie eben betreten wollte, wurde von der anwesenden Menschenmenge ein Hase aufgeschreckt und lief als erster über die Brücke.

Ui, lachte Marion, da hat der Teufel sich also einen Hasen eingefangen.

Ja, schmunzelte Robert, ich frage mich nur, was er mit ihm angestellt hat.

Er wird sich den Hasen in Pfeffer gelegt haben, dann hätte er das Problem gelöst, lachte Nele.

Oder seine Großmutter hat ihn gebraten, vermutete Marion, nach einem alten Geheimrezept, damit der arme Teufel mal was auf die Rippen bekommt.

Und alle drei bekamen einen leichten Prustanfall.

Schön, sagte Nele, ja, so wird es wohl gewesen sein. Und wo geht es nun zum Park, ich sehe noch gar nichts.

Wir müssen nur den Uferweg ein wenig rechts entlang und dann auf die andere Straßenseite, da fängt er gleich an, noch völlig unspektakulär, weil die Bäume alles verdecken, aber dann … na, du wirst schon sehen …

Schau, sagte Robert, wie sie am Zebrastreifen standen, da ist ein schöner alter gusseiserner Zaun um den Park gezogen, aber da gegenüber ist gleich das Tor, und dann wird es wohl ein Weilchen aufwärts gehen, so genau weiß ich das gar nicht, muss ich gestehen, ich bin lange nicht hier gewesen, und schon gar nicht von dieser Seite, immer von oben her, gewissermaßen, von Klein-Flottbek aus, da ist nämlich eine S-Bahn-Station, und der botanische Garten ist da auch, da gehe ich auch gerne mal spazieren, du siehst, das ist eine ziemlich grüne Ecke hier.

Und unter diesen Worten schlenderten die Drei einen schmalen bepflasterten Weg entlang, der unter schattenden Bäumen leicht aufwärts stieg. Und sich mit einem Male zu einer weiten Rasenfläche öffnete, die sich in einem weiteren, nunmehr spielerisch anmutenden Aufschwung über viele hundert Meter zu einem leuchtend weißen Gebäude hin erstreckte.

Wow! staunte Nele bei diesem Anblick, ist das das Ernst-Barlach-Haus?

Nun, nein, sagte Robert, das ist das Jenisch-Haus, das ist auch ein Museum. Gar nicht so ohne übrigens. Das Museum wie das Haus, das ist nämlich nach Entwürfen von Forsmann und Schinkel erbaut. Forsmann war Stadtbaumeister von Hamburg, und Schinkel, nun ja, den kennt ihr ja sicherlich. Und eh ihr mich jetzt für ein Wundertier haltet – ich habe das heute Morgen erst nachgelesen. Auch über die Familie Jenisch habe ich gelesen. Eine alte Hamburger Kaufmannsfamilie. Und alle Senatoren, natürlich. Da steckte ganz sicher sehr viel Geld dahinter, sonst hätten sie sich das hier gar nicht leisten können.

Und wenn man oben angekommen ist, unterbrach Marion, hat man einen traumhaften Blick auf die Elbe, ich bin nämlich auch schon einmal hier gewesen, damals, als ich nach Hamburg gezogen bin, da unternimmt man solche Ausflüge ja noch eher mal.

Oder wenn man Besuch bekommt, ergänzte Nele fröhlich.

Oder wenn man Besuch bekommt, bestätigte Marion. Aber nun los, sagte sie, kommt, wir gehen einfach über die Wiese.

Ein fabelhaftes Gefühl unter den Füßen. Und nur ganz leicht bergauf. Und immer auf das strahlend weiße Haus zu. Nele und Robert Hand in Hand. Oben angekommen – Staunen! Also sagt mal, der Ausblick ist wirklich traumhaft. Wie schön das Haus ist, und die Treppe erst, die hinab in den Garten schreiten … Na ja, weißt du, Garten … Marion blickte ringsum und zog zweifelnd die Stirne kraus. Na schön, dann eben in den Park. Neles gute Laune ist durch nichts zu erschüttern. Gleich schmiegt sie sich wieder an Robert an. Schaut mal, ruft sie, wie sie das Plakat entdeckt, ´Land und Leute´, unter diesem Motto gibt es Werke von Liebermann, Paula Modersohn-Becker und auch von Gabriele Münter. Ja, meinte Robert, da gibt es immer wieder interessante Ausstellungen. Und außerdem ist das Interieur zu bewundern, das zeigt, wie wohlhabende Patrizierfamilien zur Biedermeierzeit lebten, auch das ist interessant, man bekommt Filzpuschen und darf übers Parkett schlurfen, das ist lustig, aber ich denke, wir sollten uns auf das Barlach-Haus beschränken, wir würden uns sonst überfrachten. Ja, stimmte Marion zu, denn schließlich haben wir noch einiges vor uns.

Wo aber steht es denn, wollte Nele wissen, ich sehe nirgendwo ein weiteres Gebäude. Oh, da drüben, deutete Marion, in einer Mulde versteckt. Man wollte den Gesamteindruck von Park und Jenisch-Haus nicht stören, ergänzte Robert. Es ist eingeschossig ebenerdig, sehr hell, um einen Lichthof gruppiert, mir gefällt das sehr gut, na, du wirst schon sehen … den Weg hier hinunter, es ist nicht weit.

Das Museum, von außen eher abweisend. Was? Diese kleine Tür da? Ja, das ist der Eingang, aber wenn wir erst einmal drinnen sind … Ja, doch, ganz erstaunlich, dieses Licht, das hätte ich nun nicht erwartet. Siehst du.

Nele beschloss die Eintrittskarten zu kaufen. Keine Widerrede. Ich bezahle sie. Keine Widerrede von Robert und Marion. Nur dass Robert begehrliche Blicke nach dem Museumsshop warf, der in den Eingangsbereich integriert war. Ihr könnt es gerne eine Berufskrankheit nennen. Ein zufriedenes Lächeln zog über sein Gesicht, und schon schob er ab, hinüber zu den Podesten, vertiefte er sich in die Auslagen, blätterte in den Büchern.

Nele tippte ihm auf die Schulter. Duuu, sagte sie, nicht ohne einen zärtlichen Unterton, wir sollen unsere Taschen in die Schließfächer geben. Aber ja, sicher, murmelte Robert aufschauend, da sind wir etwas eigen, wir Museumsleute. Ich hatte nicht vor einen Barlach mitgehen zu lassen, begehrte Nele auf und fabrizierte einen

Schmollmund. Na, das will ich doch hoffen, lachte Robert, und nahm sie in den Arm. Aber mein Handy behalte ich, ich möchte gerne Fotos machen. Aber sicher doch.

Marion und Nele verstauten ihre Taschen, Robert seinen Rucksack.

Sehr schön hier, sagte Nele, wie sie ihren Rundgang begannen, es ist alles so großzügig aufgestellt. Und viel los ist ja auch nicht, wir können uns alles in Ruhe betrachten. Und das taten sie.

Die schönen Holzskulpturen, Nele war ganz begeistert, und so viele Zeichnungen noch dazu. Wenn man überlegt, dass er als entarteter Künstler verfemt wurde, ich begreife das nicht. Was ging bloß in den Köpfen der Nazis vor? Was waren das für Menschen? Entartete Kunst. Allein diese Wortwahl.

Robert führte sie zum Lesenden, dem, der aussah wie ein Mönch, in eine Kutte gehüllt, auf einem Schemel sitzend aufmerksam in einem abgegriffenen Buch lesend. Das, so Robert, ist eine der Hauptfiguren aus Alfred Andersch Roman Sansibar, Sansibar oder der letzte Grund. Ich weiß nicht, ob ihr den Roman kennt. Er spielt zur Nazizeit. Der Schauplatz ist ein kleines Hafenstädtchen an der Ostsee.

In der Kirche des Ortes steht diese unscheinbar wirkende Figur. Die Nazis wollen sie beschlagnahmen und zerstören. Sie haben sich bereits angekündigt um sie zu beschlagnahmen. Der Pastor möchte das verhindern.

Im Laufe der Geschichte treffen weitere Personen zusammen. Ein Mann aus dem kommunistischen Untergrund, der Kapitän und Eigner eines Fischkutters, der einstmals ebenfalls der Kommunistischen Partei angehörte, sich nunmehr aber nur noch Sorgen um seine nervenkranke Frau macht, sein Schiffsjunge, der von der weiten Welt träumt, von Sansibar, und ein jüdisches Mädchen, das verzweifelt einen Weg heraus aus Deutschland sucht.

Sie alle haben Grund genug dieses von den Nazis beherrschte Land zu verlassen. Doch zum Schluss bleiben der Pastor und der kommunistische Untergrundmann zurück, auch der Kapitän und der Schiffsjunge kehren zurück, nachdem sie das jüdische Mädchen und den Lesenden an der schwedischen Küste abgesetzt haben, mit allen Konsequenzen, die das für sie bedeutet. Ihr seht, diese kleine Figur hat eine große Geschichte.

Die eigentlich noch größer und zugleich pikanter wird, wenn man bedenkt, dass es Hermann F. Reemtsma war, der die Figur vor dem Zugriff der Nazis bewahrte, wie er überhaupt Ernst Barlach bis zu dessen Tod 1938 schützte und unterstützte, indem er dessen Werke kaufte, später dann auch diesen Museumsbau in Auftrag gab, der 1962 fertiggestellt wurde.

Das Brisante daran ist, dass die Familie Reemtsma zu den größten Unterstützern der NSDAP gehörte, vor 1933 bereits, und danach nicht schlecht von dieser Verbindung profitierte, indem sie bald mehr als zwei Drittel der deutschen Tabakproduktion kontrollierten, ein Marktanteil, der sich übrigens auch nach 1945 nicht mehr wesentlich veränderte. Mit anderen Worten – es tun sich Abgründe auf.

Das kann man wohl sagen, Marion schüttelte den Kopf, schau mal einer an, aber sage mal, woher weißt du das alles so genau?

Nun, meinte Robert, zum einen, weil ich ja gewissermaßen Teil der Hamburger Museumslandschaft bin, und das bringt es mit sich, dass man im Laufe der Zeit auch

Erfahrungen zu den anderen Museen ansammelt, zum anderen ist Sansibar einer meiner Lieblingsromane, aber ich bin nun weit davon entfernt über tiefere Einsichten in die Geschichte der Familie Reemtsma zu verfügen, der Hermann mag durchaus seine lauteren Gründe gehabt haben, und ich neige nicht dazu nach anderen Leuten mit Steinen zu werfen. Wir können doch guten Gewissens auch nicht sagen, wie wir damals gehandelt oder reagiert hätten. Ich staune zum Beispiel immer wieder über solche Leute, die von sich behaupten, dass sie zur damaligen Zeit ganz bestimmt nicht mitgemacht hätten, aber irgendwo müssen die ganzen Nazis ja hergekommen sein. So, aber nun wollen wir mal unseren Rundgang fortsetzen …

Und das taten sie, bestaunten, tauschten sich weiter aus, bis sie den glasüberdachten Innenhof, der ihnen stets sein helles Licht zur Seite stellte, umrundet hatten und wieder in der Eingangshalle standen.

Kommt, sagte Nele, wir werfen noch einen Blick auf den Shop, und einen solchen, einen Blick, einen einladenden Blick, erhielt Robert geschenkt, der ihr dankbar zulächelte und - es sich nicht zweimal sagen ließ.

Und dann stöberten sie alle drei. Und Nele wunderte sich. Na so was, sagte sie, ich wusste gar nicht, dass Ernst Barlach so viele Bücher geschrieben hat. Ich auch nicht, sagte Robert, ich werde mir wohl bei Gelegenheit eines zulegen. Aber nicht jetzt. Normalerweise komme ich ja nicht mit unter zwei Büchern aus so einem Laden heraus, aber heute werde ich mich wohl in Entsagung üben. Wir haben noch so eine lange Wegstrecke vor uns, da sollten wir uns nicht mit zu viel Gewicht belasten.

Oh, schade, meinte Nele, die bereits mit diesem oder jenem geliebäugelt hatte, aber da hast du wohl Recht.

Allerdings, meinte Robert, hätte ich da ein kleines Trostpflästerchen für uns in petto. Ich habe das vorhin entdeckt, kommt mal rum, auf die andere Seite … Da, schaut mal, dieses Eselsohren-Büchlein, das hatte es mir gleich angetan. Da liegt auch ein Exemplar obenauf, mit dem man es ausprobieren kann …

Doch da merkte er, dass es keinen Sinn mehr machte weiterzusprechen, da sich die beiden Freundinnen, kaum dass sie es gesichtet, aufs energischste über dieses Probeexemplar hergemacht und sich darin vertieft hatten. Nur Äußerungen der Freude und des Vergnügens waren noch von ihnen zu hören: Nein, ist das niedlich! So was aber auch! Und hier musst du knicken … Nein, da … Und ein Glucksen und Kichern. Robert war komplett abgemeldet. Und: Schau mal, da ist ein Ohr … und noch eines … Und jetzt kommt eine Nase heraus … Nein, ist das süß! Jetzt haben wir einen ganzen Eselskopf, du, Robert, schau doch mal … Und Nele zupfte aufgeregt an ihm herum.

Äh, ja … versuchte der sich schüchtern … also, ich habe mir gedacht, dass ich uns jedem eines davon spendiere, als Erinnerung an unseren gemeinsamen Ausflug … da fiel ihm Nele bereits um den Hals.

Gute Idee. Auch Marion schaute nun auf. Das machen wir. Aber diese Runde geht an mich. Schnappte sich drei Exemplare, nahm sich Nele bei der Hand, und zog sie, beide erneut kichernd, zum Kassenbereich.

So, sagte Robert, wie sie aus dem Museum traten, nun schlendern wir über die Wiese zurück, hinunter an die Elbe und bald schon wird es die versprochenen Sandstrände geben, Nele, da wirst du aber staunen. Ich fürchte nur, dass sie die Reste von den Osterfeuern noch nicht weggeräumt haben, und damit meine ich nicht nur die Feuerstellen, sondern auch Flaschen und Scherben, es geht schon richtig hoch her dabei. Also, mit Barfußlaufen ist heute nichts, es ist ja auch noch recht kalt, obwohl, mit der Sonne jetzt, da wärmt sich der Sand schnell auf, aber nein, ein andermal, wenn uns gar nichts mehr einfällt, dann barfuß küssen im Sand, ach Quatsch, uns wird immer etwas einfallen, obwohl man natürlich das Küssen nicht vergessen sollte dabei, und im Notfall erzähle ich euch plattdeutsche Geschichten, ich komme ja aus Dithmarschen, das ist da, wo die Leute gaaaanz langsam reden, nur ich nicht, weil meine Eltern Zugezogene waren, da habe ich mir das nie so recht angewöhnt, obwohl ich es auch kann, so ist es ja nicht. Und Dithmarschen, wenn man das erwähnt, dass man da herkommt, da fragen die Leute immer, ja, wo liegt denn das, und man antwortet ihnen, sche nun, am Ende der Welt, und die Leute fragen, ja, und was für eine Stadt gibt es denn da, und ich sage: Marne, da komme ich nämlich her, und sie schauen mich staunend an mit großen Augen, na, und dann lege ich eben noch einen drauf und sage: Brunsbüttel, und Heide, und wenn dann kein Groschen fällt, na, dann bleibt es eben beim Ende der Welt, und das ist es auch so ungefähr, wenn auch nicht für uns natürlich, für uns ist es die Welt. Es gibt Grünkohl, und Schafe, es gibt den Deich, auf dem die Schafe grasen, und die Marsch, die Salzwiesen, und irgendwo, ganz weit irgendwo das Meer.

Wie du es beschreibst, klingt es fast nach Paradies. Nele sah Robert an. Und irgendwo, ganz weit irgendwo das Meer. Schön hört sich das an, so poetisch. Ich finde, du könntest ruhig eine plattdeutsche Geschichte erzählen. Es wird bestimmt unterhaltsam.

Marion drehte sich rum. Ich hätte auch nichts dagegen, meinte sie. Beide schauten Robert erwartungsvoll an.

Oh, meinte Robert, da bringt ihr mich ganz schön in Verlegenheit, denn so eine regelrechte Geschichte habe ich gar nicht parat, oder wenn, dann wäre es eine, die jeder kennt, aber etwas, das man bei uns Döntjes nennt, Alltagsgeschichten, die man sich erzählt wenn man sich irgendwo trifft, so wie ich neulich, als ich meine Eltern besuchte, da bin ich mit ein paar alten Kumpels aus der Schulzeit in der Kneipe gewesen, da ging es um Geld, nun, lasst mich mal überlegen, ja, zwei Geschichtchen vielleicht werde ich wohl noch zusammenbringen. Die eine, die handelte von einem Bauern, der seiner Frau nicht über den Weg traute, er bildete sich ein, dass sie ihm nach dem Leben und seinem Vermögen trachtet, also hat er immer alles Geld, das er in die Finger bekam in einer Baumhöhle deponiert, und dann sind sie gestorben, der Bauer und seine Frau, und der Baum ist gewachsen, und eines Tages war er alt und krank und man hat ihn fällen müssen, ja, und da wehten nun die ganzen Scheine durch die Luft, dass es die helle Freude war, ich habe nur leider nicht herausbekommen können, ob es sich dabei um Euro, D-Mark oder gar noch Reichsmark handelte, ich vermute beinahe letzteres.

Das gibt's ja gar nicht, lachte Nele, aber ich nehme an, dass du die Geschichte gerade erfunden hast. Sonst wüsstest du nämlich um welche Währung es sich gehandelt hat. Natürlich stimmt die Geschichte, mopperte Robert, sowas kann man gar nicht erfinden.
Mir fällt auch so ein Döneken ein, bei uns heißt es Döneken. Robert nickte, und Nele erzählte von einem

Arbeitskollegen ihres Großvaters. Es gab früher immer so fürchterlich starke Gewitter, hatte ihr Opa erzählt. Die Menschen setzten sich dann bei so einem Gewitter in der Küche um den Tisch, und zündeten eine Kerze an. Dann wurde, zumindest bei den Katholiken, gebetet. Manchmal betete man auch den Rosenkranz, und der war ganz schön lang. Opas Arbeitskollege hieß Jupp. Jupp hatte sich mit seiner Frau in die Küche gesetzt und auf dem Tisch stand natürlich eine angezündete Kerze. Das Gewitter kam immer näher und auf einmal gab es einen lauten Knall, und das Fenster flog auf. Es hatte der Blitz eingeschlagen. Durch die Erschütterung hatte sich auch die gegenüberliegende Tür geöffnet. Duck dich, schrie Jupps Frau, und beide konnten sehen, wie ein Blitz durch das Fenster kam, durch das Zimmer fuhr und durch die Tür verschwand.

Es war ein Kugelblitz, der höchst selten so glimpflich abgeht.

Ein Kugelblitz, da glaub ich nichts von, meinte Marion. Robert schmunzelte und Nele lachte auch. Bei uns ist das schon zum geflügelten Wort geworden, sagte Nele. Wenn ein Gewitter näher kommt, ruft garantiert jemand, duck dich, da kommt ein Kugelblitz, reiß schnell die Tür auf, damit er rauskann.

Nele schaute Robert an. Sie war richtig verliebt. Robert spürte ihren Blick und drückte ihre Hand. Es war so ein schöner Tag.

Ach Nele, lachte Robert, was für ein schönes Döneken du da erzählt hast, und weißt du was, ich glaube unbedingt an Kugelblitze, und dass man sich rechtzeitig ducken muss, das hat ja auch eine symbolische Bedeutung. Und mit deiner Geschichte, da komme ich natürlich nicht mit, aber ich bin euch trotzdem noch die Zweite schuldig, und auch in der wird es wieder Geld regnen, diesmal aber mit deutlich günstigerem Ausgang für die Beteiligten, womit ich in diesem Falle die Hinterbliebenen meine.

Und mit der Geschichte verhält es sich folgendermaßen: Ein alter Mann und seine Frau, beide schon etwas tüdelig. Aber betucht, ganz offenbar. Denn sie hatte den Tick jede Woche hohe Geldbeträge vom Konto abzuheben, jedes Mal so vier - fünfhundert Euro. Und er nahm es ihr gleich weg. Und sie lebte in der Annahme, dass er es versaufen würde. So erzählte sie es jedem. Dabei hat er es versteckt. Zwischen Buchseiten, in Socken eingerollt, in Blumenkübeln, hinter Bilderrahmen. Und dann sind auch diese beiden Alten verstorben. Und hei, was war das ein Fest für die Trauergemeinde, als sie dem Geheimnis auf die Schliche kamen, es war wie beim Ostereiersuchen. Wobei mir einfällt ... Ostereier ... erinnert mich doch bitte daran, ich hatte es bereits vergessen, ich habe euch nämlich Ostereier mitgebracht, das heißt, genauer gesagt, ein Osterei für jede von euch, es sind aber ganz besondere, ich wollte sie euch nachher beim Essen überreichen ... aber, hey ... da vorne ist ja schon der erste Sandstrand ... und der sieht doch richtig super aus, schau mal einer an, entweder haben sie hier nicht, oder es ist schon aufgeräumt. Na, was meint ihr, wollen wir? Oder - noch besser - wisst ihr was? Ich laufe schon mal vor und verstecke euch die Ostereier im Sand.

Ach, wie schön ist das denn, rief Nele. Ja, bitte, wir machen solange die Augen zu. Ich hab ja ewig keine Ostereier gesucht, weil ich ja selber der Osterhase war. Marion lachte, ich auch nicht, rief sie. Es ist richtig schön, nicht Marion, Nele schaute ihre Freundin an. Ja, das ist es, erwiderte Marion, ich bin angenehm überrascht.

Ich hab gar nicht an Ostereier gedacht, sonst hätte ich auch eins mitgebracht für ihn, so Nele. Ja, so Marion, ich hab es auch vergessen.

Die beiden beschlossen langsam weiterzugehen. Bestimmt hat er sie schon versteckt, meinte Marion. Ja, schau, er winkt uns. Hoffentlich hat er sie nicht im Sand verbuddelt, lachte Nele. Dann können wir lange suchen. Womöglich weiß er dann selbst nicht mehr, wo er sie versteckt hat. Beide gingen lachend auf Robert zu.

Auf die Idee war Robert glücklicherweise auch gekommen. Er hatte zwei kleine Sandhügel aufgehäufelt und die beiden Geschenkpäckchen gut sichtbar obenauf platziert. Lachend stand er dazwischen, die Schuhe in der Hand, die Hosenbeine aufgekrempelt. Kommt! rief er, der Sand ist warm.

Das ließen sich Marion und Nele nicht zweimal sagen. Es gibt nichts Schöneres als barfuß im Sand, rief Nele. Schuhe aus und : Ahh wie, schön! Marion hatte auch schon ihre Schuhe in der Hand und beide freuten sich auf ihr Osterei.

Es ist so schön verpackt, meinte Nele, dass es schade ist die Verpackung zu ruinieren. Sie lachte. Aber, um ehrlich zu sein, setzte sie hinzu, mich stört es nicht wirklich. Ich bin viel zu neugierig. Sie nestelte bereits an der Verpackung herum. Aber vorher, sie schaute Robert an, warte mal, und küsste ihn. Marion besah sich erst mal in Ruhe die schöne Verpackung.

Ihr könnt es unbesorgt auspacken, sagte Robert, es steckt nichts Zerbrechliches darin. Es sind sorbische Ostereier, aber aus Holz gefertigt. Normalerweise verwendet man ja ausgeblasene Hühnereier zum Bemalen. Das war mir aber zu gefährlich vorgekommen, lachte er, ich weiß nur zu gut, wie sorglos ich mit meinem Rucksack umgehe. Es handelt sich auch nicht um historische Stücke, aber das tut der Schönheit keinen Abbruch. Wir hatten letztes Jahr eine Ausstellung zu Osterbräuchen im Museum. Und da waren auch ganz viele sorbische Ostereier zu Dekozwecken dabei, die haben wir dann hinterher unter uns aufgeteilt, auch ein Museumsarchiv stößt eines Tages an seine Grenzen. Und er lachte schon wieder, wie verliebte Leute eben zu scheinbar unvermittelten Heiterkeitsausbrüchen neigen, wie er sich selber schalt, aber was solls, dachte er gleich wieder, was solls. Sie sind einfach eine Augenweide, sagte er. Aber nun packt mal aus. Das eine hat eine rote, das andere eine blaue Grundfarbe, ich weiß jetzt nicht mehr welches worinnen steckt, schön sind sie beide, und zur Not könnt ihr ja noch tauschen.

Nele hatte das rote Ei erwischt. Sie besah es sich von allen Seiten. Es ist wirklich schön, danke, Robert. Sie wollte es in der Handtasche verstauen, aber es funktionierte nicht. Bist du so lieb und verwahrst es für mich? Robert nahm das Ei und steckte es in seinen Rucksack. Marion bedankte sich auch für das schöne Geschenk. Sie hatte reichlich Platz in ihrer Tasche, und hüllte es vor dem Hineinlegen sorgfältig in die Verpackung ein. Gutgelaunt stapften sie durch den Sand. Ich weiß noch, dass ich meinen jüngeren Geschwistern, die von ihnen gefundenen Eier wieder versteckt habe, erzählte Nele. Sie haben es gar nicht gemerkt, und voll Inbrunst haben sie sich immer über die gleichen Eier gefreut. Das konnte sich also schön hinziehen mit dem Ostereiersuchen bei uns. Irgendwann ist mein Bruder dahintergekommen, da gab es dann ein kleines Ringkämpfchen. Und zur Strafe hat er mir einen großen Schokoladehasen geklaut.

Sowas aber auch, meinte Robert, wie viele Geschwister hast du denn? Das musst du mir erzählen, wenn wir wieder aus dem Sand raus sind, bis dahin, und er betrachtete mit einem Schmunzeln und einiger Begeisterung Neles nackte Füße, wollte ich dir unbedingt noch sagen, dass du ganz entzückende Füße hast, die idealen Sandfüße, wenn ich das mal so sagen darf, das ist nicht jedem gegeben. Wenn du mich fragst, gehört da unbedingt eine gewaltige Begabung dazu. Und er bohrte seine eigenen Zehen in den Sand, nahm eine ordentliche Ladung auf, und - schwupp - schwippte er sie in Richtung Neles Füße, erwischte sie auch, was sie mit einem empörten Aufschrei zur Kenntnis nahm, nur um schwupp und schwipp erfolgreich gegenzuhalten. Und schon kam die schönste Sandschlacht in Gange.

Marion beobachtete die beiden. Wie die Kinder, kam ihr Kommentar. Klar, rief Nele, möchtest du auch etwas Sand? Nein, Marion zuckte zurück, wehe dir. Nele sah Robert an. Es war schon lange her, dass sie mit einem Mann so etwas erlebte. Genau genommen, dachte sie, hab ich es seit Tims Kindheit nicht mehr erlebt. Ihr war oft nach Alberei gewesen, aber kein Mann konnte das verstehen. Irgendwann hatte sie dann auch aufgehört damit. Ich glaub, rief sie Robert zu, dass es dir wirklich Spaß macht. Dabei erwischte sie eine richtig gute Ladung Sand, und ab damit zu Robert rüber. Warte, rief Robert,

91

das kriegst du zurück. Nein, Nele lief Robert entgegen, und es kam, wie es kommen musste, er nahm sie in den Arm. Ich freu mich so, dass ich dich kennengelernt habe, strahlte sie Robert an. Und Robert schaute sie an, und küsste sie.

Ihr benehmt euch wirklich wie die kleinen Kinder, schimpfte Marion erneut, aber niedlich, beschwichtigte sie gleich wieder. Ich habe noch nie zwei erwachsene Menschen so herumtollen sehen wie euch beide.

Und Robert wurde von Nele wiedergeküsst. Doch nur kurz und fast wie im Vorübergehen. Denn schon entzog sie sich ihm wieder und lief lachend davon. Robert sah ihr verzückt hinterher. Liebe macht blind, überlegte er, jedenfalls, man sagt es so. Sollte das stimmen, überlegte er weiter, wäre das ganz schlimm. Er schloss probehalber die Augen. Dann öffnete er sie wieder. Wenige Schritte voraus sah er Nele im Sand spielen. Eine wundervolle Frau, in die ich mich verliebt habe und die sich glücklicherweise ihrerseits in mich verliebt hat. Könnte es nicht sein, überlegte er haarscharf weiter, dass Liebe vielmehr die Augen öffnet, für alles Schöne, das ist, und das noch kommen wird? Ganz gewiss, so wird es sein. Zweifel ausgeschlossen. Es kommt einfach nur darauf an, dass man es darauf ankommen lässt. Trotz aller gescheiterten Versuche und Rückschläge. Was soll denn sein? Ein weiteres Missgeschick? Nicht mit Nele. Und damit hielt er die Diskussion mit seinem Selbst für abgeschlossen. Hatte es überhaupt eine Diskussion gegeben? Nun, nicht wirklich. Nur eine Frage war zu beantworten gewesen. Eine Frage, die unvermittelt aufgetaucht war. Hiermit beantwortet. Die Liebe öffnet einem die Augen. So ist es.

So, und nicht anders. Und nicht nur mit den Augen. Man öffnet sich ganz weit. Und ist bereit. Für all die Wunder, die es nur zu entdecken gibt, wenn man liebt. Das alleine ist schon sehr viel. Und wenn es dann noch diese Eine gibt, die einen wiederliebt, dann ist das Wunder aller Wunder geschehen. Und das heißt es zu genießen. Mit allen Sinnen. Also setz deine Füße in Bewegung, Junge, sonst entkommt sie dir. Lauf dem Glück hinterher, es gehört sich so.

Ihr ging so vieles durch den Kopf. Es wirbelte sich durcheinander. Es ließ sich gar nicht ordnen. Nele ließ den Sand durch ihre Finger gleiten, und es bildete sich ein kleiner Hügel. Gerade so, dass das Fundament nicht zu schmal wurde. Es sollte ja eine Burg entstehen. Dazu musste es doch ganz breit werden, so ein Fundament muss doch große Lasten tragen können.
Der Sand ließ sich nur zerrieseln. Den Berg konnte man zwar beklopfen, aber so ein richtiger Sand zum Burgen bauen war er nicht. Och, nee, es fällt alles immer wieder zusammen, rief sie enttäuscht, aber ein kleines Stöckchen muss ich trotzdem finden. Warum denn, fragte Marion, es würde ja gar nicht halten. Aber eine Burg muss immer eine Fahne tragen, und sie muss genau in der Mitte sitzen.
Weißt du, Nele, lachte Marion, selbst ein Kind weiß, dass eine Burg ganz anders aussieht als deine. Du hast ja eher einen Berg gebaut.
Na gut, nun lachte Nele auch, aber soo, zur Strafe wird alles demoliert. Na, ich geh mal außer Reichweite, meinte Robert, der zu ihr gekommen war, nicht, dass ich auch noch bestraft werde.
Nele schaute hoch, wie verliebt sie war. Wie er so vor ihr stand, und sie merkte wie etwas in ihr zerschmolz. Ihr war,

als wäre so ein Ganzes in ihr. Gut, dass sie es nur dachte, es könnte niemand verstehen. Aber, es stimmte ja. Von Kopf bis Fuß war sie eingehüllt in etwas Ganzes, aber ohne Grenzen war es. Alle Seiten konnten sich noch dehnen. Aber gerade jetzt passte sie genau hinein. Es musste sich nichts dehnen. Die Seiten waren wie Wände. Darin konnte sie sich bewegen, und wenn sie anstieß, tat es nicht weh. Es war Liebe, das war ganz klar. Es war Liebe, ohne Wenn und Aber.

Ich habe Hunger, verkündete Robert.
Das ist typisch Mann, erklärte Marion kategorisch. Wenn ihnen nichts mehr einfällt, bekommen sie Hunger.

Ja, genau, das stimmt. Nele klopfte sich den Sand ab. Man könnte hier auch gut ein Picknick machen. Ja, klar, Marion lachte, vor allem, wenn man einen Packesel dabei hat. Wäre ja kein Problem gewesen, scherzte Nele, wir haben ja Robert dabei. Zur Not hätten wir noch einen kleinen Bollerwagen organisiert. Oder einen etwas größeren, dann hätte er uns beide darin, samt Gepäck, ziehen können.
Nein, lachte Marion, das hätten wir ihm nicht angetan.
Robert schmunzelte. Also, bitte, die Damen, wir suchen uns jetzt ein Café und essen ein leckeres Stück Kuchen.
Mmhh, lachte Nele, ich schmecke es schon, und vor allem eine Tasse Kaffee, brauche ich.
Haha, Marion mischte sich ein, draußen gibt es nur Kännchen.
Alle lachten und beschlossen schnellstmöglich ein Café aufzusuchen.

Da fällt mir was ein, sagte Marion, da vorne ist doch gleich die Elbkate, und, auf Roberts fragenden Blick, kennst du das nicht?

Nein, meinte der, zumindest erinnere ich mich nicht daran.

Na, ist ja auch nichts Besonderes, mehr so ein Biergarten, aber Kaffee und Kuchen gibt es da auch, und es liegt direkt am Weg mit einem Superblick auf die Elbe … hach, halt, da fällt mir doch ein, ein Stückchen dahinter, da ist doch gleich der nächste große Sandstrand, und da steht doch der …

Doch – Pssst! machte Robert und hielt sich den Zeigefinger vor den Mund.

Ach, fragte Marion, nicht ohne einen spöttischen Unterton, jetzt erinnerst du dich wieder?

Ja. Robert blieb betont ernsthaft. Jetzt erinnere ich mich wieder. Deshalb habe ich ja ′Pssst!′ gemacht, wir wollen doch Nele überraschen, oder?

Oh, von mir aus, grinste Marion, gerne doch.

Wie? Nele war empört. Ihr habt Geheimnisse vor mir?

Jetzt schon. Grinsten sie beide.

Gemeinheit! Nele blieb stehen. Das könnt ihr doch nicht machen!

Robert kam zu ihr zurück, nahm sie in den Arm. Mhhh, duu … hab ich dir heute schon gesagt, dass ich dich liebe?

Du Schuft! Sagte Nele. Ließ sich dann aber doch küssen.

Und? fragte Robert.

Na klar, meinte Nele, dann nichts wie hin. Da bin ich ja mal gespannt euer Geheimnis zu entdecken. Oder hast du was anderes erwartet, sie sah Robert an.

Wie man's nimmt, schmunzelte der. Wie, so Nele, hab ich mehrere Möglichkeiten, oder was? Nein, so Robert, oder ja, wenn man es anders auslegt. Robert, Nele zog die

Augenbrauen hoch, überfordere mich bitte nicht. Ich hab jetzt keine Lust nachzudenken. Also, was jetzt? Du hättest mir ja zum Beispiel sagen können, so Robert, dass du sowas von verliebt in mich bist, ja, dass du mich sogar liebst. Stattdessen denkst du nur an Kaffee und Kuchen.

Nele lachte. Ach so, na siehst du, so hat jeder seine Geheimnisse.

Marion wartete schon auf die beiden, und sie machten sich auf den Weg zur Elbkate.

Das taten sie. Und Kaffee und Kuchen gab es. Über den machten sie sich her. Mit Genuss. Und schon fast etwas wie Heißhunger. Sandspiele machen hungrig.

Die Sonne gab sich weiterhin Mühe, und sie beguckten sich die vorbeifahrenden Schiffe und vorüberflanierenden Osterspaziergänger.

Robert gefiel es, wie pfiffig und gewitzt Nele sich aus der Affäre gezogen hatte. Und ihre Neckerei ließ er sich gerne gefallen. Schließlich hatten er und Marion mit der Geheimnistuerei angefangen. Da war es nur ihr gutes Recht gegenzuhalten. Dabei war es mit dem Geheimnis gar nicht so weit her. Womöglich würde Nele arg enttäuscht sein. Oder war es ihr von der Fähre aus bereits aufgefallen? Nein, dann hätte sie sicherlich eine Bemerkung gemacht. Sie hatte auch die ganze Zeit zum anderen Ufer hin, zu den Containerterminals und nach Finkenwerder Ausschau gehalten.

Nun saß sie da und widmete sich zielstrebig ihrem Stück von der Käsesahnetorte. Ihr Osterei hatte sie sich neben den Teller gelegt. Robert fand das einfach rührend. Was mochte wohl in ihrem gleichermaßen klugen wie schönen Kopf vor sich gehen?

Doch seit der Kuchen gebracht war, hatten sie kein Wort mehr gewechselt. Auch Robert hatte sich für die Käsesahne entschieden, Marion hingegen für den Apfelkuchen.

Nein, Robert würde nicht versuchen sich in Neles Kopf hineinzudenken, schließlich hatte er es sich zur Angewohnheit gemacht nicht in sie dringen zu wollen. Wobei er sich, bei diesem Gedanken ertappend, zugleich belächeln wie berichtigen musste. Nach einem Tag Liebe bereits von Gewohnheiten zu sprechen war doch etwas weit hergeholt. Also gut, ein Vorsatz also, einer, an dem sich weiterhin festzuhalten lohnte.

Außerdem hatte er genug damit zu tun, mit sich selber ins Reine zu kommen. Seitdem sie sich im Sand getummelt hatten, bewegte ihn die Frage, ob er Nele wohl vorschlagen sollte die Nacht bei ihm zu verbringen. Nunmehr beantwortete er sich diese Frage mit einem entschiedenen Nein. Sie mochte ihn ja für einen glatten Wüstling halten wenn er das täte. So gut kannten sie sich noch nicht, dass er dies ohne die schlimmsten Missstimmungen zu riskieren hätte zur Sprache bringen können. Er war kein Lustmolch, kein Wüstling, er wollte, nun gut, ja, ein wenig mit ihr kuscheln, aber vor allem wäre er gerne noch etwas länger mit ihr alleine geblieben, um zu reden, vor allem um zu reden, aber wie hätte er das, jetzt, in dieser Situation, erklären sollen.

Außerdem hatte sie ja ihre ganzen Sachen bei Marion, und auch Marion gegenüber wäre das alles andere als höflich gewesen.

Aber er würde Nele anbieten, sie morgen früh mit dem Wagen abzuholen und zum Hauptbahnhof zu fahren. Das zum Mindesten. Und vielleicht, ja, und unbedingt einen Besuch in Düsseldorf in Aussicht zu stellen. Am Liebsten am kommenden Wochenende schon, aber – nein, nein, keinesfalls, das durfte nicht sein. Er würde sich sehr, sehr zurückhalten müssen. Außerdem hatte er am nächsten Wochenende zu arbeiten. Er hätte auch heute zu arbeiten gehabt, doch für ihre Abteilung waren keine speziellen Aktionen geplant gewesen, da war es nicht schlimm, dass er sich abgemeldet hatte. Einreißen lassen durfte er das nicht, er musste schließlich mit gutem Beispiel vorangehen, er nahm das ernst, insofern beunruhigte es ihn schon ein wenig, wie sehr ihn diese Liebe bereits gefangen nahm, er würde sich beherrschen müssen.

Also in zwei bis drei Wochen vielleicht, das schien ihm der geeignete Zeitrahmen, so schwer es ihm fiel, er würde mit Nele darüber sprechen müssen, dafür zumindest würde sich schon eine Gelegenheit ergeben.

Nele gelang es, sehr gesittet zu essen. Bloß nicht zu schnell, hatte sie sich befohlen, das gibt nur Diskussionen. Es war eine Unart von ihr, alles viel zu schnell aufzuessen. Es lag daran, dass sie beim Essen immer in Gedanken war. Und wenn man denkt, kann man sich unmöglich auch noch um Sitten kümmern.

Sie beobachtete die beiden, und fing Marions Blick auf. Er sah reichlich vielsagend aus. Und Robert sinnierte vor sich hin. Und dann fing sie doch mit dem Denken an. Ich würde am liebsten bei ihm bleiben, und natürlich geht das nicht, wies sie sich sofort zurecht. Es war wie immer. Warum kann man nicht spontan entscheiden, das zu tun was man will. Sie hatten doch beide ein Alter erreicht, indem man klüger als vorher war. Ja? Egal, sie beantwortete sich ihre Frage jetzt nicht. Sie wusste nur, dass sie sich irgendwann mal vorgenommen hatte, klüger zu sein, weil ja ihre Erfahrungen sie hatten weise werden lassen.

Bei dem Wort 'weise' musste sie doch lachen, natürlich nur innerlich.

Und wenn es mir jetzt wirklich gleich ist, ob es sich gehört oder nicht, dass ich einfach meinen Aufenthalt hier verlängere, und in der Firma anrufe, dass ich einen Tag später...

Aber es würde nicht gehen, bei keinem von ihnen. Marion hatte von Terminen erzählt, und Robert war schließlich Museumsleiter, obwohl, bei ihm könnte es gehen, er müsste niemanden fragen.

Aber er will es auch nicht. Diesen Punkt hatte sie übersehen. Was dann?

Auf jeden Fall, es ist wie es ist, man kann einfach nicht spontan sein. Nele hatte laut gedacht. Die beiden andern schauten sie an. Aha, meinte Marion, und wie kommst du jetzt darauf?

Robert schmunzelte, doch, kann man. Inwiefern, so Nele. Indem, und er zog sich zu sich rüber und küsste sie.

Ja, aber ich meinte es ja so allgemein. Nele setzte sich wieder gerade hin. Nun, so Robert, ich könnte versuchen einen Vortrag zusammenzubringen. Der Titel lautet, Spontanität im allgemeinen und in speziellen Fällen.

Och nee, Marion lachte, bitte keine Vorträge, und Nele schloss sich ihrer Meinung an.

Der Kuchen hatte allen gut geschmeckt. Eine Weile blieben sie noch sitzen und genossen die Pause. So, Robert sah sie an, nur keine Müdigkeit vorschützen, ich sag mal, weiter gehts.

Es waren nur wenige hundert Meter, da hatten sie bereits den nächsten Sandstrand erreicht. Und das war ein richtig Großer. Und er beherbergte Marions und Rolands Geheimnis.

Da vorne, das ist es. Ein … ein Stein? Nele schien tatsächlich etwas enttäuscht.

Nun ja, nun, stotterte Robert, ein Stein, aber ein großer Stein, ein sogenannter Findling, den hat man bei einer Fahrrinnenvertiefung der Elbe ans Tageslicht befördert. Er hat auch einen Namen, Alter Schwede, weil wahrscheinlich der Baggerführer, der das Ding zuerst anhob, genau das ausgerufen haben musste: Alter Schwede! Das ist aber ein Brocken! Und ein Brocken ist es auch, das ist kein Scheinriese, du wirst sehen, je näher wir ihm kommen, umso größer wird er auch.

Duuu …

Jaaa …

Ich bin nicht enttäuscht, falls du das denken solltest.

Das ist lieb, dass du das sagst.

Duuu …

Jaaa …

Wollen wir wieder … ?

Oh, nee, nee, nee, mischte Marion sich nun ein, ich klinke mich da aus, aber macht ihr nur, ich geh schon mal ein Stückchen weit voraus. Zwinkerte den beiden zu und stapfte munter durch den Sand davon.

Nele und Robert zogen sich die Schuhe aus.

Du kannst deine Schuhe und Strümpfe zu mir in den Rucksack tun, sagte Robert, und ich packe meine auch mit rein, dann hätten wir die Hände frei.

Nele strahlte ihn an. Au ja! sagte sie. Und so taten sie es. Und dann stapften auch sie. Und wie sie stapften. Sandfontänen wirbelten auf.

Duuu, Nele … meldete sich Robert nach einer Weile.

Jaaa … ?

Ja, also, weißt du, weil du doch von Spontanität gesprochen hast …

Ja?

Also, weißt du, wie wir vorhin am Tisch saßen und den Kuchen gegessen haben, und wir alle so schweigsam waren, da habe ich überlegt, ob wir nicht vielleicht, nein, ob ich dich vielleicht fragen sollte … ach, nun weiß ich doch nicht, ob es richtig ist …

Nele blieb stehen und schaute Robert in die Augen. Na komm schon, drängte sie und lächelte ihm aufmunternd zu, immer raus mit der Sprache.

Robert lächelte zurück, etwas verhalten, zögerlich, und gab sich dann doch einen Ruck.

Spontanität … sagte er. Und Nele nickte ihm weiterhin zu.

Also, begann Robert, was mir da durch den Kopf gegangen war, das war, ob ich dich nicht fragen sollte, ob du nachher noch mit zu mir kommen möchtest … Er schaute nun noch etwas zweifelnder drein, doch Nele ließ nicht locker. Sie nickte nur immerzu.

Ich weiß natürlich, dass das nicht geht, wegen Marion, und weil du doch deine ganzen Sachen bei ihr hast, und weil wir uns doch noch gar nicht so richtig kennen, aber gerade darum, weißt du, ich würde so gerne noch ein wenig länger mit dir beisammen sein, mit dir alleine, wir könnten reden, und Musik hören …

Weißt du was, Nele strich Robert mit dem Zeigefinger über die Nase und berührte danach ganz vorsichtig seine Augen, die er jetzt schloss, und flüsterte, ja, ich möchte es auch. Und sie küsste ihn und umarmte ihn und er küsste zurück und umarmte sie und dann sah sie ihn an und sagte, du, ich liebe dich. Und ich wünsche mir nur, dass wir es hinkriegen. Mit Marion gibt es sowieso kein Problem, und das andere …

Entschlossen sah sie jetzt aus, das andere kriegen wir auch geregelt. Es wäre soo schön. Mit dir allein, und reden, und Musik hören und still sein und kuscheln und so weiter. Jetzt lachte Nele, aber sehr verlegen hörte es sich nicht an ...

Und auch Robert war es jetzt nicht mehr. So, wie sie reagiert hatte. Hatte er das erwarten können? Irgendwie schon. Das wusste er jetzt.

Aber das Wichtigste war, er wusste jetzt, dass er mit ihr über alles würde sprechen können, und wenn sie nicht wollte würde sie Nein sagen, oder sie würde gar nichts sagen, und auch damit wäre genug gesagt und es wäre gut.

Komm, sagte er, dann wollen wir Marion nicht länger warten lassen.

Die stand bereits beim Alten Schweden. Unter dem Alten Schweden vielmehr, denn der war ganz schön hoch.

Nun staunte selbst Nele. Huch! machte sie, und schaute anerkennend in die Höh. Ujeh! sagte sie.

Ja, ja, lachte Marion, da kann man sich direkt ein Haus drin bauen.

Sie werden bestimmt große Mühe gehabt haben ihn zu bergen, Nele war stark beeindruckt.

Ja, das stimmt, beim ersten Mal hat es nicht geklappt, weil er zu schwer für die eingesetzten Hilfsmittel war. Aber dann haben sie's hinbekommen, sagte Marion. Ich mag Findlinge sehr, Nele konnte sich nicht satt sehen. Sie haben etwas Gewaltiges, das liebe ich. Sie können ruhig kleiner sein, Hauptsache sie können Geschichten erzählen, Nele lachte.

Ja, sicher, so Marion, er hier hat mir auch gerade was erzählt.

Überleg doch mal, so Nele, was er alles erlebt hat. Man muss nur ganz still sein und lauschen, und ihn anfassen, dann wird er geweckt. Und dann raunt er dir die tollsten Sachen.

Robert schmunzelte, ja, und vor allem das Anfassen ist wichtig dabei. Die drei lachten.

Marion, Nele schaute ihre Freundin an, würdest du es schlimm finden, wenn ich später mit Robert gehe? Wie, mit Robert gehe, Marion schaute erstaunt. Nicht jetzt, später erst natürlich. Erklär mir doch bitte mal, wie du es meinst, obwohl, sie schmunzelte, jetzt versteh ich. Früher zeigte man irgendwelche Sammlungen, macht man das heute auch noch so?

Nele knuffte ihre Freundin in die Seite. Ja, so ähnlich wahrscheinlich. Wir bringen dich nach Hause und holen meine Sachen. Aha, na, ihr müsst es ja wissen. Marion schien nicht sehr einverstanden. Bist du mir dann böse? Nele geriet arg in die Zwickmühle. Warum soll ich dir böse sein, es ist deine Entscheidung, murmelte Marion. Ich hab mich schon entschieden, sei nicht sauer, Nele sah Marion bittend an. Beim nächsten Mal komm ich nur zu dir, einverstanden? Marion hob die Schultern, da bin ich ja mal gespannt, wann bei dir 'nächstes Mal' ist. Aber, ich verstehe euch, jetzt lachte sie.

Oh! Robert schämte sich jetzt sehr, wie er Marions Reaktion bemerkte. Es war sehr egoistisch von ihm gewesen, dass er Nele schließlich doch von seinen Überlegungen gesprochen hatte. Und es war egoistisch von ihnen beiden gewesen so zu beschließen, wie sie es nun beschlossen hatten.

Aber Verliebte, zumal frisch Verliebte handelten so, oder? Die haben nur noch ihre eigene kleine Welt vor Augen.

Das war keine bloße Floskel. Er erlebte es ja gerade. Aber man sollte sich davor hüten darum seine Umwelt und seine Mitmenschen zu vergessen. Nele durfte keinesfalls ihre Freundschaft mit Marion aufs Spiel setzen. Er würde nachher unbedingt noch mit ihr darüber sprechen müssen. Andererseits, schalt er sich gleich wieder, stelle mal nicht ihre Feinfühligkeit in Frage, so gut solltest du sie doch bereits kennen, sie wird schon die richtigen Worte finden, sie wird wissen, was zu tun ist. Ich jedenfalls werde mich unter keinen Umständen einmischen, das sollen und werden die beiden unter sich ausmachen und ins Reine bringen, und das werden sie schaffen. Und was Marion betrifft, na, da werde ich etwas finden müssen, um mich bei ihr zu entschuldigen, später natürlich, nicht jetzt, und Nele fragen, womit ich ihr eine Freude bereiten könnte, für den Augenblick …

Wisst ihr was, sagte er zu den beiden Freundinnen gewandt, nun gehe ich mal ein paar Schritte voraus. Ich werde am Ende des Sandes auf euch warten. Hob grüßend die Hand und stapfte nun seinerseits davon.

Und dachte schon gleich wieder – ob das richtig so war?

Was war das denn jetzt, Nele und Marion schauten Robert hinterher. Marion schüttelte den Kopf. Nele senkte ihren Kopf und kramte in ihrer Handtasche. Was hast du, fragte Marion. Nichts, antwortete Nele, wieso?

Das war glatt gelogen. Sie schluckte in sich hinein. Ihm war es also egal, er hatte es nur so gesagt. Und sie hätte es wissen müssen. Was sollte sie jetzt machen? Alle haben immer Recht mit ihren Belehrungen. Aber ich will es nie glauben, weil ich es nicht zugeben will, dass ich mich irre. Aber sie würde so gern mit Robert zusammen sein. Das war die Wahrheit, und sie hatte es ihm gesagt, und ihm geglaubt, als er sagte, er wünsche sich es so sehr.

Aber er hätte ja wenigstens einen Satz sagen können vorhin, Nele war traurig. Er musste sich ja nicht einmischen, aber er hätte sagen können: ich würde mich sehr freuen, wenn es klappen würde. Marion, sei nicht zu böse auf mich. Oder so etwas Ähnliches. Aber er war einfach weggegangen.

Du, Marion, vielleicht geh ich ja doch nicht mit ihm. Was soll das denn, Marion schaute ihre Freundin verständnislos an. Ich dachte, deine Seligkeit hängt davon ab.

Nele sagte erstmal nichts, aber dann etwas später, ich überleg es mir nochmal, ja? Bittend sah sie Marion an. Ja, tu das, so Marion, und jetzt lass uns weitergehen.

Robert erwartete die beiden auf einer Bank am Ende des Strandes. Seine Schuhe hatte er bereits wieder angezogen, Neles Schuhe und Strümpfe neben sich auf die Bank gestellt.

Da war ein mulmiges Gefühl in ihm. Aber mulmige Gefühle waren dazu da überwunden zu werden. Er hatte sich das eingebrockt, das, was nun kommen mochte, er würde es auszulöffeln haben. So war das.

Wie er die Freundinnen herantreten sah, musste er sich erst einmal räuspern.

Ich ... sagte er ... es tut mir leid. Ich hätte nicht einfach so gehen sollen, ohne ein rechtes Wort, nur habe ich gedacht, weil Marion verstimmt schien, dass ihr euch vielleicht aussprechen wolltet, ich wollte mich da nicht einmischen, habe ich gedacht ...

Na ja, meinte Marion, und setzte sich neben ihn, also ich, was mich betrifft, ich bin nicht so arg böse, und eigentlich habe ich mir das beinahe schon gedacht. Nur Nele ... ich glaube, dass du Nele verletzt hast ...

Robert schaute zu Nele auf. Komm, sagte er, setzt dich doch auch, und zieh dir deine Schuhe wieder an, sonst wird dir kalt, und sage mir, dass es nicht so schlimm ist, ich habe mir doch nur gedacht, dass ihr alleine darüber sprechen wolltet, ohne mich, es ist doch eigentlich nichts weiter passiert, nur dass ich, nun ja, wie ich das anstellte, das war wohl sehr ungeschickt von mir, es tut mir leid ... na komm doch, sag, dass du mir wieder gut bist ...

Wie er da so sitzt, denkt Nele, und was er so sagt, ich glaub ihm alles. Sie setzte sich zu ihm auf die Bank und zog sich Strümpfe und Schuhe an. So, ich bin fertig, rief sie. Und, Robert schaute sie an, alles wieder gut? Ja, klar, antwortete sie und schaute weg. Robert drehte ihr Gesicht ganz sanft zu sich und gab ihr einen Kuss. Und Nele kuschelte sich in seine Arme, und alles war gut.

So, wenn also alles geklärt ist, meinte Marion, könnten wir vielleicht kurz den Ablauf besprechen. Habt ihr euch schon genau überlegt, wie es zeitlich ablaufen soll? Sie schaute Robert an.

Ja, sagte Robert, das sollten wir. Es ist aber eigentlich ganz einfach. Wir werden nachher erst einmal zu mir fahren und dann bringe ich euch mit dem Wagen nach Norderstedt. Dann kann Nele in Ruhe ihre Sachen packen und ich nehme sie wieder mit zurück. Näheres können wir ja dann beim Essen besprechen.

Und du Nele, du darfst mich von nun an getrost einen großen dummen Jungen nennen, wenn dir danach ist, du wirst keinen Widerspruch von mir hören, aber ansonsten, wenn ihr einverstanden seid, begraben wir die Sache, dort im Sand hinter uns, oder, noch besser, ganz tief unter dem alten Schweden.

Und so machten sie sich denn auf in Richtung Övelgönne. Robert tastete nach Neles Hand, die sie ihm nach einigem Zögern überließ, ihm sogar ein Lächeln schenkte dabei.

Du, Nele, fragte er dann … Ja … wann geht morgen eigentlich dein Zug?

Mein Zug geht um kurz vor zwölf, die genaue Zeit steht auf der Fahrkarte. Sie liegt bei Marion, aber, typisch Nele, weißt du was doof ist, fragte sie und gab gleich die Antwort, ich muss den Zug nehmen, weil die Fahrkarte nur für ihn gilt. Ich kann nicht einfach später fahren.

Erschrocken hielt sie sich die Hand vor den Mund. Das war ja wohl wirklich unmöglich von ihr. Liebe Nele, prompt vernahm sie Marions Stimme, und dann auch noch höchste Belehrungsstufe, durch das Wort liebe vor dem Namen, vielleicht hat Robert ja auch noch Pläne für morgen und ist froh, wenn du endlich weg bist.

Liebe Marion, das Wort liebe musste jetzt auch sein, aber es könnte ja auch sein, dass er froh wäre, wenn ich später führe. Ja, klar, so Marion, wenn du später führst. Ja, dann eben fahren würde, Nele lachte.

Robert schien es zum Glück nicht gestört zu haben, was sie da so von sich gegeben hatte, er schmunzelte nur.

Das wäre auch reichlich unvernünftig, meinte er, alles kann man nicht ignorieren. Aber ich bring dich morgen mit dem Auto zum Bahnhof, dadurch machen wir noch etwas Zeit gut.

Jedenfalls werde ich mir für morgen auch noch frei nehmen. Das Museum wird ohne mich schon nicht zugrunde gehen, fügte er fröhlich hinzu.

Eigentlich wäre es mir ja lieber, wenn der Zug noch später fahren würde, so müssen wir ja doch recht zeitig aufstehen, aber vielleicht können wir ja wenigstens ausgiebig frühstücken, ich bin nämlich, muss ich gestehen, ein großer Freund von ausgiebig im Bett bleiben und ausgiebig frühstücken, und auch das im Bett, wenn es sich ergibt, natürlich nur, wenn es sich ergibt. Er zuckte ein wenig mit den Schultern, wie wenn er sich entschuldigen wollte.

Marion grinste und schien wieder versöhnlicher Stimmung.

Nele knuffte ihm in die Seite. Was Robert zum Anlass nahm, sie ein wenig zu sich heran zu ziehen.

Du, flüsterte er ihr ins Ohr, mit Marion eben, wegen der Zugfahrkarte, habt ihr euch da nun gezofft oder war das nur Kabbelei? Ich frag das nur, um nicht schon wieder einen Fehler zu machen und falsch zu reagieren. Ich mag Marion, ich finde sie sehr sympathisch, und ich möchte nicht, dass ihr euch streitet, vor allem nicht meinetwegen, und ich fürchte, dass ich schon wieder der Anlass dafür war, verstehst du, ich möchte doch nur, dass wir uns vertragen, aber vielleicht bin ich jetzt nur zu empfindlich, sag du es mir …

Nein, Robert, das darfst du nicht so ernst nehmen, Nele gab ihm einen Kuss. Das ist nur eine Neckerei gewesen. Und, noch eins, wenn wir nur ganz kurz schlafen, können wir umso länger frühstücken. Im Bett find ich es auch schön, so insgesamt, meine ich. Nele hatte es ganz cool gesagt, doch innerlich hoffte sie, nicht rot zu werden dabei. Ihr war etwas mulmig zumute. Was, wenn ihre Entscheidung falsch war. Was würde er erwarten von ihr. Und wenn alles daneben ging, weil ...

Sie wollte jetzt nicht weiter überlegen. Sie freute sich auf einen schönen Abend mit Robert. Und als sie ihn ansah, verloren sich ihre Bedenken. Ihm kann ich vertrauen, ganz bestimmt. Er war so fürsorglich gewesen, vorhin im Sand. Pass auf, dass du dich nicht erkältest. Zieh dir Strümpfe und Schuhe an. Ihm liegt etwas an mir, dachte Nele, und es wird wundervoll werden. Und ganz kurz kam ihr die Idee, die Fahrkarte verfallen zu lassen, oder ob man auch umbuchen kann ...

Ich lass es auf mich zukommen, dachte sie, und strahlte Robert an. Ich freu mich so, dass wir uns kennengelernt haben. Bis jetzt war alles mit dir wie ein Traum.

Na, meinte Marion, die einmal mehr stehengeblieben war um auf die beiden zu warten, was habt ihr denn schon wieder miteinander zu tuscheln, wenn ich fragen darf.

Nele schaute Robert an, der nickte. Aber klar doch, murmelte er. Das brachte Nele zum Lachen.

Also, liebe Marion, erklärte sie noch immer schmunzelnd, kannst du dem Robert hier mal ganz offiziell kundtun, dass wir uns nur gekabbelt und nicht gestritten haben, der macht sich nämlich immer noch Sorgen.

Wie süß, sagte Marion. Also, lieber Robert, ich kann das, was Nele da eben gesagt hat nur bestätigen – nichts als Neckerei, kein Streit, alles im grünen Bereich.

Robert, dem der ironische Unterton der beiden durchaus nicht entgangen war, beschloss mitzuspielen. Da bin ich aber beruhigt, sagte er. Und mimte den Beruhigten.

Und die Stimmung war wieder so, wie sie sein sollte, ja, doch, unbedingt, unbeschwert.

Und so hatten sie denn Övelgönne erreicht. Und Robert durfte wieder den Fremdenführer spielen.

Die hübschen kleinen Häuschen hier, die sind oft weit über hundert Jahre alt. Die haben sich ursprünglich pensionierte Lotsen und Kapitäne da hinsetzen lassen. Da konnten sie dann auch im hohen Alter noch im Schaukelstuhl auf der Veranda sitzen und den Schiffen beim ein- und auslaufen zuschauen.

Oder in ihrem Garten. Weil die Gärten da, auf der anderen Seite des Weges, die gehören zu den Häuschen dazu, weil es dahinter ja gleich wieder steil in die Höhe geht. Später, als die Stadt immer weiter wuchs, ist dann in Terrassen mehr und mehr dazugebaut worden.

Oh, hey, da vorne ist ja schon die Strandperle, mischte sich Marion ein. Hey, ja, klasse, sagte Robert. Und hier links zweigt dann gleich die Himmelsleiter ab, da geht es hundert Stufen oder mehr nach oben, da hat man bestimmt eine tolle Aussicht, aber lasst uns mal lieber irdisch bleiben und in die Strandperle gehen, wenigstens auf ein Alster oder so, ach nee, ich nehme lieber ein alkoholfreies Bier, ich muss ja nachher noch Auto fahren.

Die Strandperle, hatte Marion, Nele zugewandt, derweil begonnen zu erzählen, ist sozusagen die Mutter aller Beachclubs. Weil ihr gar nichts anderes übrig bleibt, mischte Robert sich ein. Da der Strand ja direkt vor der Türe liegt, führte Marion zu Ende.

Das ist aber ganz schön voll hier, wunderte sich Nele. Eigentlich nicht, sagte Marion, das habe ich schon ganz anders erlebt, aber es ist natürlich immer viel mehr los als da wo wir jetzt herkommen, einfach weil es der nächstgelegene Strand von der Stadt aus ist. Darum, und sie warf einen warnenden Blick in Neles Richtung, solltet ihr hier nicht barfuß laufen, man weiß nie, was die Leute hier so wegwerfen oder im Sand verbuddeln.

Wo sie recht hat, hat sie recht, sagte Robert, ich hab jetzt im Moment auch keine große Lust darauf mir eine Glasscherbe in den Fuß zu treten.

Aber die Strandperle scheint tatsächlich nicht eben überfüllt zu sein. Mit etwas Glück ergattern wir drei Stühle und die stellen wir uns in den Sand und trinken unser Bier, oder was auch immer ihr mögt, und dann plaudern wir ein wenig und lästern über die Leute, oder schauen ganz einfach auf die Elbe hin dabei, ganz entspannt, wo ich jetzt wieder so schön beruhigt sein darf …

Die Stühle ließen sich ergattern und wurden in den Sand gestellt. Nele schaute sich um. Ich kann mir gut vorstellen, wie überfüllt es hier im Sommer wohl ist. In Wittlaer gibt es direkt am Rhein gelegen eine Kneipe, die heißt Aschlöksken. Da denkt man sofort an das Schimpfwort, hat aber damit nichts zu tun. Dort treffen sich in erster Linie Radfahrer und Fußgänger. Man geht einfach von Kaiserswerth aus Richtung Duisburg am Rhein entlang und irgendwann stößt man auf die Wirtschaft. Dort bedient man sich selbst, und bringt Flaschen usw. natürlich wieder zurück, schnappt sich einen Stuhl und setzt sich an den Rhein. Die Preise für Essen und Trinken sind sehr zivil, und dort ist immer was los. Selbst bei schlechtem Wetter sitzen manche gut vermummt und unter Wolldecken dort, und sehen sich die Schiffe an.

Ich hätte keine Lust mich immer dahinzusetzen. Wenn ich zum Rhein gehe, finde ich es am schönsten allein da zu sitzen.

Ja, so Marion, aber manche Leute brauchen den Trubel. Aber am schlimmsten ist es, wenn sie anschließend den Müll zurücklassen. Unglaublich, wie sich manche Menschen benehmen.

Wie ist es eigentlich, wenn es hier Hochwasser gibt, Nele schaute Robert an. Ist die Strandperle z.B. in Gefahr?

Oh ja, meinte Robert, das wird hier alles mit schöner Regelmäßigkeit überflutet, darum sieht es ja auch so, nun ja, eher provisorisch aus. Jetzt, im Frühjahr und im Sommer besteht die Gefahr nicht, da müsste schon gewaltig was schiefgehen, aber ab Herbst, und im Winter dann, wenn Sturmflutensaison ist, dann heißt es landunter. Aber sage mir mal, dieses Aschlöksken, von dem du da erzählst, das klingt ja wahnsinnig interessant, und dann, mit dem Fahrrad den Rhein entlang zu fahren, und immer mal wieder abzusteigen, sich ans Ufer setzen, nach den Schiffen zu schauen, ja, das wäre schön, du, da fällt mir ein, da gibt es doch auch Deiche, natürlich gibt es die, sag mal, fährt man dann eigentlich auf dem Deich entlang, und Aschlöksken, was heißt das denn nun?

Der Name Aschlöksken kommt vom Ascheloch. Frühere Kohlefördergruben mit Stolleneingängen die wie ein Ascheloch aussahen. Mit dem Fahrradfahren auf dem Deich ist das so eine Sache, Nele schaute nicht sehr begeistert. Ich gehe ja von Kaiserswerth aus am Deich entlang, und dort ist ab einem gewissen Punkt das Radfahren verboten. Die Wege sind ja nicht allzu breit. Und manche Radfahrer brettern dermaßen rücksichtslos da entlang, dass man als Fußgänger wirklich sehr aufpassen muss. Übrigens Wittlaer, viel Prominenz wohnt dort, natürlich mit Blick auf den Rhein. Charles Wilp z.B. hat auch da gewohnt. Kennst du ihn noch? Nele schaute Robert an. Das ist der mit dem Ufo auf dem Haus. Etliche Firmenbosse wohnen in Wittlaer. Unter anderem verbrachte auch HaJo Hünnebeck seine letzten Jahre dort.

Er wohnte zu seinen besten Zeiten in einer Villa in Ratingen. Die war wunderschön, hatte ein Reetdach und es gab Häuser für seine Bediensteten. Aber wie es manchmal so geht, nach der Scheidung ging alles bergab. Die Ex blieb wohnen und er zog nach Wittlaer. Ich könnte noch aus der Schule plaudern, aber das verkneif ich mir. Nele lachte. Aber eins noch, das Verwaltungsgebäude seiner Firma, die übrigens weltweit für ihre Gerüste und Schalungen bekannt war, und noch ist, war ein Hochhaus. Der Chef, also HaJo war in der obersten Etage untergebracht. Wenn die Belegschaft mit dem Aufzug fuhr, und jemand zum Chef musste, hieß es nur, ich muss in den Himmel.

So, meinte Marion, was machen wir nun. Gehen wir weiter?

Ja, ja natürlich, sagte Robert wie geistesabwesend, ja, lasst uns mal weitergehen.

Und er sah Nele an. Und freute sich so sehr an ihr. Das hörte nicht auf. Oh, und das sollte es auch nicht. Das sollte sich was unterstehen damit aufzuhören, das Gefühl, das Herz, der Kopf, das, das, was, wo auch immer es herkam, nein, es sollte nicht aufhören.

Wie lebhaft sie erzählen konnte, und mit welchem Witz. Und wie schlagfertig sie auch immer war. Er mochte das. Es gefiel ihm ganz ungemein. Und dann war das auch noch ein Mensch, in den er sich verliebt hatte. Und in den er sich noch weiter zu verlieben gedachte. Weiter und tiefer. Ich weiß so wenig von ihr, überlegte er. Aber spielte das eine Rolle? Nein. Einfach laufen lassen. Es kommt schon alles von alleine.

Und dann der mit dem Ufo auf dem Dach. Nein, er würde sie jetzt nicht danach fragen, später vielleicht, wenn überhaupt.

Viel lieber nahm er Nele bei der Hand und sah ihr in die Augen. Und versuchte seine Augen lachen zu lassen, hoffend, dass es ihm gelang. Aber warum denn nicht, sein ganzes Inneres fühlte sich so leicht, warum sollten dann nicht auch die Augen lachen. Neles Augen jedenfalls taten das. Zumindest interpretierte er das so.

Da hatten sie bereits den Museumshafen erreicht.

Robert sah etwas zweifelnd drein und deutete auf das Ponton hinaus.

Eigentlich hatte ich da auf dem Schiff essen wollen, aber es ist ja noch viel zu früh, hmmm, wisst ihr was, wir fahren einfach mit der Fähre zurück zu den Landungsbrücken, und da, neben der Rickmer Rickmers, da liegt doch das alte Feuerschiff, und da, meine ich, gibt es doch auch ein Restaurant drauf ...

Oh, nein, nein, nein, fuhr ihm Marion dazwischen, das kenne ich, da bin ich schon gewesen, also, mit dem Feuerschiff ist ja soweit alles in Ordnung, aber das Essen ist eher mäßig, um nicht zu sagen, schlecht, und dafür auch noch viel zu teuer. Außerdem ist auch noch schwer die Frage, ob wir da ausgerechnet an Ostern noch einen freien Platz werden finden können, das ist bestimmt alles reserviert.

Na, da hast du Recht, sagte Robert, das kommt dann natürlich nicht in Frage, aber, warum bin ich nicht gleich darauf gekommen, da, hinter dem Baumwall, da ist doch das portugiesische Viertel, und da gibt es so viele Restaurants, da wird sich allemal was finden lassen, Marion, was hältst du denn davon?

Na, meinte Marion, das finde ich mal eine gute Idee, ja, da gehen wir hin, ich habe da noch nie anders als gut gegessen.

Na bitte, meinte Robert, ich nämlich auch nicht, also, ihr Lieben, dann lasst uns mal gleich auf den Anleger runtergehen, damit wir die Fähre nicht verpassen.

Der Tag war wirklich wunderschön. Nele fühlte sich richtig wohl. Am liebsten wäre sie jetzt etwas albern, nahm sich aber sofort zurück. Früher hatte sie mit Tim viel Blödsinn unterwegs gemacht. Kinderspiele, wenn man geht und dabei bis zehn zählt, im Rhythmus der Schritte, und danach weiter mit: ein Hut, ein Stock, ein Regenschirm und vorwärts, rückwärts, seitwärts ein und eins, zwei..... also wieder von vorn. Und beim vorwärts usw. blieb man stehen, und musste einen Schritt mit einem Bein in die jeweilige Richtung machen.

Das hätte jetzt noch gefehlt, dachte sie und musste lachen. Was gibt's zu lachen, fragte Marion. Ach nichts, lachte Nele weiter, mir fielen nur Kinderspiele ein.

Robert schaute sie an. So, so, Kinderspiele, wie man jetzt auf sowas kommen kann, versteh ich nicht. Ja, mischte sich Marion ein, das passt zu Nele, wahrscheinlich hat sie an ein Kasperletheater gedacht. Also ehrlich, Marion, daran hab ich wirklich nicht gedacht, obwohl es keine schlechte Idee ist. Alle drei lachten.

Sie standen mittlerweile auf dem Anleger und warteten gemeinsam mit einigen anderen Leuten auf die Fähre. Nele sah Robert an und gab ihm einen Minikuss. Ihr hätte es nichts ausgemacht zu knutschen, aber die anderen wären sicher indigniert gewesen. Beim Wort indigniert musste sie schon wieder lachen. Also, meinte Robert, bist du immer noch bei deinen Kinderspielen? Nein, so Nele, jetzt bin ich beim Knutschen angelangt. Das ist schon besser, Robert lachte auch. Dabei mach ich mit. Ja, echt jetzt? Nele war ganz erstaunt. Marion drehte sich um. Ich möchte mich ja nicht einmischen, aber hier in aller Öffentlichkeit knutschen, geht ja wohl gar nicht. Sie lachte dabei. Sowas machen Teenager, falls überhaupt, aber bestimmt keine älteren Herrschaften. Warum nicht, Nele stach der Hafer, wir läuten eine neue Ära ein. Robert sah aber leider nicht so aus, als ob er zukunftsweisend sein wollte, und so drückte sie nur seine Hand.

Robert hätte ja schon gerne, aber er fühlte sich da gerade in eine Ecke gedrängt, in die er nicht hingehörte. Als ob es sich bei ihm um eine stockspießerische Monströsität handele. Oder war es Nele, die es vorgezogen hatte, einen Rückzieher zu machen?
Na, wie auch immer, es war jetzt nicht der rechte Zeitpunkt dieser Sache auf den Grund zu gehen. Wo jetzt alles wieder so schön harmonisch war. Und die Fähre sich näherte, die war ja wirklich in einem Affenzahn unterwegs. Wie viele Knoten die wohl machte? Ach, egal. Neles Hand war viel wichtiger. Sie hatte schöne weiche Hände mit langen schlanken Fingern. Die sich bewegten. Hmmm! Er ließ die seinen sich mitbewegen. Immerhin etwas. Wo schon nicht geknutscht werden durfte. Na, vielleicht fand sich auf der Fähre gleich die Gelegenheit. Zum Knutschen. Und seiner Freude Ausdruck zu verleihen. Einfach nur seiner Freude. Er beschloss, in die Offensive zu gehen. Einfach so mal.
Und wie sie auf die Fähre kamen tat er das.
Marion, die zielstrebig einen freien Tisch auf dem Oberdeck angesteuert und bereits Platz genommen hatte, fragte er, ob er ihr Nele mal für einen Augenblick würde

entführen dürfen. Die winkte nur mit einer lässigen Bewegung ab und grinste sich einen dabei. Na, dachte sich Robert, ja, ja, die hält uns einmal mehr für rettungslos verloren.

Rettungslos verlor er sich dann in Neles Augen. Du, ob du wohl mal mit mir an die Reling kommen würdest? Nele nickte. Er nahm sie bei der Hand. Dort angekommen schaute er sie ernsthaft an. Du, sagte er, ich würde jetzt schrecklich gerne knutschen, und zwar nicht mit irgendwem, sondern mit dir, und auch nicht irgendwo und irgendwann, sondern jetzt gleich hier. Ob sich das wohl machen ließe?

Was war das denn jetzt? Nele hätte gern irgendwas gesagt, irgendwas besonders Witziges. Aber wozu reden, wenn es etwas viel Schöneres gibt. Und es endete in einem Kuss mit ganz besonderen Ausmaßen.

Danach sahen sich beide an, und Nele versteckte schnell ihr Gesicht an Roberts Brust, als wolle sie in ihn hineinkriechen.

Robert hob ihren Kopf an, und sein Blick verriet mehr, als es Worte vermocht hätten.

Du, Nele, ich glaube, wir gehen jetzt besser zu Marion. Sie hält uns Plätze frei und wird schon warten.

Nele nickte, und lächelte ihn an. Beim nächsten Mal musst du nicht fragen, flüsterte sie.

So kehrten sie zu Marion zurück, die ihnen erwartungsfroh entgegensah.

Menschen, die derartiges tun, schmunzelte sie, nennt man Wiederholungstäter.

So gesehen, antwortete Robert, während sie Platz nahmen, sind wir hoffnungslose Fälle, oder was meinst du Nele?

Doch, ja, sagte die, unbedingt sind wir das, das wäre ja auch noch schöner, wenn nicht. Siehst du, sagte Robert, da hast du es.

So erreichten sie die Landungsbrücken, kaum dass sie sich dessen bewusst geworden waren. Auch Nele hatte keinen Blick mehr für die Hafenanlagen, übte sich ganz in ihrer Schlagfertigkeit, brillierte, glücklich, immer wieder Blicke mit Robert tauschend.

An den Landungsbrücken leerten sich derweil die Barkassen der Rundfahrten, die letzten Ausflügler strömten auf die Pontons, um zur Elbpromenade oder den Zugängen von U- und S-Bahn zu gelangen. Die drei ließen sich getrost mittreiben.

Wir brauchen eigentlich nur schräg über die Straße, sagte Marion. Ich weiß gar nicht, ob da überhaupt so viele Portugiesen wohnen, ich glaube, es ist wohl mehr wegen der Restaurants.

Ja, denke ich auch, sagte Robert, aber davon gibt es wirklich die Menge, und darum werden wir auch mit Sicherheit was finden, wir sind ja auch immer noch früh dran, es ist ja noch nicht einmal sechs, glaube ich.

Nele betrachtete sich ihre Uhr. Aber fast. Ist doch auch egal. Setzen wir uns gemütlich hin, meine Füße sind schon etwas mitgenommen, muss ich gestehen. Meine auch. So Marion. Na, und meine erst. Sagte Robert. Und da mussten sie alle drei wieder lachen. Und so spazierten sie durch die Straßen. Und Nele wunderte sich und staunte immer mehr. Es gab sie ja nicht nur an den Ecken, die ganzen Straßen waren gespickte voll. So hatten sie die Qual der Wahl. Dieses? Ach nein, doch nicht. Aber das. Nein. Das da … Nein, auch nicht. Und alles Portugiesen? Alle. Na, vielleicht, dass sich ein Spanier dazwischen gemogelt hat. Suchen wir … Nee, komm. Das da aber. Nein. Aber das.

Ja, das. Das hieß A Varina, das fand Gnade vor aller drei Augen. Fein. Also rein mit uns. Platz gab es auch. Willkommen! Wunderbar. Hier ist es aber schön. So irgendwie urig und einfach. So wie es sein soll. Und, Nele? Fisch? Und Weißwein? Du willst mich wohl abfüllen? Aber nicht die Spur.

Es sah wirklich schön hier aus. Die Einrichtung passte farblich zu den Wänden, und Robert meinte, dass man die Farben wegen der Landesfarben gewählt habe. Die Flagge Portugals hat doch auch diese Farben. Meine Güte, was dir alles so auffällt, Nele schaute sich um, aber klar, du wirst ja sämtliche Flaggen der Welt kennen, du als Völkerkundler.
Die Bedienung kam und fragte alle nach ihren Wünschen. Nele und Marion entschieden sich für ein Wasser, und Robert suchte sich ein alkoholfreies Bier aus.
Die Speisekarten wurden ihnen gebracht, und sowohl Marion als auch Nele entschieden sich für ein Fischgericht. Marion wählte gegrillten Lachs mit Salzkartoffeln und Salat, und Nele entschied sich für den gekochten Seehecht mit Wirsingkohl und Salzkartoffeln. Und Robert, was nimmst du?

Ich glaube, meinte Robert, ich glaube, ich nehme das Lamm. Soweit ich mich erinnere können die Portugiesen das gut. Und da ich ja wieder alkoholfreies Bier trinken werde, passt auch das ganz gut zusammen, meine ich. Es ist schon komisch, eigentlich mag ich Bier überhaupt nicht, außer in den Tropen, da schon, da ist es schön erfrischen, wenn es ordentlich kalt ist, aber hier, nein, und wenn, dann schmeckt mir das alkoholfrei besser als das andere. Also Lamm. Es mag zwar nicht im Sinne der political correctness sein, aber wozu stehen die Tiere schließlich auf dem Deich rum, wir sehen das eher pragmatisch, wir Dithmarscher. Er schmunzelte zufrieden. Und dann winkte er. Und sie bestellten. Und sie plauderten. Und die Getränke kamen. Sie plauderten. Das Essen kam. Und es sah großartig aus. Und es schmeckte allen dreien richtig gut. Und als sie fertig waren, da lehnte Robert sich zurück und erklärte, dass er jetzt ganz unbedingt einen flan noch haben müsse, ganz unbedingt, und einen Kaffee noch dazu? Und wie steht es mit euch? Und noch etwas, Nele, was ich mir eben überlegt habe, also, es klingt vielleicht wie ein unmoralisches Angebot, aber meinst du, ob du dir nicht noch einen Tag frei nehmen könntest bei deiner Firma, oder auch krank machen, wenn es gar nicht anders geht, dann könntest du noch einen Tag länger bleiben, oder zwei, und dann könnten wir uns morgen doch länger Zeit lassen, mit dem Frühstück im Bett, und einen kleinen Spaziergang noch machen, ins Kino gehen, ich weiß, ich weiß, das klingt jetzt alles so … aber schön wäre es schon, also, auch für mich wäre das etwas schwierig, ich hätte da so einiges umzugruppieren und eine Menge nachzuarbeiten, aber was macht das schon, ich meine, dafür, ja, und wenn sich das mit der Bahnkarte nicht umbuchen lässt, na, dann fahre ich dich eben nach Düsseldorf zurück, na, was meinst du?

Nele antwortete sofort. Warum sollte sie nachdenklich tun, wo sie doch gar nicht nachdenken musste. Ja, sagte sie, das wär wunderbar.
Marions Blick wich sie aus, und als sie sich dann doch traute, sah sie Marion lächeln.

Gut, dass mich keiner hier sieht, Nele lehnte sich zurück. Das geht gegen alle Prinzipien, die ich habe, jedenfalls bis jetzt hatte ich welche.

Das stimmt, Marion schaute ihre Freundin an, aber ich seh schon, Verliebte tanzen immer aus der Reihe.

Sie schaute Robert an und schüttelte ein wenig den Kopf, das hätte sie für mich nicht fertig gebracht.

Und das alles auch noch im hohen Alter, Marion lachte.

Genaueres können wir ja dann in Ruhe besprechen, Nele wandte sich Robert zu. Soviel steht für mich fest, morgen fahr ich nicht zurück.

Nele überflog kurz in Gedanken den Inhalt ihres Koffers. Zum Glück hatte sie zusätzliche Anziehklamotten eingepackt, für alle Fälle. Jetzt war also zum ersten Mal solch ein Fall eingetreten.

Zufrieden und glücklich rückte sie unternehmungslustig an ihrem Stuhl, stand auf, und ehe Robert wusste wie ihm geschah, fühlte er sich von hinten umfangen, und ein Küsschen landete auf seinem Kopf.

Nele setzte sich wieder hin und verkündete, sie habe gegen einen Kaffee nichts einzuwenden.

Auch Marion hatte nichts gegen einen Tee, und so bestellten sie einen flan für Robert und Tee und Kaffee.

So tranken sie ihren Tee, ihren Kaffee, Robert verzehrte mit Genuss seinen flan, den er sehr lobte. Sie plauderten nun wieder über eher belanglose Dinge, besprachen das Wetter und den hereinbrechenden Abend, der sich einmal mehr anschickte kalt werden zu wollen.

Dann bezahlten sie und brachen auf, zum Baumwall ging es hinüber, mit der U-Bahn fuhren sie zum Berliner Tor, dort stiegen sie um in die S1 Richtung Poppenbüttel.

Wie sie Platz nahmen ergriff Robert Neles Hände und schaute ihr tief in die Augen. Du wirst sehen, sagte er, wir kriegen das hin, es wird alles gut werden – und schön, das vor allem, du, du und ich, wir beide.

Und Nele sagte kein Wort und lehnte nur ihren Kopf an seine Schulter.

Nun schwiegen sie, für den Rest der Fahrt, Nele ihren Kopf an Roberts Schulter gebettet, Marion hatte ihr Eselskopf-Heftchen hervorgeholt und blätterte darin.

Erst als sie sich der Station Wellingsbüttel näherten, brach Robert das Schweigen.

Ich wohne nicht sehr weit von der S-Bahn-Station entfernt, es sind nur fünf Minuten zu Fuß, mein Auto aber ist eher klein, ein VW Up!, für mich alleine reicht es, und in der Stadt ist es auch sehr praktisch, nun, nun ja, wir werden schon hineinpassen, so winzig ist es denn auch wieder nicht.

Da waren sie auch schon da. Und wie sie die Station verließen schaute Nele sich verblüfft um. Nanu, sagte sie, das wirkt ja schon richtig ländlich hier. Und Robert musste lachen. Nun ja, ländlich … das ist vielleicht etwas übertrieben, für hier zumindest, noch etwas weiter draußen, zum Stadtrand hin, da, ja, da ist es dann schon so, mal überlegen, wir könnten morgen ein Stückchen rausfahren und dort spazieren gehen, aber eines stimmt natürlich, das Alstertal, also die ganzen Stadtteile hier, das sind überwiegend Einfamilienhäuser, die hier stehen, die prägen das Bild. Und die Alster natürlich. Ach, ich denke, wir werden morgen doch besser an die Alster gehen. Aber da sind wir schon. Schaut, da an der Ecke gleich, da wohne ich. Und Nele erstaunte sich schon wieder. Das ist aber groß, meinte sie, und da wohnst du ganz alleine drin? Nun ja, meinte Robert, es ist ja nur ein Reihenhaus, aber stimmt schon, groß ist es, es ist sogar noch mehr Platz drinnen, als man von außen denkt, denn der Keller ist ausgebaut, und der Dachboden auch. Das ist Sannahs Refugium, so ganz alleine wohne ich doch nicht, es ist mehr wie eine WG, und er lachte fröhlich, weil Sannah ziemlich häufig da ist und in letzter Zeit noch mehr, na, das erzähle ich dir später, nun ja, und wegen Sannah habe ich das Haus seinerzeit überhaupt erst gekauft, als nämlich klar wurde, dass sie in Hamburg eine Lehre machen und später auch studieren würde ... sooo - und er kramte seinen Autoschlüssel raus und drückte den Öffne-Dich-Knopf – jetzt düsen wir aber mal ab nach Norderstedt ...

Nele stieg hinten ein. Ich kann später vorne sitzen, sagte sie, als Marion protestieren wollte. Dann ging es ab nach Norderstedt. Nele war es sehr recht hinten zu sitzen. Robert und Marion unterhielten sich, und ab und zu wies einer von ihnen Nele auf besondere Dinge hin, die es zu sehen gab. Nele wollte nachdenken, dabei wusste sie nicht so genau, über was sie nachdenken wollte.
Es war ihre Entscheidung gewesen, und alles war doch in Ordnung. Aber gleich mit ihm nach Hause UND dort auch noch übernachten. Und dann so cool tun, ich mag alles im Zusammenhang mit Bett, oder so ähnlich hatte sie sich ausgedrückt. Bessere Angebote konnte ein Mann ja nicht bekommen... Klar, im Puff ist es teurer, hätte ihr Gisa dazu gesagt..
Aber sie musste ja gar nicht mit ihm. Wenn man nicht will, will man nicht. Wenn man aber will, dann, nun, dann lässt man es sich nicht sofort anmerken. Also, ganz einfach.
Bei Peter hatte es lange gedauert, bis es soweit war. Und irgendwie war es nie so ganz schön gewesen. Aber, man kann sich nicht alles aussuchen, man muss auch mal über

was hinwegsehen können. Das ist auch so eine Weisheit, dachte Nele, und schüttelte den Kopf.

Nele, Marion drehte sich um, schläfst du schon? Nein, wieso? Weil du so still bist, so Marion. Quatsch, meinte Nele, es reicht doch wenn ihr redet.

Robert versuchte im Rückspiegel Neles Gesicht zu entdecken. Sie bemerkte es und lächelte. Ich bin mal gespannt, wie du so wohnst, und was es bei dir für Sehenswürdigkeiten gibt.

Was soll er denn für Sehenswürdigkeiten bei sich haben, Marion wunderte sich. Nun ja, also ich meinte Erinnerungsstücke, er hat doch so viel von der Welt gesehen. Bestimmt hat er einiges mitgebracht.

Ja, Marion lachte, das glaub ich auch. Du wirst dich noch wundern, schmunzelte Robert.

Unterdessen waren sie in Norderstedt angekommen. Marion zeigte Robert, wo er parken konnte, und die drei verließen das Auto. Marion schloss die Tür auf, und Robert fand Marions Wohnung sehr gemütlich. Kann ich euch was anbieten, fragte Marion, doch die beiden lehnten ab. Ich pack eben meine Sachen in den Trolley, und dann wär ich soweit. Nele ging ins Bad.

Marion ging mit Robert ins Wohnzimmer, und Robert schaute gleich interessiert zur Regalwand. Na, meinte er, das sieht gut aus, viele Bücher und CDs. Er zeigte auf einen Bildband, ob ich mir den mal ansehen darf? Natürlich, lachte Marion, du kannst dir alle ansehen, du musst nicht fragen. Den Bildband hat Nele mir geschenkt. Der Blaue Reiter, Nele hält viel von den Künstlern. Und wenn sie etwas schön findet, kriegt sie sich vor Begeisterung kaum ein. Beide lachten. Das glaub ich dir aufs Wort meinte Robert, schließlich hab ich sie im Museum kennengelernt.

In der Zwischenzeit war Nele fertig geworden. Sie stand mit Sack und Pack im Türrahmen. So, und schon bin ich soweit.

Ah, Robert, ist das nicht ein schönes Buch, Nele schaute ihm über die Schulter. Ja, so Robert, ich würde sagen, schon fast wunderherrlich. Jetzt lachten alle drei. Marion drehte sich zu Robert, oh, ich sehe, das Wort ist dir schon bekannt.

Schon gut, rief Nele, wollen wir, und sie sah Robert an. Ja, das hoffe ich doch. Ich fang dann schon mal an, mich bei dir zu verabschieden, wandte er sich Marion zu. Ich hoffe, dass wir uns bei Gelegenheit wiedersehen. Ganz bestimmt, ich hab nichts dagegen, und möchte mich bei dir für den wunderbaren Tag bedanken. Na, meinte Robert, das freut mich. Sie umarmten sich und Robert ging mit dem Trolley zur Tür. Ich warte im Auto.

Nele und Marion schauten sich an. Hast du alles, fragte Marion. Ich denke schon, hab alles nachgeschaut und hoffentlich nichts vergessen. Beide drückten sich und küssten sich und Marion wünschte Nele alles Gute. Wie findest du ihn? Nele konnte sich die Frage nun doch nicht verkneifen. Ich finde ihn sehr nett, antwortete Marion und ich wünsch euch viel Glück. Nele war froh. Wir hören voneinander.

Marion begleitete sie zur Tür, und sie winkten sich noch einmal zu.

Robert stieg aus dem Auto und hielt Nele die Beifahrertür auf. Nun denn, schmunzelte er, dann lass dich mal entführen.

Du, Nele, sagte Robert, wie sie losgefahren waren, du musst dir keine Gedanken machen, ich hab doch gesehen, wie du vorhin hinten im Auto gesessen hast. Ich glaube, es ist das Richtige, was wir tun.

Du sollst wissen, dass ich nichts von dir will, oder verlange, als dass du einfach da bist, denn darüber freue ich mich, dass wir noch etwas Zeit füreinander haben, nur du und ich, wenn du verstehst was ich meine, wir müssen nichts überstürzen, wir können uns Zeit lassen, was auch immer geschieht, es geschieht eben einfach … da – verhaspelte er sich und starrte eine Weile schweigend nach vorne, wie er Nele ohnehin nicht angeblickt hatte, während er sprach, er hatte sich ja auch auf die Straße zu konzentrieren. Dann fing er sich aber wieder. Weißt du, sagte er, ich war noch niemals so verliebt, wie ich in dich verliebt bin, das sage ich nicht einfach so dahin, das musst du mir glauben. Das macht es aber nicht leichter. Mit Zwanzig, da denkt man da nicht groß darüber nach, aber wenn man älter ist, da denkt man, oh Gott, das ist sie, das könnte die Liebe deines Lebens sein, nun darfst du aber nur ja nichts falsch machen.

Das ist aber ziemlich dumm. Da war man mit Zwanzig vielleicht doch schlauer. Man sollte sich besser auf seine Gefühle verlassen. Also werde ich mich bemühen einfach lieb zu dir zu sein, so lieb wie ich dich habe. Und alles andere vergessen.

Nun warf er ihr aber doch einen kleinen Seitenblick zu.

Nele war so erleichtert. Erst wollte sie ja alles leugnen und wieder so tun als stünde sie über allem, aber dann besann sie sich. Das genau ist es, was mir an dir so gefällt, sagte sie. Du bist nicht so, so … sie stockte. Na, wie bin ich nicht, Robert schaute kurz zur Seite. So wie andere, Nele berührte seinen Arm, du bist so besonders.

126

Jetzt lachte Robert, na, das hoffe ich doch, sagte er. Nur, Nele war wieder die alte Nele, eins war ja ein bisschen, und sie betonte dies ' ein bisschen ' übertrieben. Robert schaute stirnrunzelnd zu ihr hin. Was war denn übertrieben?

Nele knuffte ihn vorsichtig, dass du alles andere vergessen willst. Und beide lächelten sich an.

Es war so schön mit Robert allein zu sein. Früher hatte sie mal ganz kurz einen Freund gehabt, dem sein Auto über alles ging. Und früher bedeutete wirklich früher. Es war vor Alexanders Zeit und somit ca. 37 Jahre her. Jedenfalls hielt dieser kurzfristige Freund, dessen Name ihr entfallen war, alle paar Meter an um sie zu küssen. Und jedes Mal entstand daraus eine Rangelei, weil... Wie komm ich nur auf ihn, Nele schüttelte ihren Kopf.

Und, meinte Robert, weißt du wo wir sind? Ehrlich gesagt nicht, meinte Nele. Ich hab vorhin nicht viel mitbekommen. Macht nichts, so Robert, wir sind jedenfalls schon fast da. Der Verkehr hält sich in Grenzen, so Nele. Oder sind hier alle über Ostern ausgeflogen?

Sind sie nicht. Es ist einfach eine ruhige Wohngegend hier. Robert parkte den Wagen im Carport, war Nele beim Aussteigen behilflich und bugsierte ihren Koffer aus dem Kofferraum.

Er knipste den Schließ-Dich-Knopf seines Autoschlüssels, kramte den Hausschlüssel aus seinem Rucksack, schnappte sich Neles Koffer, na, dann komm mal mit, sagte er, nun heißt es tapfer sein, und ihre hochgezogenen Augenbrauen bedachte er mit einem Schmunzeln.

So, sagte er, wie er die Tür aufgeschlossen hatte, den Koffer stellen wir erstmal hier neben die Treppe, und nun, er betätigte mit theatralischer Gebärde den Lichtschalter: Willkommen im Gothic paradise!

Und Nele öffnete ganz weit die Augen.

Ich hoffe, du bist nicht allzu sehr schockiert, fragte Robert zweifelnd ob dieser Reaktion.

Doch die war ganz anders gemeint, als er befürchtet hatte.

Aber das ist doch wunderschön, rief Nele begeistert aus, diese herrlichen alten Möbel, allein dieser Kleiderständer, und dann die Bilder, sie begann sich umzuschauen, herumzugehen, strich mit ihren Fingern über die alten Kommoden, du, das ist doch wunderherrlich, drehte sich um und fiel Robert in die Arme. Der sie auffing und ihr einen zaghaften Kuss gab. Es gefällt dir also? Ja, und wie. Da bin ich aber froh, weißt du, das ist ja doch durchaus nicht jedermanns Sache, und es ist alles Sannahs Werk. Ich habe dir doch erzählt, dass sie lange hier gewohnt hat, na, und in gewisser Weise ist es ja immer noch ihr Zuhause, und im Laufe der Zeit hat sie das alles zusammengesammelt, von Trödelmärkten und wasweißich woher. Das ganze Haus hat sie so umgestaltet, nur meine beiden Arbeitszimmer und das Schlafzimmer sind davon verschont geblieben. Und die Bilder hat sie zum Teil selbst gemalt, und das kann sie richtig gut, du wirst ja noch mehr davon sehen, das ist ja, sozusagen, nur das Entrée hier, und auch die anderen Bilder sind hervorragend, und manchmal denke ich, ob sie nicht irgendwelche alten Schlösser ausgeräumt hat, aber, nun ja, wenn sie es getan hat, hat sie sich wenigstens nicht erwischen lassen.

Das brachte Nele nun zum Lachen, gleichzeitig war sie neugierig geworden und wollte nun unbedingt weitergeführt werden.

Ja, sagte Robert, dann lass uns mal ins Wohnzimmer gehen.

Die Tür stand, wie überhaupt alle Türen, wovon Nele sich im Vorübergehen überzeugen konnte, offen, ja zur Küche hin schien überhaupt keine vorhanden, aber es war ja noch überall dunkel und Robert musste erst einmal Licht machen.

Ja, das war aber auch ... Nele tat einen Seufzer. Du, das ist aber gemütlich hier ... Und Robert strahlte. Und Nele lief herum, Robert sie mit Erklärungen begleitend.

Ja, sagte er, das waren einmal Wohnzimmer und Esszimmer, wie das in solchen Häusern üblicherweise geplant ist. Ich habe aber gleich wie ich einzog einen Durchbruch machen lassen, mit Holz ausgekleidet, wie du siehst, und nun ist das also ein einziger großer Raum, und doch wieder nicht, aber es gehört schon irgendwie zusammen, weil dort drüben, also im ehemaligen Esszimmer, das ist nun die Bibliothek und hier vorne, das ist das Musik- und Wohlfühlzimmer.

Mit Kamin, stellte Nele freudestrahlend fest.

Ja, mit Kamin, sagte Robert, den wir auch gleich in Gang setzen werden.

Und das Klavier! Nele war begeistert. Oh, wie schön! Ein Blüthner, erklärte Robert, einer ihrer Klassiker. Oh, und wie schön ... da sind ja zwei Kerzenleuchter vornean, wie romantisch! Nele war entzückt.

Nun, versuchte Robert ihren Enthusiasmus zu dämpfen, nur, falls du nun hoffen solltest, dass ich dir auch etwas romantisches darauf vorspielen könnte, da muss ich dich leider enttäuschen, ich kann es nicht, Sannah schon, die ist sehr musikalisch, beide Mädchen sind es, Janne vielleicht sogar noch mehr, das haben sie von ihrer Familie mütterlicherseits, ihre Großmutter ist Musiklehrerin, die

hat dafür gesorgt, dass sie sich frei entfalten konnten, aber
…

Halt! rief Nele dazwischen, die Kerzen zünden wir trotzdem an. Aber natürlich sagte Robert, soviele du willst. Und … oh, riefe Nele erneut, da ist ja noch ein Wintergarten, das sehe ich jetzt erst …

Ja, lachte Robert, einen Wintergarten gibt es auch, aber den zeige ich dir besser erst morgen bei Tageslicht. Es sind übrigens alles Pflanzen aus der Südsee, die habe ich so sukzessive eingeschmuggelt mit den Jahren, das ist zwar strengstens verboten, aber … er zuckte mit den Achseln. Vielleicht zeige ich dir erst noch die oberen Stockwerke …

Nele war begeistert. Sie konnte sich nicht sattsehen. So gemütlich wie es hier war. Und dass er seiner Tochter freie Hand gelassen hatte, das war ja wirklich allerhand. Das Klavier mit den Leuchtern, wie schön. Du, Robert, wie oft muss es denn gestimmt werden? Meine Güte, hier fehlt es an nichts, alles da für die Seele, Nele sah Robert an. Hier kann man sich vergraben, und die Welt kann einen mal ... Nele lachte. Nur, wenn man alles sauberhalten muss, hat man sehr viel Arbeit. Aber das ist bei dir wahrscheinlich nicht das Problem, du hast bestimmt eine Hilfe. Und jetzt bin ich auf die oberen Stockwerke gespannt.

Ja, sagte Robert, eine Hilfe habe ich, eine ganz liebe Frau aus Kasachstan, die kommt zweimal die Woche. Aber – nun wollen wir mal nach oben, nur, pass auf, es ist eng und wendelig, ich geh mal voran …

Oh, lachte Nele, wie sie halben Weges nach oben waren, da kriegt man ja einen Drehwurm. Robert drehte sich zu ihr um und stimmte in ihr Lachen ein. Ja, sagte er, das geht auch mir immer noch so, aber wir haben es gleich geschafft, so, hier vorne, da ist gleich das Badezimmer, ach, das habe ich zu erwähnen vergessen, unten ist auch noch eine Toilette, die zeige ich dir noch, ja, und hier nebenan ist das Gästezimmer, und er öffnete die Tür, die als einzige verschlossen war.

Du wunderst dich sicher, dass alle Türen offen stehen, aber ich kann geschlossene Türen nicht leiden, nur diese hier bleibt zu, weil ich das Zimmer nicht benutze, so, da schau …

Oh, freute Nele sich, das ist ja ein richtiges Mädchenzimmer, das Bett mit den Vorhängen, und dieser altmodische Frisiertisch mit dem großen Klappspiegel …

Das ist eigentlich Jannes Zimmer hier …

Und Janne ist …

Maskenbildnerin, aber anders als Sannah kommt sie ganz bestimmt nicht zum Arbeiten hierher, da hat es Sannah gut mit ihr gemeint, denn natürlich hat sie auch dieses Zimmer eingerichtet. Janne kommt ohnehin nur ganz selten, und seit sie ihre kleine Tochter hat, erwartet sie eher, dass ich sie besuchen komme, so ist dieses Zimmer also mehr das allgemeine Gästezimmer geworden, wenn mal Kollegen, mit denen ich gut bekannt bin oder Freunde nach Hamburg kommen, dann schlafen sie hier … ja, nun, dann komm mal mit nach gegenüber, denn dort ist mein zweites Arbeitszimmer, das untere, na, das hast du ja auch noch nicht gesehen, also im unteren, da habe ich meine ganze Fachliteratur stehen, und dieses hier, das ist sozusagen meine Bastelstube, denn manchmal bringe ich mir etwas zum Restaurieren mit nach Hause, aber hauptsächlich beherbergt es meine Unterlagen zur Hamburger Südsee-Expedition. Das ist mein Lieblingsprojekt, das ich von meiner Vorgängerin, die übrigens auch meine Lehrerin war, übernommen habe und an meinen Nachfolger oder meine Nachfolgerin weitergeben werde, denn es ist noch lange nicht abgeschlossen. Wenn es mir die Zeit gestattet arbeite ich daran und ermutige die Studenten und unterstütze jeden, der bei uns im Archiv dazu forschen möchte …

Ui! meinte Nele, wie sie sich umgeschaut hatte, hier sieht es aber wild aus …

Wild genug sah es aus. Die Regale waren nicht nur mit allerlei alten und neuen Büchern und Manuskripten gefüllt, da gab es auch Holzfiguren, die reichlich abenteuerlich aussahen. Auf dem Schreibtisch war der Laptop unter der Masse Papier, die darum herum und darüber her verstreut lag, kaum auszumachen, eine Werkbank stand daneben, darauf Pinsel, Farben, Holzwerkzeug und allerlei Fläschchen undefinierbaren Inhaltes, auch dort standen Holzfiguren, wohl zur Bearbeitung bereit, und die freien Wandflächen waren mit alten Schwarzweißfotografien aus der Südsee bedeckt, dazwischen hingen Masken, und wer die kennt, weiß, welchen Eindruck dies auf einen unvorbereiteten Betrachter wie Nele machen musste. Robert war sich dessen wohl bewusst.

Mmmmmh … räusperte er sich … also für mich hat das eine Ordnung …

Nele lachte laut auf und knuffte ihm in die Seite. Na komm, erzähl schon, was hat es denn nun auf sich mit der Südsee-Expedition?

Ach Nele, sagte Robert, du bist so süß. Also, das war nur wenige Jahre vor Ausbruch des ersten Weltkrieges, da entsandte die Stadt Hamburg eine eigene Expedition in die deutschen Kolonien, die es damals in der Südsee gab. Von 1908 bis 1910 waren sie auf einem eigens dazu

ausgestatteten Schiff unterwegs, ein Kartograph war dabei, ein Maler, ein Fotograf, ein Zoologe, ein Botaniker und mehrere Ethnologen. Und sie sammelten und schrieben und malten und fotografierten, eine ungeheure Menge an Material war das, was sie zurückbrachten, aber kaum hatten sie mit der Aufarbeitung begonnen, brach der erste Weltkrieg aus und alles verschwand in den Archiven oder verstreute sich in alle vier Winde. Nach dem Krieg hatte man andere Sorgen als sich weiter darum zu kümmern, die Nazis interessierten sich sowieso nicht dafür, und nach dem zweiten Weltkrieg war zunächst einmal der Bestand des Museums an sich wieder herzustellen, und so kam es, dass man sich erst gegen Ende der 70er Jahre wieder darauf zu besinnen begann, der Verdienst meiner Vorgängerin war das, die hat es in die Wege geleitet und ich führe es nun fort.
Wir haben immerhin schon eine Ausstellung dazu gemacht und die Forschungsarbeiten laufen mittlerweile auch auf Hochtouren.
Übrigens, etwa zur selben Zeit, also kurz vor Ausbruch des Weltkrieges, waren auch Emil Nolde und Max Pechstein in der Südsee unterwegs. Emil Nolde hatte es so eben noch vor Ausbruch des Krieges nach Hause geschafft, Max Pechstein aber wurde für einige Zeit von den Japanern interniert, dann aber doch frei gelassen und konnte zurückkehren. Ich war mal an einer Ausstellung zu deren Südseearbeiten beteiligt, das war sehr interessant, die Zeichnungen und Gemälde waren dabei in der Kunsthalle zu sehen und wir waren für die Dokumentation zuständig, Fotografien, Briefe, auch die Skulpturen, die Nolde als Vorlage dienten, na, solche Sachen eben, aber ich fürchte, ich langweile dich, oder?

Nein, auf keinen Fall langweilst du mich. Es ist doch total interessant, was du alles kennst und weißt. Und wenn du so ein Bastler vor dem Herrn bist, Nele lachte, hast du auch viel Geduld. Das ist schon mal gut. Du Robert, was wollten denn die Ethnologen genau erfahren auf der Expedition damals. Sie haben ja die Menschen und Tiere beobachtet, und deren Verhalten studiert. Aber, ich meine, haben sie mit den Einwohnern richtigen Kontakt gehabt, oder waren sie nur sozusagen auf Beobachtungsposten? Robert schaute Nele zweifelnd an. Ist deine Frage ernst gemeint? Ja, was denkst du denn, ich hab gar keine Vorstellung von der Arbeit der Ethnologen. Du hast also die Ehre mich aufzuklären. Oh je, das kann ja heiter werden, lachte Robert, aber zuvor zeig ich dir mein weiteres Arbeitszimmer unten. Nele hatte sich gerade eine Holzfigur näher angesehen. Robert, wenn du sie restaurierst, und sie deutete auf die Figur, hast du dann Vorlagen um zu sehen, wie sie später aussehen muss? Oder bleibt es dir überlassen wie du sie wieder herstellst? Ahh, und die Masken sind ja wohl unglaublich toll. Es sieht hier aus wie in einer anderen Welt. Und wenn ich dich ansehe, merke ich, wie verliebt du in deine Arbeit bist.

Nele gab Robert ein Küsschen und lachte. Bitte, für dich ein Tüscher. Hab ich mir gut gemerkt, oder? Jetzt lachten beide.

Oh, sagte Robert, noch etwas atemlos, mit dem Tüschen, das ist schon richtig gut, damit darfst du gerne verschwenderisch umgehen.

Und was die Ethnologen damals betrifft, das war eine andere Zeit, die waren mehr daran interessiert, ob die Einwohner gute Arbeitskräfte für die in den Kolonien ansässigen Firmen abgaben, da waren natürlich Ausnahmen, und einer, der eine solche Ausnahme bildete, war an der Expedition beteiligt, was zu Konflikten führte, doch auch ansonsten glich das Unternehmen eher einem Raubzug, man wollte noch schnell so viele Kunstwerke als möglich zusammenraffen, bevor Kolonisierung und Missionierung die alte Kultur und das Wissen um deren Herstellung unwiederbringlich zerstörten. Eine traurige Geschichte. Und ich verwalte nun die Hinterlassenschaften. Aber wir wollen es mal gut sein lassen für jetzt, ich schlage vor, wir werfen noch einen kurzen Blick ins Schlafzimmer, und in Sannahs Welt dort oben, und er deutete mit dem Finger Richtung Decke, und dann kümmern wir uns um den Kamin.

Und so verließen sie denn Roberts Bastelstube und gingen ins Schlafzimmer hinüber, und das bildete nun wirklich einen Kontrast zu allem, das Nele bisher zu Gesicht bekommen hatte, hier waren alle Möbel aus hellem Holz, das Bett, die Nachtschränkchen, der Schrank, die Wände waren weiß gestrichen und da hingen eingerahmt Vergrößerungen von Farbfotografien aus der Südsee jüngeren Datums, das wirkte licht und hell.

Das fand Neles Zustimmung, wobei die Tatsache, dass beide Hälften des Doppelbettes bezogen waren, ihr ein leichtes Stirnrunzeln hervorrief. Was Robert nicht entging. Weißt du, Nele, sagte er, ich beziehe immer beide Seiten, das ist sonst so ungemütlich.

Ja, Nele hatte sowohl Fassung als auch gute Laune wiedergewonnen, und da schläfst du nun auf der einen und deine Bücher auf der anderen Seite ... Denn tatsächlich lagen dort nicht wenige Bücher verstreut.

Ja, meinte Robert, fast kleinlaut, ich lese gerne noch im Bett ...

Ach, Nele lachte auf, die Gedichte von Hermann Hesse.

Natürlich, sagte Robert, du darfst nicht denken, dass ich nur Sachen über die Südsee lese, unten, im unteren Arbeitszimmer freilich, da steht die Fachliteratur, aber nur dort, doch in der Bibliothek, nun, da findest du alles mögliche. So, aber nun schnell noch einen Blick nach oben werfen, das muss schon sein, aber Vorsicht, jetzt wird es noch enger und wendeliger, außerdem lauert noch eine Falltür auf uns, das wäre natürlich auch anders zu lösen gewesen, aber Sannah wollte es unbedingt so haben.

Und wieder stieg Robert voran, öffnete die Tür, kletterte hinauf und half Nele beim Heraussteigen.

Ein Ojeh! war das, was Nele zuerst entfuhr.

Ja. Robert zuckte die Achseln, die hat ihr eigenes Chaos, das muss irgendwie in der Familie liegen.

Was Nele nun wieder zum Lachen brachte. Aber ein sehr malerisches Chaos, sagte sie anerkennend.

Und das war es auch. Da waren allerhand skurrile Bilder und Zeichnungen, wohl auch Modeskizzen, die aber ebenfalls skurril genug wirkten, an die schrägen Wände geheftet, da standen eine alte und zwei neue Nähmaschinen, ein langer Tisch, den Sannah zum Schneidern und Bügeln nutzte, eine große Matratze in einer Ecke, auf der und um sie herum eine Unmenge an Decken und Kissen lagen, wie sich auch überall Stoffe türmten, Schränke gab es keine, Sannahs Kleider, ihre eigenen wie wohl auch solche, die zum Verkauf bestimmt waren, hingen an langen Stangen, die überall an den Schrägen angebracht waren.

Also, meins ist das nicht, erklärte Nele bestimmt, aber schön ist das schon, ich hätte zum Beispiel niemals gedacht, dass es solche Abstufungen von Schwarz geben könnte, darf ich …?

Aber sicher doch, sagte Robert, schau dich nur um. Und danach geht es schnurstracks an den Kamin.

Vorsichtig nahm Nele ein Kleid von einer der Stangen und hielt es sich vor den Bauch. Sieh mal, würde mir sowas auch stehen, fragte sie, und besah sich dann die sauber verarbeiteten Nähte. Deine Tochter ist ja richtig genial. Ihre Entwürfe näht sie auch noch, das ist doch toll. Das kann ich nur bewundern. Sowas würde ich nie hinkriegen, Nele lachte, mein Hassfach in der Schule war Handarbeit. Sowas Langweiliges gibt es nicht nochmal. Aber Geduld scheint ja eure Stärke zu sein.
Aber, so Nele, ich kann auch geduldig sein. Nicht mit mir, aber mit anderen auf jeden Fall. Na ja, sie hängte das Kleid wieder an den Platz zurück. So ist das eben. Auf jeden Fall könnte ich es hier oben gut aushalten. Ich würde mich gemütlich hinflegeln und deiner Tochter zuschauen.
Nun, meinte Robert, dann lass uns jetzt mal zum Kamin gehen. Da kannst du dich auch gemütlich hinflegeln.
Ja, im Negligee vor dem Kamin liegen und Grieg hören. Nele lachte. Oh, meinte Robert, da stell ich mich gerne drauf ein. Also, ich meine das Negligee, Grieg lässt sich ja hoffentlich austauschen.
Haha, so Nele, war bloß ein Witz. Ich trage keine Negligees. Schade, so Robert, ich könnte sie mir an dir gut vorstellen.

Und gegen Grieg wäre natürlich überhaupt nichts einzuwenden. Die Musik können wir aber nachher noch in Ruhe besprechen. Zunächst einmal wendeln wir uns wieder bergab.
Was sich dann auch unter einigem Gekicher bewerkstelligen ließ.

Wie sie wieder im Wohnzimmer angekommen waren sagte Robert, siehst du, so hat jeder seine Defizite abzuarbeiten, du magst keine Negligees, ein Umstand übrigens, mit dem ich mich durchaus abzufinden bereit bin, und ich habe dir kein Bärenfell anzubieten. Da musste Nele lachen. Aber der Kamin ist schön, sagte sie, hat den auch Sannah angeschafft?

Er sieht ganz danach aus, nicht wahr, erwiderte Robert, so ein schönes schwarzes Ungetüm mit vielen Verzierungen, aber den habe ich mit dem Haus zusammen übernommen, er passt aber auch wirklich gut hier rein.

Durchaus, pflichtete Nele ihm bei.

Weißt du was, sagte Robert, ich zünde den Kamin an und du organisierst uns ein paar Kissen und Decken und baust uns ein schönes Nest daraus, dort drüben auf dem Sofa findest du genug, falls es dir nicht reichen sollte, nebenan in der Bibliothek auf der Ottomane liegt bestimmt auch noch einiges. Sprachs, und machte sich über den Kamin her. Er knüllte einiges Zeitungspapier zusammen, häufte kunstvoll eine Pyramide trockener Äste darüber, legte einige kleinere Scheite dazu und zündete es an.

Als Nele zurückkehrte brannte bereits das schönste Feuer. Nanu, sagte sie, das ging aber schnell.

Alles Übungssache, lachte Robert, wir lassen die Klappen offen, so können wir das Feuer gut überwachen und außerdem gefällt es mir so besser, man hat dann wenigstens das Gefühl tatsächlich auch am Feuer zu sitzen, und das ist schließlich Sinn der Sache. Komm, ich helf dir mal mit den Decken und dann hol ich unser Tablet herüber, darüber lässt sich die Musik steuern, sag einmal, magst du eigentlich Sibelius? Aber halt, ich habe dir ja noch gar nichts zu trinken angeboten, das ist ja fürchterlich, wie konnte ich das nur vergessen. Was magst du lieber trinken, Wein oder Tee? Du kannst natürlich auch ein Wasser haben. In Sachen Tee hätte ich alles anzubieten was das Herz begehrt, Sannah ist eine große Teetrinkerin. Und vielleicht noch einen kleinen Snack?

Och, so Nele, mir würde ein Wein gut gefallen. Und schau mal, sieht unser Nest nicht kuschelig aus? Wie freu ich mich bei dir zu sein. Das hätte ich mir nicht träumen lassen, als ich zu Marion fuhr. Es war ihr so behaglich zumute. Mit Robert vor dem Kamin, schöne Musik hören und reden oder auch nicht. Den Abend genießen mit einem Mann. Schon etwas länger her, dachte sie bei sich, und sah Robert an. Kann ich dir irgendwie helfen, du musst es nur sagen. Robert hatte Gläser für Wein und Wasser auf ein Tablett gestellt und schickte sich an den Wein zu holen. Ach, welcher Wein darf es denn sein, ein roter oder ein weißer? Nele entschied sich für einen Weißwein, und Robert schloss sich dem an.
Nele fühlte sich schon jetzt wie zu Hause. Und wie es ihre Art war, fiel sie Robert um den Hals, als er den Wein brachte.
Es endete natürlich mit einem langen Kuss. So, meinte Robert, dann hol ich mal das Tablet, und wir schauen, was uns so gefällt.
Wie entkorkst du denn den Wein, fragte Nele. Weißt du, was ich mir geleistet habe. Ich habe einen elektrischen Korkenzieher gekauft. Er steht auf einer Ladestation und wenn man ihn benutzt, erscheint blaues LED Licht. Das sieht voll cool aus, und es kann nichts mehr schiefgehen beim Entkorken. Er war sehr günstig, denn er war bei Aldi im Angebot. Dinge, die kein Mensch braucht, darum hab ich sie. Nele lachte über sich selbst. Aber natürlich würdest du sowas nicht benutzen, denk ich mal.

Das stimmt, so Robert, an meinen guten Wein lass ich doch sowas nicht.

War nur ein Scherz, ließ Robert sofort nachfolgen und zwinkerte Nele zu. Ich benutze einen ganz normalen mechanischen Korkenzieher, aber für Dinge, die niemand braucht habe auch ich ein Faible, ein ganz gewaltiges sogar, na, das kann ja lustig werden mit uns beiden, aber für diese Flasche hier brauchen wir weder das eine noch das andere, die hat einen Drehverschluss.

Es ist ein Pfälzer Riesling. Und der Winzer, von dem ich den Wein beziehe, hat mir erklärt, dass es auf den Geschmack keinen Einfluss habe. Ich bin kein großartiger Weinkenner. Er schmeckt mir nur einfach besser als Bier. Und das, obwohl mein Vater, der nun allerdings längst in Rente ist, Bierbrauer war. In der weltberühmten Dithmarscher Brauerei in Marne. Robert schmunzelte. Davon habe ich natürlich auch einige Kisten im Keller stehen. Für alle Fälle.

So, aber nun zur Musik. Weil du doch vorhin Edvard Grieg erwähntest. Den können wir gerne hören. Gerne auch die bekannten Sachen, den Peer Gynt und die Tänze, die Holberg Suite ist auch sehr schön … und … weißt du, was noch sehr schön ist, wo ich dich jetzt so im Schein des Feuers sitzen sehe, da ist es die rechte Zeit dir das zu sagen – du bist schön. Du bist wunder-wunderschön und für mich bist du die schönste Frau auf Erden.

Nele war verlegen, und wenn sie verlegen war, fielen ihr nur dumme Sachen ein. Ach komm, das sagst du nur so, solche Sätze zum Beispiel. Oder, ja, ja, das sagst du jetzt, aber es fragt sich, wie lange ich es noch bin. Oder alles durch ein doofes Lachen ins Lächerliche ziehen. Und später sich kaputt ärgern, dass man es getan hat ...

Seltsamerweise saß sie aber einfach da und sagte nichts. Sie schaute Robert an und glaubte ihm. Oder hatte sie doch ein leichtes Grinsen bei ihm übersehen? Nein, da war nur Ehrlichkeit zu sehen.

Und wenn er mich jetzt in den Arm nimmt, dachte sie, ist mir die Musik auch egal. Such du was aus, Robert. Im Moment finde ich alles schön, nur bitte nicht Schönberg. Jetzt lachte sie. Also, dann, warte mal eben, Tschaikowsky würde auch passen. Oder nimm Sibelius. Du hast ja eine riesige Auswahl, wie ich sehe. Und später können wir ja zur leichten Muse wechseln. Wenn uns der Wein schon auf seine Reise mitgenommen hat. Nein, hab ich nur so gesagt, schob sie schnell hinterher.

Ach, nicht doch, sagte Robert, ich glaube, dass ich dich verstehen kann, zumindest hoffe ich es, denn auf einer Reise sind wir doch auch, vielmehr ich, ich kann ja nur für mich sprechen, ich bin es, auf einer Reise ins Traumland, oder nein, ich bin bereits angekommen. Und darum nehme ich deinen Vorschlag auf und wähle Sibelius. Denn der ist harmonisch und melodisch und, ja, traumverloren ist er auch, da passt er doch gut zu uns beiden hier, wie ich finde. Ich spiele der Einfachheit halber die ganze Playlist ab, unterbrechen können wir ja jederzeit, doch es ist alles schön, und damit drückte er das Abspielsymbol und sofort begannen sich die im Raum verteilten Lautsprecher zuzuschalten. Bluetooth heißt das Zauberwort, fügte Robert erklärend hinzu, und die ersten Takte der Karelia Suite erklangen.

Nele allerdings schien Robert gar nicht mehr zugehört zu haben, sie hatte sich in die Kissen und Decken geschmiegt, den Blick nach oben gerichtet, die Augen leicht geschlossen, nur ihr schöner Mund bebte ein wenig.

Auch sie traumverloren, dachte Robert und betrachtete sie. Und ein Gefühl von Zuneigung und Zärtlichkeit stieg in ihm auf, breitete sich weit, weit aus bis es sein ganzes Inneres erfüllte.

Ich liebe sie. Aber es ist noch mehr. Kann es noch mehr als Liebe geben? Eine Liebe, die auf das Wohl des anderen bedacht war. Eigentlich eine Selbstverständlichkeit, oder nicht? Das sollte es sein. Doch noch nie war es ihm so bewusst geworden wie jetzt, mit ihr. War es das? Er musste sich eingestehen, dass er zu sehr von seinen Gefühlen erfüllt war um einen klaren Gedanken fassen, geschweige denn formulieren zu können. Das musste ja auch nicht sein, tröstete er sich. Nicht jetzt. Jetzt gibt es nur eines, und das ist sie. Cornelia. Nele.

Er beugte sich zu ihr hinüber, beugte sich über sie. Mit einer Hand strich er ihr zärtlich eine Strähne beiseite, die sich über ihre Augen geschoben hatte, und küsste ihre Stirn.

Und die Musik erging sich in den tiefen Wäldern, den klaren Seen Kareliens.

Die waren wie Neles Augen. Die sie nun freilich geschlossen hielt. Und so bedachte er ein jedes mit einem Kuss. Und mit den Fingern fuhr er die Konturen ihrer Augenbrauen nach. Vergaß auch nicht die kleinen Lachfältchen, die sich in ihren Augenwinkeln bargen, mit gleicher Zärtlichkeit zu bedenken.

Dann stupste er seine Nase gegen ihre Nase. Seine rechte Hand legte er auf den leichten Schwung ihrer Hüften. Er spürte, wie ihr Körper sich ihm entgegenbog.

Ich liebe dich.

Es war ein Flüstern. Wie ein weicher Wind, der durch Kareliens Wälder zog.

Nele spürte ihn. Jede Berührung. Sie spürte seinen Mund, sie atmete seinen Duft. Seine Finger, wie sie vorsichtig ihr Gesicht erkundeten. Sie konnte nichts denken, sie konnte sich nur ihm überlassen. Ich liebe dich. Sie wollte noch näher bei ihm sein. Robert, flüsterte sie, du, ich ... und sie fing an ihn zu ertasten. Sie küsste seine Augen, und seine Stirn und strich mit dem Finger über seine Lippen, die sich leicht öffneten und auf ihren Kuss warteten. Sie hielten sich umfangen und sahen sich in die Augen. Und die Musik, sie passte so gut. Und trug sie in eine Welt, in der nur Gefühle zählten. Und sie entdeckten darin so viel Ungeahntes und Wunderschönes, und sie ließen alles zu.
Sie waren mit sich und wussten um ihre Liebe. Lange saßen sie und lauschten der Musik. Jeder träumte für sich. Und ganz allmählich fanden sie zurück und wurden einander wieder gewahr.
Du, Robert, ich liebe dich so. Und ein Flüstern wurde vernehmbar. Du, Nele, ich liebe dich auch so sehr.

Wie Robert den anderen Morgen erwachte lag sie da, neben ihm. Im Bett. Sie hatte sich freigestrampelt und kehrte ihm ihren nackten Rücken zu.
Wie schön, dachte er, und legte ihr seine Hand auf den leichten Schwung ihrer Hüften.
Duuu ..., murmelte sie schlaftrunken.
Jaaa ..., sagte Robert, ich. Und ich liebe dich.
Sie drehte sich zu ihm hin. Schau mich an, sagte sie, schau mir in die Augen. Liebst du mich immer noch?
Aber ja, sagte Robert, und schaute ihr in die Augen. Die vielleicht etwas verschmiert waren, aber wen wunderte

das. Er vermochte nichts zu entdecken, das ihn daran hindern sollte. Ich liebe dich.

Und sie versanken in einem langen Kuss.

Als sie zwei Stunden später erneut erwachten, war es Nele, die sich über Robert beugte.

Uuuuuh …, murmelte dieser, die Augen aufschlagend, nicht schon wieder …

Und Nele musste erst einmal laut und gründlich lachen.

Wie spät ist es denn? Robert rappelte sich auf und schaute nach seinem Wecker. Zehn. Na ja, das geht ja noch. Und blinzelte Nele zu.

Ich fürchte, sagte er, wir sind zwei hoffnungslose Fälle.

Ich gehe zuerst ins Bad, erklärte Nele resolut.

Sehr schön, murmelte Robert, dann kann ich ja noch eine Stunde schlafen.

Nix da, sagte Nele, du bereitest das Frühstück vor.

Gerangel.

Na gut, na gut, keuchte Robert, als er sich unter einem Berg von Decken begraben sah, ich ergebe mich.

Sehr brav, gab Nele sich zuversichtlich.

Wir haben da eine Konditorei in der Nähe, die auch an Sonn- und Feiertagen geöffnet hat. Die bieten auch frische Brötchen an. Oder hast du spezielle Wünsche? Croissants vielleicht?

Croissants nicht, aber was mit Körnern, Mehrkornbrötchen z.B. sind lecker. Und, die wichtigste Frage, Nele drückte Robert an den Schultern aufs Bett, hast du genug Kaffee im Haus? Ja, so Robert, was denkst du von mir, den hab ich immer im Vorrat. Was ich von dir denke, würdest du gerne wissen, soso. Nele drückte fester, das sag ich dir nicht. Was denkst du denn so von mir?

Lass mich sofort los, so Robert, dann sag ich auch, was ich von dir denke. Von wegen, so Nele, ich bestimme. Sag es, oder ich drücke noch fester. Und sie schickte sich an alle Kräfte einzusetzen. Doch Robert lachte nur und zog sie zu sich runter.

Und was dann folgte kann sich jeder ausmalen.

Also, so Nele, du gehst als erster ins Bad, denn du musst ja Brötchen besorgen. Ich werde derweil noch ein bisschen träumen. Sie lachte, drehte sich auf die Seite, und zog sich die Decke über den Kopf. Und vorher, oh du mein Geliebter, bringst du mir noch eine Tasse Kaffee ans Bett. Kurz hob sie die Decke an, um zu sehen, was Robert für ein Gesicht machte.

Der strahlte sie an. Aber gerne. Doch zuvor gehe ich ins Bad. Sprachs, und verschwand.

Als er schließlich fertig war, hatte Nele sich wieder unter die Decke gekuschelt und die Augen geschlossen.

Doch wie er beim Anziehen war, bemerkte er, wie ihm ihre Blicke folgten. Er drehte sich zu ihr um. Na, fragte er, delektierst du dich an meinem Alabasterkörper?

Nele zog einen Schmollmund. Und? wollte Robert wissen.

Ooooch, murmelte Nele, ich bin ganz zufrieden.

Robert betrachtete nachdenklich seinen etwas gerundeten Bauch. Das klingt ja zumindest ausbaufähig, sagte er. Vielleicht etwas weniger Wein und ordentlich mehr laufen?

Jaa, murmelte Nele.

Ach, du hörst mir ja gar nicht zu. Robert setzte sich zu ihr ans Bett um ihr einen Kuss zu rauben. Ich bringe dir gleich den Kaffee. Also, ich hätte da so ein Senseo-Teil, weißt du, das reicht für mich alleine, und dann gäbe es da so ein überkandideltes italienisches Gerät, das Sannah angeschleppt hat, mmmh, weißt du was, ich bereite dir einen doppelten Espresso, das macht müde Neles wieder munter, ja?

Ja! Nele schaute ihn zufrieden, nun mit offen strahlenden Augen an.

Robert hätte ja gerne wieder … aber nein … er drückte nur noch einmal ihre Hand und machte sich davon …

Um wenig später mit dem duftenden Kaffee zurückzukehren. Er stellte die Tasse auf das Nachtschränkchen. Ich fahr dann mal los, ich nehme den Wagen, dann bin ich schneller wieder da. Duuu, sagte er noch, fühl dich wie zu Hause, ja …?

Er ging zu seinem Wagen. Stieg ein. Fuhr los.

Dass es so früh geschehen war … Er hatte das nicht geplant gehabt, er hatte nicht einmal im Entferntesten damit gerechnet, und sie sicherlich auch nicht. Ja, er wäre nicht im Mindesten beleidigt gewesen, wenn sie darauf bestanden hätte im Gästezimmer zu übernachten. Aber es war gut, dass es so gekommen war. Es war ja doch eine Klippe. Und je eher man die überwand, desto besser. Es war ungewöhnlich. Wie alles mit ihr. Und wie gut sie miteinander ausgekommen waren … Er hätte auch überhaupt nicht erregt sein können. Auch das war ihm schon vorgekommen. Und wie auch nicht. Nur, dass ihm dies bei Nele nicht geschehen würde, das war ihm von vorne herein klar gewesen. Eher das Gegenteil war eingetreten. Doch sie waren darüber hinweggegangen, gemeinsam. Auch die kleinen Ungeschicklichkeiten, die sie beide begingen, die einem unwillkürlich widerfahren, wenn man noch nicht vertraut genug ist, auch darüber waren sie wie spielerisch hinweggekommen indem sie beide darüber lachten. Und so waren sie immer unbeschwerter geworden.

Unbeschwert. Das war das richtige Wort. Wie heute Morgen, vorhin. Wie unbeschwert sie miteinander umgegangen waren. Sie fanden Freude aneinander und hatten Spaß miteinander.

Wie er zurückkam brachte er zunächst die Brötchen in die Küche. Dann stieg er die Treppe zu Nele hinauf. Die stand im Badezimmer nackt vor dem Spiegel. Na, was für ein Zufall aber auch, sagte Robert, und legte ihr die Arme um die Hüften. Mmmmmh … machte er genießerisch.

Und? fragte Nele.

Was – und …? gab sich Robert verständnislos.

UND! betonte Nele fordernd.

Oh, meinte Robert, ich hätte es schlechter treffen können …

Da fuhr Nele aber aus der Haut. Unsanft wurden Roberts Hände beiseitegeschoben. Sie drehte sich um, stellte sich auf Zehenspitzen vor ihn hin und trommelte ihm mit ihren Fäusten auf die Brust.

Oh, du … du Unmensch … du Ungeheuer!

Doch Robert nahm sie gleich in die Arme. Es schien ihm das Beste zu sein. Er pustete ihr ins Ohr. Duuu, sagte er. Und ein Kuss besiegelte den Friedensschluss.

Robert löste sich sanft aus der Umarmung. Gefrühstückt wird im Wintergarten, sagte er. Magst du ein Ei?

Ja, Nele mochte ein Ei. Ein weiches Ei, wenn es geht. Robert nickte, und schmunzelte. Ich mach mich ans Werk. Nele mochte alles. Nele war so glücklich wie schon lange nicht mehr. Diese Nacht sollte viel später kommen. Aber weder Robert noch sie wollten sie verhindern. Und so hatte es sich einfach ergeben, und es hätte schöner nicht sein können. Und heute Morgen war alles noch immer so wunderbar. Und sie hatte sich nicht einmal geschämt, kein einziges Mal. Robert hatte genau gesehen, dass es einiges an ihr auszusetzen gab. Sie hatte sich zwar kurz bemüht, tief einzuatmen, damit der Bauch flacher wurde, aber es dann aufgegeben. Schließlich hätte es ja auch nichts gebracht, dachte sie. Sie wäre ja ohne weiter zu atmen in seinen Armen gestorben. Sie musste lachen, aber immerhin in seinen Armen, irgendwie romantisch. Und ihre Haut war ja keine Jungmädchenhaut und es gab auch gewisse Dellen. Von den Falten und Linien im Gesicht ganz zu schweigen. Aber Robert hatte sich zumindest nichts anmerken lassen. Auch vorhin vor dem Spiegel. Ganz schön mutig von ihr, was war überhaupt in sie gefahren. Sie benahm sich wie ein Kind. Aber das war es ja. Es war alles so leicht und unbeschwert. Und wie er mich verwöhnt. Sie reckte sich und zog sich an. Ich fühl mich wie eine Prinzessin. Kaum gedacht, überfiel sie das schlechte Gewissen. Ich hab mich gar nicht bemüht ihm behilflich zu sein. Er hatte schon Brötchen geholt, und ihr sogar einen Kaffee ans Bett gebracht, und sie hatte noch nichts für ihn getan. Sie dachte an ihn, und stellte ihn sich vor. Sie musste ihm unbedingt sagen, dass sie ihn so mochte wie er war. Und außerdem mochte sie Männer mit Bäuchlein. Sie sind so weich, und es ist so schön mit ihnen zu kuscheln. Ach ja, kuscheln wär jetzt auch nicht schlecht. Aber, hör auf damit, schalt sie sich, du gehst jetzt hinunter, und schaust ob du etwas tun kannst. Nele freute sich aufs Frühstück.

Als Nele nach unten kam, war Robert emsig dabei den Tisch zu decken. Geschirr, Besteck, Butter, die Brötchen und eine Thermoskanne mit Kaffee hatte er bereits in den Wintergarten gebracht.

Nun stand er mit zweifelnder Mine vor der geöffneten Kühlschranktür.

Etwas Wurst, etwas Käse, sagte er, wie er Nele herantreten sah, ansonsten nur diese englische Orangenkonfitüre und Erdnussbutter, das ist ja nicht jedermanns Sache, aber was solls, wir müssen eben das Beste daraus machen, und die Eier sind auch gleich fertig. Komm, wir nehmen einfach alles mit. Es ist immer noch kalt draußen, aber im Wintergarten stört uns das nicht, Hauptsache die Sonne scheint, und das tut sie ausgiebig, und weißt du warum sie das tut? Wegen dir natürlich, nur wegen dir.

Und da waren sie auch schon da, die Tür vom Wohnzimmer zum Wintergarten stand weit offen, und Nele war entzückt …

Ach, ist das schön, sagte sie.

Ja, es gefällt dir? fragte Robert, verteilte die von ihm mitgebrachten Sachen auf dem Tisch und forderte Nele auf, es ihm gleich zu tun. Komm, einfach hierhin.

Es standen Korbmöbel da, nichts Ungewöhnliches, die Klassiker für den Wintergarten, aber die Palmen, die Palmen, auf die kam es an. Und die Sonne, die durch sie hindurchschien …

Ja, es gefällt mir, bekräftigte Nele.

Es sind ja nicht viele, sagte Robert, aber das soll ja auch kein Gewächshaus sein. Die Palmen sind für die Stimmung zuständig, und die Orchideen geben die Farbtupfer dazu. Sie sind übrigens alle sehr genügsam und pflegeleicht. Eine Pflanze der Südsee, die Korallen oder vulkanische Böden gewohnt ist, kommt fast überall zurecht. Na ja, Sonne brauchen sie, aber die haben wir ja nun wie bestellt.

Einen kleinen steinernen Brunnen mit Wasserfall gab es auch. Den hatte Robert eingeschaltet. Der stammt noch aus der Zeit, da so etwas en vogue war, für mich ist es das immer noch, ich mag das leise Plätschern.

Und auch damit schien Nele einverstanden, indem sie ihm leise die Hand drückte.

Und so machten sie sich denn heißhungrig über das Frühstück her. Ja, hungrig waren sie beide nach dieser Nacht. Hungrig und verliebt. Hungrig verliebt.

Duuu, Nele, sagte Robert, während er noch halb am Kauen war, weißt du was ich mir überlegt habe, bevor wir jetzt stundenlang rumtelefonieren und womöglich, ja ziemlich wahrscheinlich noch zum Hauptbahnhof fahren müssen, da lass uns doch deine Karte einfach verfallen und ich fahre dich zurück, das macht mir gar nichts aus, im Gegenteil, ich fahre ausgesprochen gerne Auto, ich bin sogar stauresistent, ich lass mich da einfach mittreiben und höre Musik.

Nele sah ihn zweifelnd an. Einerseits ja, aber andererseits, ich weiß nicht ob ich das annehmen kann. Es ist ja nicht nur eine Fahrt, du musst ja auch wieder zurück. Wir können ja nochmal überlegen. Dass meine Karte verfällt, ist mir egal. Ich löse eine neue und fertig ist.

Nele tat sich an der Orangenkonfitüre gütlich. Als ob du es geahnt hast, lachte sie, genau meine Richtung.

Soo, nun bin ich gespannt. Sie nahm sich ihr Ei. Hast du die Eier herkömmlich gekocht, oder hast du einen Eierkocher?

Kann man sie anders als herkömmlich kochen? Robert schmunzelte. Aber stimmt, du kaufst ja sämtliche Küchenangebote, siehe Korkenzieher. Stimmt überhaupt nicht, so Nele, ich kaufe nur Dinge, die wirklich nützlich sind. Und ein Eierkocher ist genial. Das einzige was stört, er braucht sehr lange. Außerdem verkalkt er jedes Mal, aber mit etwas Essig ist das Problem schnell gelöst. Aber, so Robert, warum benutzt du dann nicht einfach einen Topf, und kochst die Eier darin. Bestimmt hast du eine Eieruhr, und wenn du sie auf fünf Minuten einstellst, hast du ein weiches Ei.

Ach, du verstehst das eben nicht, so Nele. Aber jetzt werd ich ja sehen, ob deine Uhr richtig gegangen ist. Sie schlug mit dem Eierlöffel auf die Spitze, und pellte das Ei ein wenig ab. Ja, ich weiß, sie schaute Robert an, man köpft es mit dem Messer. Aber, ich mach es eben so. Oops, etwas Eierschale war auf dem Tisch gelandet, und Nele nahm die Schalenstückchen und bugsierte sie auf den Teller. Tataa, der Eierlöffel grub sich in die Eispitze, und siehe da, es war weich aber nicht schlabberig.

Wow, so Nele, Robert der große Eierkocher. Beide lachten.

Aber hier zu sitzen ist wirklich schön. Doch im Sommer wird es sicher oft unerträglich sein, es sei denn, du hast ein funktionierendes Beschattungssystem. Sie nahm die Kanne mit dem Kaffee, möchtest du noch Kaffee, fragte sie Robert?

Er nickte mit dem Kopf, und sie schenkte ihm und sich eine Tasse ein.

Jetzt sitzen wir hier und frühstücken, als sei es das Selbstverständlichste auf der Welt. Nele sah Robert an. Und ich hab das Gefühl, als würde ich dich schon lange kennen. Das kann doch nicht normal sein, oder?

Robert schaute sie eine Weile nachdenklich an. Hast du eigentlich bemerkt, sagte er dann, wie ich mein Ei aufgepult habe?

Nele schaute ihn verdutzt an. Genauso wie du habe ich das gemacht, klärte Robert sie auf. Und weißt du auch warum ich dir das sage? Nele schüttelte, immer noch verdutzt, nun aber auch ein wenig belustigt, den Kopf. Weil ein tiefer Sinn dahinter steckt. Und das bezieht sich nun auf deine letzte Frage. Ich glaube, dass wir einfach Glück miteinander haben. Ich mit dir und du mit dir. Und ich sage das jetzt mal ohne Wenn und Aber, soweit bin ich schon. Wir passen einfach zusammen. Natürlich, da gibt es diese Eierkocher und Flaschenöffner mit außerirdischen Lichtstrahlen, und ich weiß nicht, was sich in deiner Küche noch so alles verbergen mag, ich werde es sicherlich sehr bald herausfinden, aber weißt du was? Erneut schüttelte Nele, diesmal deutlich belustigt, ihren Kopf.

Ich bin, fuhr Robert fort, nicht nur bereit das zu akzeptieren, ich finde das total normal, nein, ich finde es total toll, und ich habe mich eben schon bei dem Gedanken ertappt, mir einen Eierkocher zuzulegen, und ich bin nun ganz sicher, ich werde das auch tun. Wenn man nach, äh, zwei Tagen so weit ist, da müssen schon gewaltige magische Kräfte walten, findest du nicht auch?

Das ging Nele nun doch zu weit. Ach komm, lachte sie, du willst mich veräppeln. Überhaupt, und sie stand auf und stellte sich neben Robert. Hattest du mir nicht gesagt, dass du es liebst im Bett zu frühstücken? Deswegen hab ich meine Pläne umgeworfen. Und jetzt, ich sitz in einem Wintergarten und hör mir schräge Sachen an.
Was hast du zu deiner Verteidigung zu sagen?

Robert beschloss einen auf Zerknirscht zu machen. Das konnte er ganz gut. Oh, meinte er, das ist aber schade, ich hatte mich gerade so schön warm gelaufen. Da muss ich jetzt wieder ernst und seriös werden.

Na schön, dann also Programmpunkt eins: Nele davon überzeugen, dass ich sie nach Düsseldorf fahren darf. Mir macht das wirklich nichts aus, im Gegenteil, ich fahre ausgesprochen gerne und höre dabei Musik. Darum habe ich auch folgenden Vorschlag zu machen. Du suchst dir unter meinen CD´s diejenigen aus, die du unterwegs hören möchtest. Und auf dem Rückweg höre ich sie noch einmal an und denke dabei an dich. Und für später habe ich dann auch noch etwas. Denn schließlich werden wir uns für längere Zeit, oder doch zumindest auf einige Zeit nicht sehen. Und ich weiß noch nicht, wie ich das seelisch durchstehen soll.

Programmpunkt zwei: Wir gehen spazieren. An die Alster. Die ist gleich die Straße runter. Es muss ja kein großer Spaziergang werden. Aber die Ritterburg möchte ich dir zeigen. Die steht an der Poppenbütteler Schleuse, das ist nicht weit.

Programmpunkt drei: Kuscheln und Musik hören.

Programmpunkt vier: Ins Kino gehen. Wir haben hier in einem Nachbarstadtteil, in Volksdorf, ein Bürgerhaus, und zu dem gehört ein Programmkino, das heißt Koralle, und das verfügt über zwei kleine Säle, die versprühen den Charme der frühen 60er Jahre, wenn man in dem Zusammenhang überhaupt von Charme sprechen kann, aber nein, es ist nicht schlimm, im Gegenteil, da ist es ganz behaglich, vor allem weil sie von sehr überschaubarer Größe sind, aber ich weiß ja nicht, ob du ein Kino-Mensch bist, es gibt ja Kino-Menschen und Nicht-Kino-Menschen, also, ich bin ein Kino-Mensch, aber wenn du nicht magst, dann können wir Programmpunkt drei jederzeit verlängern.

Robert schaute Nele skeptisch an.

Das war jetzt wieder nichts, oder?

Siehst du, geht doch, so Nele. Ich mag alles was du vorgeschlagen hast. Nur ernst und seriös, das gefällt mir nicht. Ich mag humorvolle Menschen, und du bist so einer. Aber du kannst es wahrscheinlich eh nicht durchhalten, so ernst und seriös. Wobei ja beides keine schlechten Eigenschaften sind. Weißt du Robert, manchmal kann ich schlecht einordnen, und bin dann recht empfindlich. Aber bis jetzt gab es keine Veranlassung dazu, hoffe ich zumindest.

Auf das kleine Kino freu ich mich. Die Filme, die dort laufen, brauchen keine technischen Finessen. Die Jugend tendiert ja zu den Riesenkinos, obwohl, so richtig geile Actionfilme sind dort auch klasse. Jason Statham in Transporter z.B., geht in kleinen Kinos gar nicht. Da muss es laut sein und knallen und zischen, dass man eine Gänsehaut nach der nächsten kriegt.

Nele schmiegte sich an Robert. Soo kann man auch eine Gänsehaut kriegen, flüsterte sie. Robert nickte und nahm sie in den Arm, obwohl, er umfing eher ihren Bauch. Er legte seinen Kopf an ihren Bauch, und Nele kraulte seinen Nacken.

Vielleicht sollte ich mal den Tisch abräumen, Nele sah Robert an. Sonst kommen wir zu nichts. Nichts, was ist schon nichts, sinnierte Robert. Aber gut, du hast schon Recht. Komm, wir machen es zu zweit, dann sind wir schnell fertig. Gibt es bei dir eine Spülmaschine, fragte Nele. Natürlich, so Robert, das ist fast das Wichtigste in der Küche. Ja, das finde ich auch, so Nele. Spülmaschine und Mikrowelle sind am wichtigsten, danach der Herd. Aha, so Robert, das hört sich nach unglaublicher Kochlust an. Er lachte. Haha, so Nele. Ich koche ganz gerne, nur schnell muss es gehen. Es gibt viel schönere Dinge als hinterm Herd zu stehen.

Mittlerweile war der Tisch abgeräumt, und alles an Ort und Stelle verbracht.

Weißt du was, sagte Robert, eine Mikro besitze ich gar nicht, dafür koche ich gerne. Natürlich, wenn ich alleine bin wird da nichts Großes draus, hauptsächlich Pasta-Gerichte und im Sommer Salate.
Ich hatte hin und wieder mal eine Freundin, die auch gerne kochte, mit der kochte ich dann. Und solange Sannah hier wohnte, haben wir viel zusammen gekocht, und in letzter Zeit kommt sie wieder öfters, da haben wir das wieder aufgenommen.
Dazu musst du wissen, dass Sannahs Freund Schauspieler ist. Er hat ein festes Engagement am Schauspiel in Kiel, da wohnen die beiden auch. Aber er spielt auch regelmäßig in Gastrollen im Fernsehen, Krimis und so weiter, weißt du, so ein Schauspielerdasein, das ist kein Zuckerschlecken, und der Max, Maximilian heißt er eigentlich, Sannahs Freund, der hat zwar sein festes Engagement, aber sowas kann sich ja wieder ändern, und da ist es gut, wenn man diese Fernsehrollen hat, die werden wenigstens gut bezahlt, und mit drei solcher Auftritte pro Monat käme man schon über die Runden, hat er mir erzählt, aber die muss man natürlich auch erstmal haben. Zum Glück kommt er aus einer alten Schauspielerfamilie, da hat man da schon mal Verbindungen, na, und über diese Verbindungen ist nun auch Sannah dazugekommen, die macht nämlich nun Kostüme und Ausstattungen für Fernsehproduktionen, und weil sie da eben oft beim NDR zu tun hat, kommt sie auch wieder öfters nach Hamburg.
Und wenn wir beide nun zusammenbleiben, was ich doch schwer hoffe, dann wirst du sie bald kennenlernen. Das ist nämlich so, weißt du, weil Sannah und ich uns erst richtig

kennenlernten als sie beinahe erwachsen war, da ist unser Verhältnis eher so wie Bruder und Schwester, wir haben uns sehr schnell zusammengerauft als sie dann hierhergezogen war und wir feststellten, dass wir uns richtig gut leiden mochten, davor hatten wir uns ja mehr so besuchsweise erlebt, und dass wir ganz locker miteinander lebten und ganz unverkrampft über alles reden konnten. Das ist immer noch so. Nur in letzter Zeit, fürchte ich, hat Sannah, ja, wie soll ich sagen, so etwas wie mütterliche Gefühle für mich entwickelt, sie achtet darauf, dass ich nicht an die Falsche gerate. Aber da musst du dir keine Gedanken machen, sie wird dich mögen, wie ich dich mag, nein, Quatsch, ich liebe dich natürlich, und Sannah wird dich auch lieben.

Das hört sich schön an, so Nele. Ich hätte auch gern so einen Vater gehabt. Aber, na ja, war eben nicht so. Mit Tim hab ich auch ein gutes Verhältnis. Er wohnt bei seiner Freundin. Leider kriselt es bei ihnen, und er läuft Gefahr, dass sie ihn rauswirft.
Ojeh, so Robert, und warum? Tja, meinte Nele, sie hält ihn für unzuverlässig. Und, fragte Robert, hat sie Recht? Ich fürchte ja, so Nele. Er musste sich nie groß bemühen, weil er, besonders von mir, sehr verwöhnt wurde. Er hat eine so charmante Art, dass er mich immer um den Finger wickeln konnte. Das fing während der Schulzeit schon an. Ich hab immer versucht mit ihm zu diskutieren, statt ihm nur Befehle zu erteilen. Irgendwann hatte er bessere Argumente als ich. Als ich dann versuchte mich durchzusetzen, und ihm Verbote erteilen wollte, ohne zu diskutieren, hat er sich zur Wehr gesetzt. Mama, du hast selber gesagt, dass man diskutieren muss. Jetzt willst du meine Argumente nicht akzeptieren. Vor allem, wenn er

mit dem Taschengeld nicht zurechtkam, hab ich ihm immer aus der Patsche geholfen. Ganz zum Unwillen meines Exmannes übrigens. Er war strenger als ich, dafür haben Tim und ich aber viel mehr gelacht.

Ich hab sowieso viel zu viel Verständnis, das ist meine große Schwäche. Nele wollte nicht mehr weiter über Tim sprechen. Sie kam sich dann wie eine Verräterin vor.

Robert merkte es ihr an und fragte nicht nach.

So, was meinst du, fragte er Nele, sollen wir uns die Ritterburg ansehen? Nele hatte nichts dagegen.

Die Kinder, meinte Robert, ja, die lass uns mal vorerst behutsam beiseiteschieben. Und er gab Nele einen beherzten Kuss auf den Mund. Und jetzt nur an uns denken.

Du wirst dich bestimmt gleich wundern, wie idyllisch das hier ist. Wenn man als Auswärtiger an die Alster denkt, dann ist es in der Regel ja der große See mitten in der Stadt, und ich wette, dass es dir genauso geht. Aber da wird die Alster gestaut, und der Damm dazu, das ist der Jungfernstieg. Hier bei uns aber ist die Alster das, was sie eigentlich ist, ein kleiner Fluss, den du gleich kennenlernen wirst.

Na, dann lass uns mal losziehen, du, ich glaube wir nehmen uns besser mal die Jacken mit, es ist zwar schön sonnig, aber man weiß ja nie, und zur Not können wir sie später immer noch über den Arm nehmen. Wir gehen auch nicht weit, schließlich haben wir gestern schon genug geschuftet, und gekuschelt will ja auch noch sein. Ach, und zwischen den Kuscheleinheiten, da können wir uns dann auch die Musik für morgen zusammenstellen, was meinst du?

Damit war Nele sehr einverstanden und sie warf Robert ein Lächeln zu während sie ihre Jacke anzog.

Wir brauchen einfach nur die Straße hinuntergehen, du siehst ja, es geht hier schon ein wenig bergab, aber dann gibt es nochmal einen steilen Hang, da ist dann auch schon Wald, da vorne, siehst du, und da geht es zur Alster runter auf den Alsterwanderweg.

Ach Nele, sagte Robert, wie sie unten an der Alster angekommen waren, ich bin glücklich. Ich bin so glücklich, dass ich dich gefunden habe. Und es kommt mir wie ein Traum vor. Weißt du, als wir uns in Düsseldorf auf der Ausstellung trafen, da habe ich gedacht – was für ein lieber sympathischer Mensch sie doch ist, mit ihr möchte ich gerne in Kontakt bleiben. Und wie ich dann am nächsten Tag nach Hause fuhr, da stellte ich plötzlich fest, dass ich mich bereits in dich verliebt hatte. Und als du dann nach Hamburg kamst, und meine Einladung angenommen hast, da dachte ich, ja, mal sehen, vielleicht lässt sich unsere Bekanntschaft vertiefen. Und dann haben wir uns geküsst. Und dann ist alles so schnell gegangen. Aber es war gut so. Und wir haben alles richtig gemacht. Aber vielleicht gerade darum überkommt mich jetzt so ein Gefühl der Angst. Ob es vielleicht doch nur ein Traum gewesen ist? Nele, du … könntest du mich bitte ganz fest in den Arm nehmen?

Nele sah Robert an, was für eine Frage, du bist, du bist, und sie umschlang ihn so fest sie konnte. Sie drückte ihn und küsste ihn und hörte gar nicht mehr auf. Ich bin doch auch so glücklich, und hab mich genau wie du gefragt, ob wir zu schnell waren. Ich hab immer nur eine Antwort gefunden. Ich bereue es nicht. Ich sag, ich liebe dich, weil ich dich liebe. Ich weiß ja, da gibt es einen Unterschied zwischen verliebt sein und lieben. Aber den empfinde ich gerade, sonst würde ich nicht sagen, ich liebe dich. Du, Robert, hab keine Angst. Ich würde dir sagen, wenn ich mir nicht sicher wäre. Wenn du sagst, dass du mich liebst, glaube ich es dir auch. Beide hielten sich umschlungen, und alles war gut.

Ja, Nele, sagte Robert, du hast natürlich vollkommen Recht. Und weißt du was? Wir verlassen uns einfach auf uns. Und darauf, dass wir das richtige tun.

Und dann wollte ich doch noch etwas sagen … ach ja … das Kino lass uns mal streichen, für heute jedenfalls, wenn wir zurückkommen, würde ich vorschlagen, dann kuscheln wir, und hören Musik, und malen uns mit den Fingern Liebesschwüre auf den Rücken, oder auf den Bauch, und vorlesen könnten wir uns, abwechselnd, erst du, dann ich, dann wieder du, aber nur kurze Geschichten, oder, nein, noch besser, Gedichte, oder noch-noch besser, Liebesgedichte, und dann kuscheln wir wieder, und hören Musik, bis zum Abend, und dann kochen wir zusammen, und ich werde dir beweisen wie schön das ist, jawohl, eine Pizza machen wir, für Pizza habe ich immer alles im Haus, eine frutti di mare, Garnelen habe ich im TK, und Tintenfischstückchen, Krabben, kleine Sardinen, au ja, und den Teig, den beherrsche ich aus dem Effeff, und dann sauen wir uns so richtig schön ein, und ich lecke dir den Teig von den Fingern, und du darfst ihn mir dann vom Mund abnaschen, das wäre doch gelacht, wenn du nicht einsehen solltest, was für einen Spaß das Kochen macht.

Nele lachte Robert an, jaa, rief sie. Das ist echt super. Vor allem die Liebesschwüre auf dem Bauch, aber nein, besser auf dem Rücken. Weißt du, vorne auf dem Bauch könnte man pfuschen. Es sei denn, und Nele lachte etwas kindisch. Ja, was denn, Robert war sehr vergnügt. Nun, man könnte sich die Augen verbinden dabei. Ach soo, so eine bist du also. Robert wollte Nele an sich ziehen, doch sie entwich ihm. Natürlich war es ein Leichtes für Robert sie doch zu küssen. Nele lachte, ja, und dann könnte man eine Feder nehmen und damit... Sie schüttelte sich ein wenig, als hätte sie die Feder schon auf der Haut gespürt.

Na, so Robert, du bist selbst schuld, wenn du die Burg gleich nicht richtig kennenlernst. Jetzt werde ich die Führung nämlich stark abkürzen.

Was sagst du denn zur Pizza?

Das ist eine super Idee, so Nele. Ich lass mich gerne bekochen. Obwohl, du wolltest mir ja den Teig von den Fingern lecken. Das bedeutet, ich darf ihn zubereiten. Aber das macht Spaß.

Und Roberts Vermutung erwies sich als zutreffend. Fast keinen Schritt weit kamen sie voran, so oft mussten sie sich umarmen, und küssen, und fast hatte es den Eindruck, als müssten die Leute, die ihnen begegneten, ebenfalls stehenbleiben um ihnen zu applaudieren und zu gratulieren, so viel Liebe strahlte von ihnen aus, und Glück, und Lebensfreude.

Doch Robert mühte sich nach Kräften den Eindruck des seriösen Wissenschaftlers und Fremdenführers zurückzugewinnen. Für Nele, die sein Bemühen spürte, war es fast rührend anzusehen.

Robert fühlte sich verpflichtet auf die sie umgebenden Schönheiten hinzuweisen, die es freilich schwer hatten mit ihnen und ihren Gefühlen mitzuhalten.

Nicht, dass es an gutem Willen gefehlt hätte. Die Sonne gab sich rechtschaffen Mühe ihr strahlendes Lächeln im leichten Wellengang zu spiegeln.

Der Weg führte direkt am Ufer hin, mal auf dieser Seite des Flusses, dann gab es eine Brücke, und er wechselte hinüber auf die andere Seite.

Jetzt ist es ja noch recht kahl, erklärte Robert, aber ab Mai dann, wenn alle Blätter sprießen, dann ist es, wie wenn du in einen grünen Tunnel eintauchst, und wenn du auf dem Fluss bist, wie wenn du im Urwald wärst, auf einem Nebenfluss des Amazonas, so dicht ist dann das Blätterdach über dir. Und dann siehst du hier ganz viele Kanus und Kajaks, die kann man an den Schleusen mieten. Auf ziemlich kurzer Strecke hat die Alster nämlich eine Menge Höhenmeter zu überwinden. Also gibt es so etwa alle 10 Kilometer eine Schleuse. Wir sind auch gleich da, da vorne müssen wir noch unter der Brücke durch. Das ist der Saseler Damm, eine vielbefahrene vierspurige Straße, das ist dann aber auch die letzte große Straße, die über die Alster führt, von da an bis zur Quelle ist dann nichts mehr, da wird es immer wilder und ursprünglicher.

Und so hatten sie auch bald die Poppenbütteler Schleuse erreicht.

Siehst du, sagte Robert, da ist eine Rampe, und wenn du mit dem Boot aus der Richtung kommst, von der wir jetzt auch gekommen sind, dann steigst du da aus und trägst es auf die andere Seite, da ist dann wieder eine Rampe, und schon kann es weitergehen.

Und an jeder Schleuse gibt es wie hier mindestens ein Restaurant, einen Kanuverleih, und einen kleinen angestauten See.

Der, wie Nele sich überzeugen konnte, in diesem Falle sogar recht groß und ausgedehnt war und eine kleine Insel darinnen hatte. Und Enten schwammen da, Gänse, sogar ein Schwanenpaar hatte sich bereits eingefunden.

Und auf einer Anhöhe über dem See, da stand sie, die kleine Ritterburg.

Und jetzt …

Nele lachte. Das ist ja eine wirklich kleine Ritterburg. Da passen nicht viele Leute hinein. Ob es darin wohl eine Gespensterkammer gibt? Selbst wenn nicht, so Robert, wenn du hineingehst, ist eine da. Nele knuffte ihn. Aber sie ist schön renoviert worden, finde ich. Überhaupt, hier an der Alster gefällt es mir. Du gehst bestimmt oft hier hin, Nele schaute Robert an. Hier kann man sitzen und seinen Gedanken nachhängen. Weißt du, so Nele, ich werde mir eine Staffelei zulegen, und sollte ich mal wieder hier sein, werde ich mir eine schöne Stelle suchen. Dann setz ich mich hin, und male, was mir in den Sinn kommt. Oh ja, so Robert, dann werde ich ja in deinem ersten Projekt auftauchen. Beide lachten.

Robert, könntest du mitten in einer Großstadt leben? Früher hab ich mir immer gewünscht mitten in Düsseldorf zu wohnen. Dort, dachte ich, spielt sich das Leben ab. Dabei, wenn man mal von der Rushhour absieht, ist dort auch nicht viel los. Und irgendwann findet man das Einkaufen auch nicht mehr so wichtig, und die neuesten Klamotten muss man auch nicht als Erster sehen. Schau mal, so Nele, wie süß die kleine Ente da hinten ist. Wie sie aufgeregt flattert und sich bemüht mitzuhalten.

Wie schön, dass ich hier bin. Alles passt zusammen, Harmonie pur.

Ach, Nele, ja, so ist es sagte Robert, und du weißt gar nicht, wie sehr ich mich freue, dass es so ist.
Und mit dem Leben in der Großstadt, da habe ich freilich ganz lange genauso gedacht. Aber wenn du von der Rushhour sprichst, damit meinst du sicherlich die Innenstadt mit ihren Geschäften. Ich weiß ja nicht, wie es in Düsseldorf ist, in Hamburg jedenfalls ist sie total uninteressant sobald die Geschäfte geschlossen haben. Dafür gibt es ähnlich wie in Berlin verschiedene Stadtteile, in denen sich das Leben abspielt: St. Georg, Winterhude, Eppendorf, Eimsbüttel, Altona, St. Pauli. Und in fast allen habe ich schon gewohnt. Und wäre dort wohl auch wohnen geblieben.
Als klar wurde, dass Sannah nach Hamburg käme, war ich davon ausgegangen, dass sie sich eine WG suchen würde. Doch als sie dann erklärte, dass sie mit mir zusammen wohnen wollte, habe ich das Haus gekauft. Und es nicht bereut. Man wohnt ruhig. Und im Grünen, wie du siehst. Zur Arbeit brauche ich nur eine halbe Stunde. Für eine Stadt wie Hamburg ist das fast schon sensationell. Und wenn ich irgendwelche Action will, dann ist es auch egal, ob ich fünf Minuten länger brauche bis dorthin.
So, und jetzt aber – geht es zurück. Wir machen uns den Kamin wieder an, auch wenn die Sonne scheint. Ich mag es einfach vor dem Feuer zu sitzen. Ich glaube, das ist eine Ethnologenkrankheit. Und ich koche uns ein Kännchen Tee.

Nele war glücklich. Nein, nein, sagte sie, ich liebe das Feuer auch, obwohl ich einen anderen Beruf habe. Robert schloss die Haustür auf. Wenn du möchtest, setz dich schon mal hin. Ich bereite den Tee vor, oder, nein, ich fang mit dem Kamin an.

Nele schaute ihm zu, wie er geschickt das Feuer entfachte. Danach ging er in die Küche um den Tee zuzubereiten.

Bevor wir Musik hören, schlug Nele vor, als er aus der Küche kam, könnten wir doch einfach ganz still dasitzen und in die Flammen schauen. Meine Eltern hatten einen Kohleherd. Abends schob meine Mutter die Platte über dem Feuer ein wenig zur Seite. Dann sah man im dunklen Zimmer, das Feuer an der Decke flackern. Dann hat sie uns Märchen erzählt. Vielleicht können wir das Feuer auch knistern hören. Und wir nehmen uns in den Arm, und sagen entweder nichts, oder nur wunderschöne Sachen.

Ja, sagte Robert, das ist schön. Und es ist schön, solche Erinnerungen zu haben. Ich habe sie auch. Es sind Erinnerungen an Daheim sein, sich geborgen fühlen.

Und während er nochmals in die Küche zurückkehrte um einen Teller mit Gebäck zu holen, hatte Nele damit begonnen eine Kissenburg für sie zu bauen, so, wie sie es letzten Abend getan hatten, Robert half ihr noch dabei, und dann setzten sie sich da hinein, Robert schenkte Tee in ihre Tassen, und Nele saß da, ganz still saß sie da, ihren Blick ins Feuer gerichtet. Auch Robert sprach kein Wort mehr, er spürte den Moment, und er wusste, dass es gut war, und er bewunderte Neles Einfühlungsvermögen, er tat es still für sich, er nahm es in sich auf, er wollte es in sich aufbewahren, dies und noch mehr, dieses Gefühl der Geborgenheit, das er mit ihr gemeinsam spürte. Er trank einen Schluck Tee. Er legte Holz nach. Und er warf einen Blick nach Nele hin. Die da saß. Tief in sich versunken. Und Robert lauschte auf das, was sie ihm zu sagen hatte.

Weißt du, Neles Stimme hörte sich anders an, es ist schön mit dir hier ganz still zu sitzen. Das kann man nicht mit jedem.

Ich denke, Nele schmiegte sich an Robert, solange ich das mit dir kann, ist alles gut. Es muss ja nicht ewig dauern, jetzt lachte sie, sonst ist man womöglich eingeschlafen. Also, ich schlaf so schnell nicht ein dabei, so Robert. Ich muss ja denken, und das Feuer ansehen, und dich ansehen, das hält mich wach. Du, Nele, du könntest mir ja ein Märchen erzählen. Was hältst du davon? Ja, so Nele, aber nur wenn du zuerst erzählst. Und, es dürfen nur ausgedachte Märchen sein. Man darf sie sogar zur Oper ausweiten. Also, du hast ja Ideen, schmunzelte Robert, aber ich hab dich noch nicht singen hören. Ich bin gespannt was mich erwartet. Ahh, so Nele, ich könnte dir eine Kostprobe meines umwerfenden Talentes bieten. Ja, bitte, Robert lachte.

Ich singe die Ballade vom Erlkönig, Nele setzte sich gerade hin. Oder, nein besser, ich singe das Lied vom Veilchen. Ach, nein, so Robert, bitte den Erlkönig. Und Nele räusperte sich, suchte kurz nach der passenden Stimmlage und fing an. Wer reitet so spät durch Nacht und Wind, es ist der Vater mit seinem Kind. Schon nach dem ersten Satz konnte sie vor Lachen nicht weitersingen und fiel Robert um den Hals. Ja, wie jetzt, so Robert, nicht einfach aufhören. Doch, prustete Nele, ich kann nicht weitersingen. Theatralisch fuchtelte sie mit ihren Händen und griff sich ans Herz. Bitte, er hält den Knaben wohl in dem Arm. Ach so, nein, nicht ans Herz, das kommt später. Erst muss ich ja eine Art Wiege mit den Armen machen. Beide lachten jetzt und Robert fiel nichts anderes ein als sie zu küssen. Das war Nele mehr als recht. Es dauerte nicht lange, und beide waren in den Kissen ihrer Bettenburg vergraben.

Aus solch einer Lage taucht man so bald nicht wieder auf. Man hat ja doch so einige Stadien des Bewusstwerdens zu durchlaufen, erst recht, wenn man frisch verliebt ist.

Außerdem gibt es so viel zu entdecken, murmelte Robert selig, während er sich mit Neles Bauchnabel zu beschäftigen begann.

Das kann dauern.

Uh, stöhnte er, deine Bluse ist mir im Weg …

Das könnte dir so passen …

Von allem anderen zu schweigen.

So tauchten sie ein in ihre Kissenburg.

Und irgendwann auch wieder auf. Steckten vorsichtig die Köpfe heraus.

Puh!, meinte Nele, ich bin auch nicht mehr die Jüngste.

Na, lachte Robert, und sein Kopf tauchte neben dem ihren auf um sich daran zu reiben, was soll ich denn sagen. Aber ich finde, wir haben uns ganz achtbar geschlagen.

Doch, stimmte Nele trockenen Tones zu, damit könnten wir im Zirkus auftreten.

Oh Gott, prustete Robert, das nun lieber nicht. Und struppelte Neles Haare.

Die das sehr ungnädig aufnahm.

Obwohl die Leute uns bestimmt komisch fänden, fügte Robert ergänzend hinzu.

Dafür bekam er nun sein Haar gestruppelt.

Kümmere du dich mal lieber um das Feuer. Ich glaube, da ist nur noch ganz wenig Glut.

Du willst dich nur wieder an mir delektieren.

Bilde dir bloß nichts ein. Außerdem bist du immer noch dran.

Ich war eben schon dran.

Da warst du anders dran.

Aber ich werde nicht singen. Ich bin so froh, dass ich dich in meine Kissenburg habe entführen können …

Nimm dich in Acht!

… das werde ich doch nicht leichtfertig aufs Spiel setzen wollen.

Das klingt schon besser. Also eine Geschichte.

Gut. Eine Geschichte. Robert dachte eine Weile nach. Eine Gruselgeschichte, sagte er dann, vielmehr, die Rahmenhandlung einer Geschichte, die ein Freund von mir gerade schreibt.

Es geht um einen Vater und seine drei erwachsenen Töchter, die Urlaub an der Nordseeküste machen. Auf einem Bauernhof in Augustenkoog, das ziemlich einsam auf der Halbinsel Eiderstedt liegt.

Der Bauernhof gehört einem Maler, der auch dort wohnt und sein Atelier hat. Und einen Anbau des Hofes als Ferienwohnung vermietet, wie das dort üblich ist.

Der Maler ist bestimmt schon einiges über 70, wirkt sehr kauzig und lebt offenbar ganz zurückgezogen.

Im Boden des Gartens, also, im Erdboden, nahe eines Apfelbaumes, ist ein Fenster eingelassen. Der Maler wies sie gleich bei ihrem Einzug darauf hin, nicht etwa in der Form, dass es sich um eine Installation handele, was ja naheliegend gewesen wäre, nein, es sei einfach so eine Idee, sagte er, und sie sollen aufpassen.

Es ist ein altes Fenster, ganz aus Holz, wie es sie früher in den Bauernhäusern gab, zwei Flügel hat es, und beide nochmals dreifach unterteilt. Es ist schmutzig, mit Erde bedeckt, hindurchschauen kann man nicht, doch wenn man dagegen klopft hört man, dass ein Hohlraum darunter

167

sein muss, ob es sich um ein tiefes Loch handelt, das vermag man daraus jedoch nicht zu schließen.

Die vier Besucher ergehen sich in Mutmaßungen, vermuten ein Gewimmel an Käfern und Würmern, malen sich allerlei gruselige Dinge aus.

Noch am ersten Abend dringt eine der Töchter in das Atelier des Malers ein. Verstört kehrt sie zurück. Da hingen lauter tote Frauen, berichtet sie. Also, gemalte tote Frauen. Mal nur das Gesicht, mal Ganzkörperdarstellungen, mal sanft entschlafen, mal schmerzvoll gekrümmt. Aber eindeutig tot, allesamt.

Die Vier wittern ein Geheimnis und beschließen Nachforschungen anzustellen.

Eine andere Tochter findet Tagebuchnotizen, daraus geht eindeutig hervor, dass der Maler Frauen umgebracht haben muss.

Sie ziehen weitere Erkundigungen ein. Schnüffeln herum. Schließlich ergibt sich ein Bild. Das erste Opfer des Malers war seine kleine Schwester, da war er zehn, sie sieben Jahre alt. Er war eifersüchtig. Er wollte nicht, dass sie mit anderen spielte. Dort, wo nun das Fenster im Erdboden eingelassen ist, hat er sie erwürgt.

Später ging er nach Berlin. Alle seine Freundinnen, Frauen, die er liebte, hat er ermordet. Offenbar hatte er es zunächst darauf angelegt sie in den Freitod zu treiben, erst wenn ihm dies nicht gelang, hat er selbst Hand angelegt. Als er den Hof erbte, kehrte er zurück in seine alte Heimat. Mit dieser Erkenntnis stehen sie da, der Vater und seine drei Töchter. In jüngeren Jahren scheint der Maler ein wahrer Dämon gewesen zu sein. Doch ist er es noch? Was sollen sie tun? Ihn der Polizei zu melden widerstrebt ihnen. Doch was, wenn er sich in eine der Töchter verlieben sollte?

Nele sah Robert an. Wie unheimlich, stell dir vor es wäre Wirklichkeit. Du musst mich beschützen, lachte sie, ich hab Angst. Sie kuschelte sich so fest es ging an Robert, und lag in seinen Armen wie ein Kind. Sie griff sich ein Kissen und legte es auf ihren Kopf. Haah, jetzt bin ich sicher, flüsterte sie. Und Robert ging auf sie ein und streichelte sie, und hielt sie ganz fest.

Und nach einer Weile begann Nele auch Robert zu streicheln. Sie drückte ihn sanft auf die Kissen, fuhr mit ihren Fingern an seinem ganzen Körper entlang. Sie wollte ihn ansehen, sie mochte seinen Duft, sie bedeckte ihn von oben bis unten mit Küssen. Und sein Gesicht wollte sie sehen, seinen Blick aufsaugen, und Robert lag ganz still und sah so anders aus. Aber wie sieht er aus, denkt sie, er sieht nicht nur glücklich aus. Es ist vielmehr, es ist viel tiefer als Glück. Sie betrachtet ihn lange, sie liest in ihm. Sie will alles in ihm kennenlernen. Robert lag ganz still und ließ sie gewähren, er musste nicht aktiv sein. Er konnte es geschehen lassen und genießen. Robert, ich liebe dich so. Nele sah ihn an, und Robert zog sie zu sich. Du, ich liebe dich auch. Und beide gerieten in einen Taumel, der keine Vollendung brauchte und trotzdem beide zufrieden machte.

Nele, etwas Schöneres gibt es nicht im Leben. Etwas Schöneres als mit dir zusammen zu sein habe ich noch nicht erlebt. Du, wir wollen uns das aufbewahren, ja? Das wird nicht leicht werden. Und den Pizzateig können wir jetzt auch vergessen. Oder schaffen wir das noch? Ach was, machen wir ihn einfach ohne Hefe. Du, ich bin jetzt völlig konfus. Das ist alles deine Schuld. Du, sag einmal, tanzt du eigentlich gerne? Ich tanze unheimlich gerne. Und ich würde jetzt gerne mit dir tanzen. Aber nein. Das wäre jetzt nicht richtig. Wenn wir zum ersten Mal miteinander tanzen, das muss irgendwie festlicher sein, in einem Club oder so. Du, wenn ich wieder nach Düsseldorf komme, ich darf dich doch besuchen kommen, dann müssen wir unbedingt tanzen gehen. Und in die Tanzstunde würde ich gerne mit dir gehen. Weißt du, ich hatte schon immer einmal richtig Tango tanzen lernen wollen. Aber ich habe nie eine geeignete Partnerin finden können. Aber du, du könntest das bestimmt, ach das wäre schön. Aber es geht natürlich nicht, weil wir nicht in derselben Stadt wohnen. Vielleicht gibt es aber Wochenendkurse, irgendwo halben Weges, wo wir beide gut hinkommen könnten, da müsste ich mich mal erkundigen. Aber Musik machen wir uns jetzt an, oder. Doch, unbedingt. Schmusemusik. Du, vielleicht können wir ja doch tanzen. Zu langsamer Schmusemusik. Au ja, du, wollen wir? Doch halt, nein, zuerst gehen wir beide natürlich baden. Und das Tablet nehmen wir mit, dort oben können wir nämlich auch Musik hören. Und Quietscheentchen habe ich auch, ich habe sogar einen Quietschefrosch.

Nele reckte und streckte sich. Ohh, ja, das hört sich gut an. Jetzt ein schönes Bad nehmen, das ist genau richtig. Und ein schönes Bad, weißt du, was das bedeutet? Ja, ich weiß das, so Robert, ein schönes Badeöl und viel Zeit. Er lachte. Nele lachte auch. Das stimmt, und für mich bedeutet das, im Wasser liegen, träumen, lesen, das Wasser zu kalt finden, das heiße Wasser wieder aufdrehen, vorher das kaltgewordene Wasser etwas ablaufen lassen. Eine unendliche Geschichte, die zum Schluss damit endet, dass ich mich noch waschen muss. Aber, das wird ja gleich anders laufen. Und Musik dabei hören ist auch schön. Und tanzen werden wir später auch, auf jeden Fall. Und du, beim Wort Tanzstunde, fällt mir meine von früher ein. Vor allem die Tanztees, die ich danach besuchte, mit einem verliebten Jüngling aus der Tanzstunde. Ach ja, du willst ja Tango tanzen. Also, theatralisch gucken kann ich. Ich müsste nur vorher reichlich Gymnastik machen. Nele lachte, und auf jeden Fall musst du irgendwann dabei einen Kniefall machen. Alle staunen dann, aber die Leidenschaft ist eben mit dir durchgegangen, und da ging es nicht anders. Ich reiche dir dann die Hand zum Handkuss, und du schmachtest mich an. Ja, warte, so Robert, ich fang mit dem Schmachten sofort an. Ich hab nämlich Hunger und denk unentwegt an die Pizza. Er duckte sich, weil Nele anfing ihn mit Kissen zu bewerfen. So, Schluss jetzt, rief er. Wir gehen jetzt baden. Ja, lachte Nele, und du sitzt auf der Stöpselseite.

Robert, auf den Knien, Küsse sammelnd, warf einen anerkennenden Blick auf das Chaos, das sie ringsum angerichtet hatten. Duu, Nele, sagte er, wir lassen das mal alles so wie es ist. Nur unsere Sachen nehmen wir mit nach oben, wir sollten uns sowieso was Neues anziehen.
Er erhob sich, schloss die Türen des Kamins und griff sich das Tablet. Duu, Nele, ich stell uns mal so einen Mix aus den 80ern zusammen, mit Sting und R.E.M., den Smiths, Cure undsoweiter. Wenn du später lieber was anderes hören möchtest, können wir das immer noch ändern.
Aber Nele schüttelte nur den Kopf. Sie hatte bereits damit begonnen ihre verstreuten Kleidungsstücke einzusammeln. Robert schloss sich dem an.
Na, dann lass uns mal wendeln gehen.
Du zuerst.
Nein, du.
Du.

Du.

Also abwechselnd, ja?

Kicher.

Ja.

So wunderschöne Rundungen.

Hey!

Wohlgeformt.

Finger weg!

Süßer Knackarsch!

Lass das!

Aua! Wenn das jetzt einen blauen Fleck gibt …

Muss ich ihn ununterbrochen küssen.

Hüte dich!

Finger weg!

Du wiederholst dich!

Na warte …

Was du kannst, kann ich schon lange …

Ah!

Autsch!

Komm, schmeiß das alles aufs Bett …

Rumms …

Nele!

HiHi!

Du, die Stöpselseite nehme ich freiwillig. Da ist nämlich gar keine. Ich habe da so einen Drehknopf an der Seite. Das ist dir beim Duschen heute Morgen bloß nicht aufgefallen.

Gib mir noch einen Kuss.

Mmmmh.

Ich lass uns mal Wasser einlaufen.

Mit viel Schaum.

Och, dann kann ich dich ja gar nicht mehr sehen.

Die verborgenen Geheimnisse sind die Süßesten.

Das klingt verheißungsvoll.

So bin ich. Du musst es dir aber verdienen.

Oh, da will ich doch gleich damit anfangen. Warte mal. Hier. Schnuppere mal.

Mmmmh. Das gefällt mir aber sehr.

Ein Hauch von Südsee. Monoi Tiaré. Das ist eine Gardenienart. Aus Tahiti.

Aber das ist ja ganz fest.

Die Basis ist Kokosöl. Wie alle tropischen Öle friert es in unseren Breiten. Wir nehmen es einfach mit ins Wasser, da werden wir es schon aufgetaut kriegen. Ich habe es auch noch mit Ylang Ylang und Sandelholz, nur die Vanille ist mir ausgegangen.

Wir nehmen sie einfach alle mit.

Wir können sie auch erstmal da in die Ecke stellen, da ist genug Platz da.

Aber die Entchen kommen alle mit.

Natürlich. Und der Frosch.

Na klar. Der darf auch.

Eingestiegen.

Du zuerst.

Ja.

Duu.

Ja.

Schön.

Ja.

Moment.

Autsch!

Hey, was machst du denn da?

Umpf. Mir ist ein Entchen abhandengekommen.

Das kann ja jeder sagen.

Duu?

Ja.

Gefällt dir die Musik?

Und wie sie mir gefällt, lachte Nele und setzte Robert eine Schaumkrone auf den Kopf. Ohhh, du mein König der Musik.
Warte, das kriegst du zurück.
Nein, wehe. Denk an meine Haare.
Welche Haare. Die da?
Hör jetzt auf, hinterher liegen sie nicht. Soo, das kriegst du zurück.
Ja, mach, mich stört es nicht.
Hör mal eben, ahhhhh, diese Stelle.
Welche Stelle?
Sei doch mal still.
Ja, wunderbar, Sting. Da fahren die Frauen fast immer drauf ab.
Warte eben. Nele sang leise mit. So, und was sollte das heißen?
Was?
Dass die Frauen drauf abfahren. Mit wie vielen hast du das schon ausprobiert? Sag die Wahrheit. Sonst.
Was sonst?
Ich döpp dich.
Wie, döpp dich. Was soll das denn sein?
Antworte mir. Ich warne dich.
Ausser dir kenne ich keine andere.
Soooo, Lüge. Das hast du jetzt davon. Nele versuchte Robert unter Wasser zu drücken. Mist, es geht nicht, aber die Gelegenheit wird kommen.
Warte, wo ist das Entchen?
Keine Ahnung, such es doch.
Du sitzt drauf. Warte.

Uuuhh, bleib da weg. Sei jetzt vernünftig. Wir waschen uns jetzt.

Ja, aber vorher musst du dich kurz umsetzen. Sonst komm ich nicht an deinen Rücken.

Nein, du. Wenn ich aufsteh, wird mir kalt. Aber gut. Ich bin ja nicht so. Oh, guck jetzt was passiert ist. Ich hab das halbe Bad unter Wasser gesetzt. Alles übergeschwappt.

Egal, kann man aufwischen.

Erst noch Musik hören, ja?

Jaaaa.

Nele lehnte sich an Robert, der sie umfing, und ihr lauter Schaumflöckchen auf den Rücken setzte.

Wenn wir jetzt das heiße Wasser nachlaufen lassen, können wir uns ja mit den Ölen einmassieren, erst ich dich, dann du mich. Welches wäre dir denn am Liebsten, das pure Monoi, Ylang oder Sandel?

Ylang, what else, lachte Nele. Schließlich geht es ja um Sinnlichkeit, oder?

Mmmmh, fein, ja, also ich hätte gerne Sandel, aber so, jetzt halt doch mal still …

Das kitzelt aber …

Das sind doch nur meine Hände …

Was haben die denn da zu suchen?

Also hör mal, als ob die da nicht schon gewesen wären.

Hah!

Wir wollen doch jeder für den anderen verführerisch duften, wenn wir gleich unseren Tanztee abhalten.

Tanztee?

Na ja, den Tee lassen wir für diesmal weg, der würde sowieso nur stören. So, und nun dreh dich mal um … mmmmh …

Du Lustmolch!

175

Also bitte! Nun zappel doch nicht so.

Jetzt ist aber gut. Nun bist du dran. Na warte!

Aber gerne doch.

Hey!

Weitermachen.

Als ob ichs nicht geahnt hätte.

Ich kann da nichts dafür.

Lustmolch!

Das ist alleine deine Schuld. Wenn du dich da so verführerisch postierst …

Ja, wo soll ich denn hin? Uuuh, nun pass doch auf, jetzt läuft das Wasser über …

Ohje, gleich haben wir mehr Wasser draußen als in der Badewanne …

HiHi.

Ich lass mal was ablaufen.

Rück doch mal.

Duuu, wir müssen uns noch über die Musik unterhalten. Es muss natürlich alles ungemein Engtanztauglich sein. Also Je t´aime, versteht sich …

A thousand kisses deep

Nights in White Satin

Fix you

When a Man Loves a Women

Bright Eyes

Alles von Barry White

Chris Rea

Gloria Gaynor

Duu, Nele?

Ja, Robert.

Wir sollten uns auch gehörig in Schale werfen. Ich meine, wenn schon, denn schon. Ich hätte da auch eine Idee.

Wenn wir hier fertig sind und uns ausgiebig eingecremt haben …

Lustmolch!

Nein, jetzt warte doch mal, also, dann steigen wir zu Sannah aufs Dach und suchen dir ein schönes Kleid aus. Da wird sich bestimmt etwas finden lassen, die ist gut ausgestattet, wegen ihrer Filmgeschichte, du weißt doch … Und ich würde zu gerne wissen, wie du dich als Gothic Prinzessin machst. Und eine passende Strumpfhose natürlich, brauchen wir. Mit viel Netz und einigen künstlichen Löchern, auh ja … oder findest du das jetzt sehr pervers?

Aber nein, was ist daran pervers? Es ist voll cool. Ich könnte es mal ausprobieren. Nele lachte. Ich hab doch sowas noch nie in solch einer Auswahl gesehen. Hoffentlich passt mir überhaupt was. Und hoffentlich schneit Sannah hier nicht ganz plötzlich rein. Das würde noch fehlen. Ich verkriech mich dann aber sofort.

Bei Tageslicht betrachtet bot Sannahs Reich einen nicht weniger fantastischen Eindruck als im Dunkeln.

Das hat schon was, flüsterte Nele Robert ins Ohr, alleine schon die vielen schönen alten Spiegel.

Robert schob Nele sanft vor einen der Spiegel hin.

Wir machen uns doch ganz gut, flüsterte er zurück, durchaus ansehnlich, würde ich mal sagen.

Und dann knabberte er ein wenig an Neles Ohr.

Die beiden waren immer noch nackt.

Wie kommt es nur, fragte Nele, dass ich mir das gefallen lasse?

Weil es richtig so ist, sagte Robert, und weil du so unverkrampft bist, und weil du abenteuerlustig bist, und

weil du überhaupt die allertollste Frau von der Welt bist
…

Duu, meinte Nele, Vorsicht, sonst landen wir gleich wieder auf dem Boden …

Und sich mit dir zu balgen ist das Alllerallergrößte!

Oh nein, mein Held, später vielleicht wieder, jetzt aber suchen wir mir ein Kleid.

Und sie fanden auch eines das Neles Größe entsprach und Gnade vor ihren Augen fand, nein, sie fanden sogar mehrere, doch dieses eine bestimmte sollte es sein.

Ein Samtkleid, das bis zu den Knöcheln fiel, mit Ärmeln aus durchbrochener Spitze und einem bestickten Ausschnitt, den Robert sehr bewunderte.

Auch eine geeignete Strumpfhose ließ sich finden, eine mit floralen Mustern, und Nele, bevor Robert auch nur den Mund auftun konnte, verbat es sich spielerisch, dass da hinein irgendwelche künstlichen Löcher gezaubert würden.

Aber nein, auf die Idee wäre er nie nicht gekommen, tat Robert ganz unschuldig, dafür sei der Anblick doch viel zu schön …

Doch noch ehe seine tastenden Finger ihr Ziel erreichten, erhielten sie einen sanften Klapps.

Ha, meinte Nele, einen Fächer bräuchte ich noch, damit ginge es noch viel stilechter.

Der Fächer fand sich. Nur das passende Schuhwerk leider nicht.

Bevor wir jetzt weiter rumsuchen …

Ja, so wird es sich auch ganz wunderbar tanzen lassen …

Ich zieh mir dann auch keine Schuhe an …

Das will ich doch hoffen, eh du mir auf den Füßen rumtrampelst …

Niemals.

Na, wer weiß?

Ich bin ein fabelhafter Tänzer.

Das musst du mir erstmal beweisen.

Erstmal geh ich jetzt auch mir was anziehen.

Da musste Nele lachen und bekam sich fast gar nicht mehr ein, wie sie sich in den Spiegeln rings umsah und das ungleiche Paar ihr entgegenleuchtete.

Du delektierst dich schon wieder, empörte sich Robert und zog sie rasch zur Falltür hinüber.

So, meinte er, wie er die weiterhin kichernde Nele endlich ins Schlafzimmer bugsiert hatte, nun wirst du aber staunen.

Und tatsächlich zauberte er ein stilechtes Gothic-Outfit aus seinem Kleiderschrank.

Ein perfekter viktorianischer Gentleman, verkündete er stolz, als er sich schließlich in Schale geworfen hatte.

Nur die Krawatte lasse ich weg, und ich glaube, das Jackett ziehe ich auch wieder aus, wenn wir unten sind. Ich besitze natürlich auch einen passenden Hut dazu, und einen Stock …

Mit Silberknauf?

Ja, nun, aus Silber ist er wohl nicht, aber er zeigt einen Nilpferdkopf, ich glaube, der stammt aus irgendeinem Fundus. So, jetzt geht's aber los …

Nele fühlte sich so gut. Sie war irgendwie verwandelt. Eine Prinzessin der Nacht, wie cool das war. Ganz kurz fiel ihr ein Arzt ein, der sie jedes Mal wenn sie kam, mit den Worten begrüßte: Lady of the night …

Ja, genau, dachte sie, es stimmt tatsächlich. Kleider machen Leute. Nun, vielleicht war das jetzt etwas übertrieben, aber immerhin so ähnlich. Sie sah Robert an, auch er wirkte so anders. Aber, sie musste schon wieder lachen. Hör mal, so Robert, du sollst jetzt nicht albern sein, schließlich wird das gleich unser erster Tanz. Ja, schon, aber mit den nackten Füssen sieht es so lustig aus.

Unten angekommen stellte Robert die Musik ein. Er brauchte dafür eine Weile, weil er beim Durchsehen der Musik auf immer neue Stücke stieß, die auch passen konnten. Aber irgendwann war es soweit. Percy Sledge durfte den Anfang machen.

Robert stellte sich vor Nele hin. Eine angedeutete Verbeugung, seine rechte Hand auf sein Herz gelegt. Darf ich bitten? Nele erhob sich, legte ihren Fächer zur Seite und reichte Robert ihre Hand. Hmmmh, wie gut er duftete. Und so schick sah er aus.

When a man loves a woman. Sie reichten sich ihre Hände und wiegten sich im Takt der Musik. Na ja, so liest man es immer. Bei den beiden sah es allerdings etwas anders aus. Sie versuchten die Etikette zu wahren, aber es gelang ihnen nicht so richtig. Denn kaum hatten sie die richtige Stellung gefunden, und nach einigen Fehlversuchen den richtigen Takt in die Füße hineingelegt, verkam die Etikette zum Schmuseakt. Neles Hände lagen zunächst an Roberts Brust und seine Hände spürte sie auf ihren Hüften. Doch bald darauf hing sie an seinem Hals, und spürte wie Robert sie immer näher an sich zog. Zum Glück dauerte der Song noch etwas. Und beide tanzten sich ins Glück, obwohl sie längst darin badeten.

Es war so schön mit Nele zu tanzen. Robert beugte sich über ihren Nacken, atmete ihren Duft tief ein, seine Finger glitten durch ihr Haar.

Da wurde mit einem Male die Tür aufgestoßen und eine fröhliche Stimme rief: Juchhu!

Sannah. Ausgerechnet.

Langsam löste sich Robert aus Neles Umarmung und drehte sich um.

Da stand sie. Seine Tochter. Wegen der Fahrt trug sie nur ein einfaches Kleid. Und doch elegant. Perfekt gestylt. Das dritte Kind der Nacht in diesem Zimmer.

Väterchen! rief sie, stieg behutsam über die Bettenburg hinweg, nahm ihn in den Arm und drückte ihm einen Kuss auf die Backe.

Mach den Mund wieder zu. Oder, nein, mach ihn wieder auf und stell uns vor.

Oh, ja, ja, natürlich, versuchte Robert Fassung zu gewinnen.

Also, das ist Sannah, meine Tochter. Und das ist Nele, die kommt aus Düsseldorf und besucht hier eine Freundin.

Eine Freundin, ja, das sehe ich, Sannahs Fröhlichkeit schien kein Ende nehmen zu wollen, Väterchen, Väterchen, du scheinst mir ganz schön durcheinander.

Sie schielte zur Seite und nahm Nele in Augenschein. Na, flötete sie dann, das kann ich gut verstehen. Schob sich an ihrem Vater vorbei und schüttelte Nele die Hand.

Ach, was solls, rief sie dann, und nahm sie in den Arm.

Eine Umarmung, die Nele, wie Robert einmal mehr bewundernd feststellen durfte, nicht nur mit Gelassenheit entgegennahm, sondern ihrerseits erwiderte.

Auch Sannah schien entzückt.

Na, ihr beiden Hübschen, sprach sie, was habt ihr denn noch so vor, nachdem ich eure süße Engtanzfete so brutalst gemordet habe … Hmmm, Schmusemusik. Väterchen, Väterchen … Bright Eyes. Da muss ich immer an Hazel denken, und Hyzenthlay und die anderen, wenn ich das höre …

Also, unterbrach Robert sie vorsichtshalber, nachher, da wollten wir uns eine Pizza backen. Und morgen wollte ich

Nele nach Düsseldorf zurückfahren, sie ist dann schon einen Tag überfällig bei ihrer Firma …

Stopp, Stopp, ging ihm Sannah dazwischen, Programmänderung! Also es ist so. Eigentlich wollte ich ja morgen erst kommen, oder übermorgen, aber dann habe ich erfahren, dass heute Cathedrale Noir ist, in der Prinzenbar, Dresscode ist angesagt, aber da seid ihr schon voll im Limit, noch ein paar kleine Extras, und dann will ich Nele noch so richtig cool schminken, also, kurz und gut, ich nehme euch mit.

Und morgen schicken wir euch zu Frau Dr. Reinhardt. Und wenn die euch sieht, nachdem ihr die Nacht durchtanzt habt, die schreibt euch krank solange ihr lustig seid, aber drei Tage tun es wohl auch.

Einen Tag blau machen, das wirkt doch höchst verdächtig, aber drei Tage Krank, so ganz offiziell, das klingt doch schön solide …

Na, du musst es ja wissen, murmelte Robert.

Und dich schreiben wir gleich mit krank, konterte Sannah, das macht sich bestimmt gut in der Personalakte …

Sei nicht albern, du weißt genau, dass wir sowas im Museum nicht haben, grummelte Robert zurück.

Aber Sannah ließ sich nun nicht mehr aufhalten.

Na, und für den Rest des Tages erholt ihr euch schön, und übermorgen könnt ihr den ganzen Tag kuscheln, da lass ich euch komplett in Ruhe, großes Indianerehrenwort. Na, und dann kannst du Nele immer noch nach Düsseldorf fahren. Also. Was meint ihr?

Und sah die beiden fragend und erwartungsfroh an.

Nele lachte. Die Idee ist super. Aber die Umsetzung wird schwierig. Ich weiß nicht, ob ich wirklich so lange wegbleiben kann. Andererseits, wenn ich wirklich krank wäre, ginge es ja auch. Sie schaute Robert an. Der wirkte reichlich unschlüssig.

Aber, so Nele, wer die Nacht durchfeiern kann, kann auch arbeiten. Ich hab eine bessere Idee. Wir genießen diese besondere Nacht, die ich mir so gar nicht vorstellen kann, in der genannten Bar. Hab den Namen vergessen. Und morgen fahr ich mit dem Zug nach Hause. Das ist kein Problem für mich, und Robert, sie sah ihn an, du hast keine anstrengenden Fahrten vor dir.

Ja, genau rief Sannah, das würde doch auch gehen, oder nicht Väterchen? Sag einfach ja, und alles ist geritzt. Komm, Nele, wir gehen nach oben, ich hab schon eine gute Idee, wie ich dich schminken kann. Vielleicht solltest du mir erst mal sagen, welche Schuhe zu meinem Outfit passen, lachte Nele. Ich bin nämlich barfuß, weil ich keine passenden Schuhe gefunden habe.

Halt, nun mal langsam, meinte Robert, da möchte ich aber auch noch etwas dazu sagen. Du, Töchterchen, kannst aber gerne schon nach oben gehen, deine Sachen auspacken und alles vorbereiten. Mit dir Nele, habe ich aber noch ein ernstes Wörtchen zu reden.

Oh, oh, oh, das klingt so drohend nach Beziehungskrise, Väterchen, mach mal halblang.

Das Gegenteil wird dabei herauskommen, glaube mir, und darum ist es auch besser wenn du dich nun verkrümelst, das Ganze könnte in einer nicht jugendfreien Szene ausarten.

Du, du, drohte ihm Sannah mit dem Finger, machte sich dann aber doch davon.

Sodass sich Robert nunmehr Nele zuwenden konnte.

Hör mal, Nele, sagte er, weißt du was? Du bist ein Dickkopf. Und weißt du was noch? Ich liebe dich doppelt dafür. Das hast du doch von Anfang an geplant, dass du mit dem Zug zurückfahren würdest. Und weißt du was ich dir bei der Gelegenheit mal gestehen könnte. Ich bin auch ein Dickkopf. Aber stur bin ich nicht. Darum fahre du nur mit dem Zug. Aber die Nacht durchtanzen, das musst du dir nicht unbedingt zumuten. Wenn du müde wirst sagst du mir Bescheid und wir rufen uns ein Taxi, versprichst du mir das?

Und Nele nickte nur. Du, sagte sie dann, du, du ... und fiel Robert um den Hals.

Ja, ich, lachte Robert, und ich hab dich ganz doll lieb, vergiss das nur ja nicht. Und reden kann man mit mir, und wie … so, aber nun geh du mal, ich werde hier aufräumen und dann schnappe ich mir den Laptop und sehe mal nach was sich mit deinem Ticket machen lässt. Ich kenne mich da zwar nicht aus, weil ich nur Bahn fahre wenn ich eingeladen bin wie neulich, als ich in Düsseldorf war, aber wir kriegen das schon gebacken, du kannst mir ja nachher noch helfen. Und richte der Sannah aus, dass sie sich ordentlich Mühe geben soll, ich erwarte dich zurück als eine Königin der Nacht, nichts anderes kommt in Frage, sag ihr das, ja? Du sollst von solch strahlender Schönheit sein, dass ich nahezu geblendet zu Boden sinke. Und mach dir nur ja keine Gedanken. Auch mit Sannah kann man ganz prima reden. Und jeden Quatsch der Welt machen. Du, erzähl mal, wie gefällt sie dir eigentlich?

Nele war in der Zwickmühle. Sie hatte es sich selbst eingebrockt. Wie gerne wäre sie mit Robert gefahren. Anfangs hatte sie es ihm nicht zumuten wollen. Doch dann hatte sie sich auf die Fahrt gefreut. Und vor allem, dass sie noch etwas länger zusammen sein konnten. Auch vorhin hatte sie ihm nur gut sein wollen. Aber jetzt musste sie dabei bleiben. Sie hatte es schließlich gesagt, und es gab kein Zurück ... oder?

Aber wenn es nicht klappt mit dem Ticket, können wir es ja so machen wie Sannah es vorgeschlagen hat. Also wirklich Nele, so Robert, du machst mich ganz verrückt. Ich hab doch nicht mit dem Zug angefangen, du wolltest doch damit fahren. Ja, stimmt ja, aber eigentlich jetzt nicht mehr. Nele sah Robert an, wenn du verstehst, wie ich es meine. Nein, so Robert, ich versteh nichts. Aber ich hab dir ja gesagt, dass ich deine Idee akzeptiere, und dir deswegen auch nicht gram bin. Also, gefällt dir Sannah? Nele schluckte.

Sannah scheint eine richtig Nette zu sein. Sie ist herzlich und mir gefiel sie sofort. Und dass man mit ihr Spaß haben kann, glaub ich gerne. Ich freu mich schon auf später. Bin mal gespannt, wie es so ist in der schwarzen Szene. Und wie sie mich wohl schminken wird. Und hoffentlich klappt das auch mit den Schuhen. Irgendwie ist das der Hammer. In meinem Alter zum ersten Mal Gothic erleben. Trägt man da auch Masken? Und eigentlich müsste ich noch Handschuhe tragen, und ein unglaublich funkelnder Ring sitzt auf dem Mittelfinger, über dem Handschuh natürlich. Nele lachte. Aber ich stelle es mir bestimmt falsch vor.

Robert, Nele sah ihn an. Ja.. Ach nichts ... Schau doch morgen nach, in Ruhe. Es gibt auch einen Zug der spätabends fährt, glaub ich jedenfalls. Ist Frau Dr. Reinhardt, so heißt sie doch, oder, ist sie deine Hausärztin?

Ja, sagte Robert, das ist meine Hausärztin. Ich bin auch befreundet mit ihr. Mit ihr und ihrem Mann. Sie sind

Segler, wie ich. Und wie ich haben sie ihr Boot in Brunsbüttel liegen.

Und wegen nachher, ja, das kannst du dir unbedingt so vorstellen wie einen Maskenball. Natürlich, diese Leute, denen du da begegnen wirst, die kommen auch im Privatleben so daher, nur bei solch besonderen Anlässen, da wählen sie eine ausgesucht prächtige und auch fantasievolle Kleidung, du wirst einen Vorgeschmack darauf wohl gleich bei Sannah erleben dürfen. Und Masken, da bin ich mir sicher, wird es auch geben. Freu dich also darauf.

Und noch etwas. Die sind alle total nett. Auch wenn manche gruselig aussehen werden. Ich war ja oft genug mit auf solchen Partys, und früher hat Sannah sie auch hier gefeiert. Das sind alles total nette Menschen.

Und alles weitere, ja, das wird sich finden, ich lass den Laptop wo er ist und beschränke mich aufs Aufräumen. Und nun lass dich mal verwöhnen, Schminktechnisch.

Und er gab Nele noch einen ausgiebigen Kuss. Den sie, wie er den Eindruck hatte, nicht ganz so ausgiebig erwiderte. Dann ging sie.

Robert schaute ihr nachdenklich hinterher. Was ging denn nur in ihrem Kopf vor, fragte er sich. Sie sagte etwas, meinte es dann aber ganz anders.

Das erinnerte ihn an einen Frauentyp, den er oft genug erlebt hatte. Viel zu oft, nach seinem Geschmack. Bei denen war es das Konzept. Sie meinten sich dadurch interessant zu machen. Jedenfalls war das die Erklärung, die er für sich gefunden hatte. Und jedenfalls war es mit diesen Frauen nie gut gegangen. Warum sagte man nicht einfach was man denkt und will? Mann oder Frau, was spielte das für eine Rolle. Nein, er hatte definitiv keine Lust mehr auf solche Spielchen.

Aber Nele war so nicht. Nein, nein. Jedenfalls tat sie es nicht aus Kalkül. Da musste etwas anderes dahinterstecken. Und er würde es herausfinden. Er würde es einfach in Kauf nehmen. Diese Beziehung zu Nele bedeutete ihm etwas. Nele bedeutete ihm etwas. Er würde sich in Geduld üben und den Dingen ihren Lauf lassen.

Ob Robert gemerkt hatte, dass sie länger bei ihm bleiben wollte. Nele war sich nicht sicher. Ich frag ihn später, ob er mich doch nach Hause fährt, dachte sie. Und ich werde morgen in der Firma anrufen und mich krankmelden. Genau so mach ich das. Ich muss kein schlechtes Gewissen haben, denn er hat ja gesagt, dass er gerne Auto fährt. Aber ich könnte ihn doch schon jetzt fragen. Nele kehrte um.

Du, ich wollte nur eben was fragen. Robert schaute hoch, ich dachte, du wärst schon oben. War ich auch fast, aber du, ich weiß, es ist so dumm von mir. Würdest du mich immer noch nach Hause fahren wollen?

Dann könnten wir länger zusammen sein, ja?

Sie zog seinen Kopf zu sich und küsste ihn auf die Augen, auf die Nase und auf die Stirn. Robert hielt ihr seinen Mund hin. Und hier bitte, Nele küsste seinen Mund und Robert murmelte, natürlich bring ich dich nach Hause.

Nele war so erleichtert. Ich freu mich so, gut, dass ich dich jetzt gefragt hab. Ich geh jetzt schnell zu Sannah hoch, ja?

Na, dann mach mal, lachte Robert.

Sannah strahlte als Nele kam. Sieh mal was ich gefunden habe. Max, also mein Freund, hat sie mir mal mitgebracht. Er hat sie irgendwo abstauben können, und weil er meine Schuhgröße nicht wusste, hat er gleich alle genommen. Sie schob einen Karton mit Schuhen zu Nele hin. Bitte sehr, bedien dich. Das ist ja prima. Nele fand ein passendes Paar und zog sie sich an. Das Schnüren ist ja fürchterlich, ganz schön unpraktisch, beschwerte sich Nele beim Hantieren mit den Schnürriemen. Schon, meinte Sannah, aber dafür sieht es hinterher wunderbar aus. Jetzt geht es ans Schminken, rief Sannah, darauf freue ich mich schon. Darf ich dich schminken wie ich will? Nele lachte. Mach nur, aber wehe, wenn ich nicht schön aussehe. Dein Vater möchte mich als Königin der Nacht ausführen. Da wirst du ganz schön viel Arbeit haben.

Sannah war siegessicher. Das klappt schon, du wirst dich nicht beschweren. Unter Lachen und Geplauder verging die Zeit. Nele durfte sich dann im Spiegel besehen. Wow, das sieht ja toll aus! Sie wollte Sannah wild umarmen, aber rechtzeitig dachte sie an die mögliche Zerstörung des Geschminkten.... So, hier bitte, trag noch diesen Nagellack auf. Nele schnappte sich das Fläschchen mit dem schwarzen Lack und bestaunte sich im Spiegel wieder und wieder. Ich geh jetzt mal runter, ja? Nele war gespannt auf Roberts Meinung. Ja, Sannah nickte Nele zu, ich mach mich jetzt auch fertig.

Robert saß auf dem Sofa und las in einem Buch. Als Nele das Zimmer betrat schaute er auf. Gauguin, sagte er, und deutete auf das Buch. 'Sie hatte nächtelang geweint'. Du, ich möchte nie, dass du nächtelang weinen musst. Eine Nacht wäre schon zuviel. Und bitte nicht meinetwegen.

Dann aber nahm sein Gesicht einen strahlenden Ausdruck an. Du Nele, sagte er, würdest du mir den Gefallen tun und dich einmal um dich selber drehen ... Und Nele tat ihm den Gefallen, hob ihr Kleid leicht mit einer Hand an und drehte sich langsam, leicht, mit Grazie und Eleganz. Und auch ihre Augen strahlten, und Roberts Augen noch mehr. Komm setz dich zu mir, sagte er, aber, wie sie Anstalten machte sich gleich neben ihn zu setzen, nein, nein, nicht so dicht heran, du bist nun ein Kunstwerk und ich möchte dich zunächst aus einer gewissen Distanz bewundern, und außerdem, dein Make up darf keinesfalls zerstört werden, nun ja, vielleicht im Laufe der Nacht, da kommt es dann nicht mehr so darauf an, und, oh, deine Fingernägel, das sehe ich ja jetzt erst, die müssen bestimmt noch trocknen. Du, da hat sich Sannah aber ganz schön ins Zeug gelegt. Du siehst wunderschön aus. Nicht, dass du nicht sonst auch wunderschön aussehen würdest, eigentlich bist du mir im Normalzustand viel lieber, aber wir wollen uns einfach mal an unserer Kostümierung erfreuen. Was mich daran erinnert, dass ich mich auch noch verhübschen sollte, und er sah Nele ein weiteres Mal strahlend ins Gesicht, aber vorher wollte ich dir noch etwas sagen. Ich finde es schön, dass du dich umentschieden hast. Eigentlich finde ich Sannahs Vorschlag sehr vernünftig, auch wenn sie ihn etwas flapsig formuliert hat. Nun, vernünftig ist es ja eigentlich denn doch nicht, und wir sollten das keinesfalls wiederholen, aber für dieses Mal, da lass uns eben unvernünftig vernünftig sein. So können wir die Nacht unbeschwert genießen, und die Tage danach. Ich will nur hoffen, dass du keinen allzu großen Ärger mit deiner Firma bekommen wirst. Für mich wird es auch nicht einfach werden. Abgesehen von der Arbeit, die auf mich wartet, werde ich die Spötteleien meiner Kolleginnen und Kollegen über mich ergehen lassen müssen, denn ich werde dich nicht verheimlichen können, es besteht auch keine Veranlassung dazu, zumal in meinem künftigen Verhalten ein gewisser Hang nach Düsseldorf Ausdruck finden wird. Und er lachte und sah zu Nele hinüber. Du, sagte er, bevor ich nun nach oben verschwinde, bekomme ich da vielleicht einen ganz vorsichtigen Kuss? Und er stand auf und beugte sich zu Nele hinunter.

Ja, Nele hauchte einen federleichten Kuss auf seinen Mund. Dann lachte sie. Hah, ich könnte dich ja mal richtig abknutschen. Dann sähen wir beide so richtig schön verkommen aus. Überhaupt, ich muss noch etwas Wichtiges nachholen, irgendwann heute Nacht. Was denn nachholen, fragte Robert. Ich hab dir noch gar keinen Knutschfleck verpasst. Früher fanden die Jungen das doch so wichtig, lachte Nele. Ist das heute nicht mehr so? Also, du hast Ideen, da muss ich mich ja schwer in Acht nehmen später. Womöglich wirst du noch zum Vampir. So, ich geh jetzt nach oben.
Nele, stand auf und sah an sich runter. Die Nägel schienen getrocknet zu sein. Auf jeden Fall besorge ich mir schwarzen Nagellack, dachte sie. Der sieht richtig cool aus. Es dauerte nicht lange, da kam Sannah die Treppe herunter. Wow, sie war bildschön. Nele war ganz begeistert. Du siehst ja toll aus, bewunderte sie Sannah.
Die lachte. Das ist eine meiner leichtesten Übungen, das geht bei mir ganz schnell. Wo bleibt denn mein Väterchen, fragte sie, und gab sich die Antwort gleich selbst. Klar, er macht sich auch fein. Freust du dich wenigstens etwas, fragte sie Nele. Na hör mal so Nele, ich freue mich total. Da kam auch Robert die Treppe herunter. Er sah wirklich umwerfend aus. Du bist aber schick, so Nele, ich könnte mich glatt in dich verlieben.

Ja, freute Robert sich, das mach mal, aber nur, wenn ich mich auch nochmal in dich verlieben darf. Heute sind wir ganz besondere Liebende, weil, so wie jetzt, werden wir uns wohl nicht so bald wieder vor Augen kommen. Du, ich drehe mich auch mal, ja? Tat es, und drehte sich so geschickt, dass er direkt neben Nele auf dem Sofa landen konnte. Da mussten sie beide lachen. Und mir ist sogar die Krawatte gelungen, sagte Robert stolz, und schmiegte sich noch näher an, damit Nele es nur ja gebührend bewundern konnte. Allerdings, fügte er mit einem Seitenblick auf seine Tochter hinzu, wird Sannah wohl nicht ganz einverstanden sein, das ist nämlich so eine altenglische Sorte, und ich komme nichtmal mit den modernen Vertretern dieser Spezies zurecht ...

Doch Sannah schüttelte nur den Kopf. Heute ist alles erlaubt sagte sie.

Und ich habe uns, sagte Robert an Nele gewandt, zwei schwarze Capes bereitgelegt, da wirst du staunen.

Prima, sagte Sannah, da können wir dann ja los, Pizza essen, das wollte der Herr doch, nicht wahr, und darum darfst du uns beide Schönen nun dazu einladen, ich kenne da so eine location auf dem Kiez ... sprachs und reichte, noch eh ihr Vater reagieren konnte Nele die Hand um ihr beim Aufstehen behilflich zu sein. Die das lächelnd und mit einem koketten Seitenblick auf Robert, ganz so, wie es einer Königin der Nacht zustand, geschehen ließ.

Im Flur allerdings durfte Robert Nele und sich von Nele das Cape umhängen lassen.

Bombastisch. War Sannahs Kommentar. Sie schien mit ihrem Werk zufrieden.

Schön, sagte Robert. Aber hallo! sagte Sannah.

Sie gingen hinaus in den Abend. Der angebrochen war. In der Einfahrt stand Sannahs bunter VW-Bus. Der leuchtete. Bunt? Ja. Sannah zuckte mit den Achseln als ob sie eine Frage gehört hätte. Aber niemand fragte.

Ach, tanzen ... ich möchte bitte tanzen ...

Wie?

Du, der ist jetzt nicht zu gebrauchen, sagte Sannah, abgetaucht in irgendeinem Wunderland, komm, hak dich bei mir unter, wir gehen voraus. Er kann uns ja die Schleppe tragen. Und so schritten die beiden Mädchen kichernd voraus. Ein etwas fassungsloser Robert hinterdrein.

Was sich in der Bahn dann aber änderte. Da durften die beiden Frischverliebten wieder nebeneinander Platz nehmen.

Sannah fischte sich Ohrstöpsel aus dem Mantel und gab durch eine großzügige Gebärde zu verstehen dass Robert eventuell wieder Chancen bei Nele haben könnte.

Du, die ist aber auch …, flüsterte dieser Nele ins Ohr. Du hast einen ganz schönen Schlag weg bei ihr, das kann ich dir sagen, na, ich kanns ja verstehen … und nestelte etwas an seinem Cape herum. Hmm, meinte er dann, das ist bestimmt zehn Jahre her, dass ich zuletzt auf so einer schwarzen Party war, zehn Jahre, inzwischen bin ich ein gesetzter älterer Herr, aber ach, was solls, wir machen uns doch immer noch ganz gut, finde ich, und es wird riesig werden, da bin ich mir ganz sicher, mit uns beiden …

Duu, meinte Nele dazu, ich hab ja irgendwie das Gefühl, dass die Leute so kucken …

Ach was, meinte Robert, das sind Hamburger, die kucken nicht. Und dann begannen sie ganz unghörig wild zu kichern.

Was Sannah aufmerken ließ. Die zog sich einen ihrer Ohrstöpsel raus. Was? fragte sie. Und Robert wiederholte es ihr. Da bleckte Sannah ihre Zähne. Sannah hatte es nicht so mit Piercings. Aber einen kleinen Ring in der Unterlippe hatte sie. Und ihre Lippen, dunkles Rot mit schwarzer Umrandung, dazu ihre weißen Zähne, die nur umso weißer schimmerten.

Du, meinte Robert. Die könntest du dir eigentlich bei Gelegenheit spitz zupfeilen lassen …

Da bringst du mich auf eine Idee, war die Antwort, aber nicht mit mir, ich bin eine seriöse Geschäftsfrau, bleckte nochmal und steckte sich den Stöpsel zurück.

Es war schon wirklich etwas strange, hier in der Bahn mit so einem outfit zu sitzen. Nele stellte sich kurz vor, was ihre Bekannten dazu sagen würden. Alles nur Neid, lachte sie und sah Robert an. Der blickte fragend, und Nele klärte ihn auf.

Dein Sohn würde sich sicher auch wundern, dich so zu sehen, oder? Nele lachte. Ja, er würde mich wahrscheinlich für durchgedreht halten. Aber ihn würde es nicht stören. Weißt du, ich finde dich einfach klasse, flüsterte Nele. Ich kenne keinen Mann, der sowas in deinem Alter abziehen würde. Was soll das denn heißen, in meinem Alter, grummelte Robert. Überhaupt, ich hab dich noch nicht nach deinem genauen Alter gefragt, fällt mir dabei ein. Das ist auch unwichtig, lachte Nele. Oh nein, das ist sehr wichtig, so Robert. Womöglich wollen sie dich in der Prinzenbar nicht hereinlassen, weil sie meinen du seist minderjährig. Da kann ich sie ruhigen Gewissens aufklären. Dafür fing er sich einen Knuff ein. Also, ich hab ja keine Probleme mit dem Alter. Robert beugte sich zu Nele, darf ich mich vorstellen, mein Name ist Robert, geboren am 7.2.1961. Hah, so Nele, ich hab erst recht keine Probleme mit dem Alter, weil man es mir gar nicht ansieht, kokettierte sie. Mein Name ist Nele, geboren am 3.5.1961. Das Letzte flüsterte sie aber nun wirklich sehr, und Robert musste nochmal nachfragen. Leise, er fing sich den nächsten Knuff ein. Es muss doch niemand hören. Und meine Glückszahl ist sieben, setzte sie lachend hinzu. Wie

Glückszahl, ich hab keine, so Robert. Doooch, so Nele, sag nochmal dein Geburtsdatum. Robert wiederholte das Datum und Nele überlegte mit schiefgelegtem Kopf. Deine Glückszahl ist acht. Wie kommst du denn darauf, fragte Robert. Jaa, so Nele, das ist mein Geheimnis. Du kannst ja versuchen es zu ergründen. Und beide lachten.

Nele sah Sannah die Ohrstöpsel rausnehmen. Ihr Lieben, an der nächsten Haltestelle steigen wir aus.

Ach ja, Reeperbahn, sagte Robert. So, von nun an werden wir ganz bestimmt nicht mehr auffallen. Ich habe mich übrigens längst wieder daran gewöhnt. Außerdem finde ich uns eher elegant als schräg, da wird uns im Laufe der Nacht Schrilleres begegnen.

Und so folgten sie denn Sannah zu ihrer ´location´, die in einer Seitenstraße lag. Da war es ganz schön voll. Der Laden schien angesagt zu sein. Jedenfalls bei denen, die ähnlich gekleidet waren wie sie.

Hier fühlt man sich ja wie zu Hause, schmunzelte Nele, und drückte Robert die Hand. Der wollte schon laut loslachen, zog es dann aber vor das hervorsprudelnde Lachen in ein dezentes Kichern übergehen zu lassen, als er Sannahs strengen Blick auffing.

Die Pizzen, die die drei sich bestellten, waren ausgezeichnet. Und zum Abschluss orderte Sannah für alle einen doppelten Espresso. Ein ´must be´, wie sie sich ausdrückte, und keinen Widerspruch zuließ. Und wie der Kaffee vor ihnen stand ihre Arme vor der Brust verschränkte und Nele und Robert forschend anblickte. So, ihr Zweibeiden, sagte sie dann, nun erzählt mir mal, wie ihr euch kennengelernt habt, wie ihr euch eure Zukunft vorstellt und ob das etwas Solides mit euch ist, eine Tochter hat ein Recht so etwas zu erfahren.

Da musste Robert aber doch laut lachen. Nichts da, sagte er, wenn wir eine Brautjungfer benötigen, bekommst du als erste Bescheid.

Ah, freute Sannah sich, das ist gut, ja, ich, und Janne natürlich, und ... sag, wandte sie sich Nele zu, hast du denn auch weibliches Personal zu bieten? Wartete allerdings, weil Nele unschlüssig blickte, eine Antwort nicht ab. Ach was, erklärte sie mit einer ausladenden Handbewegung, je mehr desto besser. Und ich werde natürlich für die Kleiderfrage zuständig sein, rosa, außer mir natürlich, ja, traumhaft ...

Sannahs Begeisterung schien keine Grenzen zu kennen, ein Überschwang, den Robert zu dämpfen versuchte, was ihm aber nicht gelang. Als er jedoch feststellen konnte, dass es Nele nichts auszumachen schien, ließ er seine Tochter gewähren.

Sie machten sich aber auch bald auf den Weg.

Wie sie auf die Straße traten und Robert Nele in den Arm nehmen durfte, flüsterte er: Du, sag mal, mit den Glückszahlen von vorhin, du, ich habe hin und her überlegt, aber ich glaube, ich bin da etwas dusselig, ich krieg das einfach nicht raus. Sag mal, hat das eine Bedeutung für dich? Ach, und noch etwas, eh ich das vergesse. Weißt du was, ich finde das total toll, dass wir gleichaltrig sind. Und weißt du was noch, ganz ehrlich, ich weiß nicht, ob du jünger aussiehst, ich kann das nicht beurteilen und für mich spielt es auch gar keine Rolle. Ich finde dich so wie du bist wunderschön, und – du – versuche nur ja nicht dich jünger zu machen, wie stehe ich denn dann da neben dir?

Ach du, Nele sah ihn an. Ich finde dich auch so süß. Und ich mag dich wie du bist. Du gefällst mir. So einfach ist das. Bei dem Wort süß sah Robert etwas verwirrt aus. Nele merkte es natürlich und zog leicht die Augenbrauen hoch. Ja, wiederholte sie, ich finde dich süß. Robert blieb nur ein Lachen. Und die Glückszahl erklär ich dir jetzt. Du addierst die Zahlen deines Geburtstages. 7+2+1+9+6+1=26 danach die Quersumme 2+6= 8. Es hat aber nur die Bedeutung, die man sich selbst dazu denkt. Und es ist sowieso eine Erfindung von mir, Nele lachte.

Auf jeden Fall ist deine Tochter total nett. Ich mag sie schon jetzt. Aber rosa wird mein Kleid auf keinen Fall. Sie lachte, das heißt, und sie merkte wie ihr heiß wurde, man weiß ja auch gar nicht ob es soweit kommt. Tja, so Robert, das weiß man wirklich nicht. Aber vielleicht wissen wir es irgendwann. Und das Wörtchen wir betonte er besonders. Nele küsste ihn ganz vorsichtig. Das Lippenrot musste ja erhalten werden. Aber sie drückten sich beide die Hand, und ließen sich nicht los.

Sannah drehte sich um. Na, alles klar bei euch beiden? Ich freu mich schon. Lass sehen, ob noch alles sitzt bei euch. Sie drehte Nele zu sich und fand alles bestens. Auch an Robert gab es nichts auszusetzen. So, wir sind gleich da. Bin gespannt, wen wir alles treffen.

Uh! Was ist das denn, hey, warum hat mir denn keiner was gesagt! Rief Nele überrascht auf und knuffte Robert zugleich empört in die Seite.

Der sich zur Seite drehte und ein Pokerface aufsetzte. Das Haus leuchtet in strahlendem Türkis. So war die Farbe des Anstrichs und so wurde es zusätzlich noch bestrahlt.

Haha! Überraschung! Jubelte Sannah. Sei froh. Letztes Jahr waren wir noch ganz in Pink. DAS hättest du mal sehen sollen! Aber so ists auch ganz schön. Und warte nur, wenn wir erst drinne sind. Das war nämlich mal ein Kino, das hier, eines der ersten in Deutschland, 1906 gebaut, ein richtiger Filmpalast. Ist es immer noch. Alles erhalten geblieben. Gewölbte Decken, viele, viele Spiegel, alle verziert, alles verziert, Stuck von oben bis unten, und die Bar erst, ich kann dir sagen, ein Gedicht. Jugendstil vom Feinsten.

Komm! Sagte sie und führte Nele dem Eingang zu, ihrem Vater solch profane Formalitäten wie Eintritt zahlen überlassend.

Die Jungs am Einlass nickten ihnen auch nur freundlich lächelnd hinterher, man kannte sich in dieser Szene.

Nele war entzückt. Diese Verzierungen, so verspielt, überall Treppen, Auf – und Abgänge, allegorische Figuren aus Gips, in Nischen, überall, und die Kronleuchter erst!

Na, meinte Robert, der sich von hinten herangeschlichen hatte und Nele in den Arm nahm und herumdrehte.

Toll! Und sie schlang Robert ihre Arme um den Hals und schenkte ihm einen langen, langen Kuss.

Du! Das ist sooo schön! Aber das Licht, sagt mal, warum denn rot, ich dachte immer …

Aber Sannah lachte nur und wandte ihrem verdutzten Vater kurzerhand die Geliebte aus den Armen.

Du, sagte sie, es gibt keine Regeln. Allein die Schönheit zählt. Und du bist schön. Ihr beide seid schön. Darauf allein kommt es an. Freut euch darauf. Ich bin dann mal weg. Daddy wird es dir erklären. Wir sehen uns, ja? Sprachs, drehte sich um und verschwand mit einem winkenden Arm in der Menge.

Duuu … meinte Nele.

Ja, meinte Robert, ich wills dir erklären. Und keine Bange, die stöbert uns schon wieder auf. Aber weißt du, für Sannah ist das so etwas wie ein Geschäftstermin hier. Was denkst du, warum die extra deswegen hergekommen ist, ganz bestimmt nicht, um uns in flagranti zu überraschen … eine Bemerkung, die ihm ein leichtes Knuffen eintrug … na ja, so halbwegs. Aber schau doch mal, diese wundervollen Rokokokostüme zum Beispiel, die finde ich besonders schön, und Sannah ist eine Spezialistin darin sie zu schneidern. Und diese Kostüme kosten eine Stange Geld, allein das Material. Aber die Leute, die hierher kommen, die geben gerne eine Menge Geld für ein schönes Kostüm aus, und ich wette mit dir, dass Sannah bis morgen früh einige neue Aufträge an Land gezogen haben wird. Und dann darf sie uns zum Frühstück einladen, das sage ich dir, ihren armen alten Vater dermaßen schamlos auszunehmen, Ungeheuerlichkeit!

Aber er grinste übers ganze Gesicht wie er das sagte, und der Stolz auf seine Tochter war ihm deutlich anzumerken. Wofür ihn Nele mit einem weiteren Kuss belohnte.

Den Robert gerne entgegennahm.

Duuu, sagte er dann, lass uns mal an die Bar gehen. Ein Cocktail, zum Abkühlen und Warmwerden zugleich, das wäre jetzt genau das Richtige. Es ist ja noch recht überschaubar hier. So richtig losgehen wird es erst gegen Mitternacht. Es sind ja doch alles Kinder der Nacht. Duu, einen Mojito würde ich jetzt gerne trinken. Dann könnte ich dich mit minzigen Küssen verwöhnen. Es sei denn, du verabscheust Minze. Dann müsstest du entscheiden.

Die wären mir sehr recht, lachte Nele, also die minzigen Küsse, meine ich. Wie toll es hier ist. Ich kann nur staunen. Über die Architektur. Über die umgesetzten Fantasien der Menschen. Ich würde mich am liebsten mit jedem freuen, der mich anlacht. Natürlich lachst du am schönsten, setzte Nele hinzu, als sie Roberts Blick auffing.

Und überhaupt, mit dir hab ich bis jetzt nur Freude.

Und schau mal da vorne. Wie cool ist das denn. Da ging ein Pärchen mit Goldketten aneinander gekettet. Beide zeigten einen nackten Arm mit Tattoe. Er trug eine überdimensionale Schraube auf seinem linken Arm, und sie trug auf ihrem linken Arm die dazu passende Mutter. Ich frag mich, ob es Henna ist, meinte Nele. Aber es sieht aus, als wäre es gestochen. Da kannst du mal sehen, wir töricht man in der Jugend sein kann. Robert nahm sein Glas, und sah sehr belustigt aus. Also, so Nele, das ist nicht töricht, das ist Leidenschaft und Begeisterung und Ach und so.

Ach, so Robert, was du nicht sagst. Würdest du dich auch tätowieren lassen? Aus Liebe zu mir. Zum Beispiel: ich ein Hengst, und du eine Stute. Beide lachten. Sehr witzig, so Nele. Vor allem die Ausarbeitung der kleinen oder größeren Unterschiede.

Aber, was mir auffällt, so Nele. Hier sind tatsächlich sämtliche Altersklassen vertreten. Schau mal die Masken von den beiden, die sehen ja sehr kunstvoll aus. Ich persönlich mag keine Masken. Manche erinnern mich auch so sehr an 'Scream'. Also, du weißt Bescheid, mit Masken kannst du mich verscheuchen. Nele lachte, magst du Masken, Robert?

Ja, sagte Robert, ich mag Masken, nicht nur die aus der Südsee. Früher habe ich sie sogar gesammelt. Die Venetianischen hatten es mir besonders angetan. Du, die müssten dir eigentlich auch gefallen, nur leider kann ich sie dir nicht mehr zeigen, die haben nun die Mädchen unter sich aufgeteilt. Sonst hätten wir uns auch welche aufsetzen können. Weißt du, die mit den großen langen Nasen. Ich vermute allerdings, dass sie sich beim Küssen als äußerst hinderlich erweisen würden, stell dir das mal vor …

Und er veranstaltete eine Pantomime, indem er vorgab eine solch langnasige Maske zu tragen, sich Nele einmal von vorne, einmal von links, einmal von rechts zu nähern, doch nie gelang es ihm das ersehnte Ziel, ihren Mund, zu erhaschen, und der Ausdruck seines Gesichtes geriet immer verzweifelter.

Und Nele bekam Mitleid mit ihm, und, indem sie sein Spiel aufnahm, fasste sie nach seiner vorgeblichen Maske und streifte sie ihm in den Nacken.

So, sagte sie dann lachend, nun haben wir sie aus dem Weg geschafft.

Und Robert sagte: du bist ein praktisches Mädchen, tat nun so, als zöge er sich die Maske über den Kopf und legte sie auf dem Tresen ab.

Nun stört sie uns erst recht nicht mehr, weder beim Tanzen, noch beim Umarmen …

Und erst recht nicht beim Küssen, ergänzte Nele, und, um dies gleich zu demonstrieren, zog sie Roberts Kopf zu sich heran. Und sie schmusten und küssten und schmusten und freuten sich über ihre gelungene Vorstellung.

Und Robert wies ringsum und sagte: weißt du, das Ganze hier, die ganze Szene, und ich sage bewusst Szene, weil Sannah zum Beispiel wäre schwer empört, wenn man sie als gothic bezeichnen würde, aber wenn man sie fragte was dann, würde sie sich in Schweigen hüllen, sie neigen sehr dazu sich zu mystifizieren, allesamt kleine Narzissten sind es, und Selbstdarsteller. Aber der Ursprung, meine ich, und darauf wollte ich hinaus, worauf sich das bezieht, das ist das, was man im Englischen ´Gothic Novels´ nennt, aber auch Edgar Allan Poe und H. P. Lovecraft, es gibt natürlich noch mehr. Und es gibt die Musik, und die ist schön. Die neueren Gruppen, die kenne ich schon gar nicht mehr, manchmal nennt Sannah mir einen Namen, aber den vergesse ich gleich wieder, weil mir der Bezug dazu fehlt. Aber du wirst bestimmt auch manches wiedererkennen, das du früher einmal hörtest. Bauhaus und The Cure, Southern Death, aber auch U2, Depeche Mode und viele andere.

Was meinst du, wollen wir nun tanzen gehen, ausprobieren, wie wir uns damit anfreunden können, auf Entdeckungsreise gehen? Und … duu, wenn einer etwas ganz besonders schön findet, dann soll er es dem anderen ins Ohr flüstern, ja?

Nele sah Robert an. Ja, komm, wir gehen tanzen. Bin mal gespannt, ob es bei der von dir genannten Musik klappt. Sie lachte. Bauhaus Bela Lugosi's Dead, das passt hierhin, auch The Cure kann ich mir hier gut vorstellen. Aber in dieser Atmosphäre kommen manche Songs bestimmt extremer rüber, als zu Hause vorm CD Player. Und tanzen geht da ja auch nur allein, zum Glück sieht mich keiner, wenn ich in meinen Gefühlen schwelge. Aber gleich schwelgen wir ja zusammen, so Roberts Antwort. Er nahm Nele an die Hand und führte sie zur Tanzfläche. Die war schon gut gefüllt, und die Musik nahm die beiden gleich gefangen. Sie überlegten nicht lange, und begannen den Tanz. Nele sah Robert an, und konnte den Blick nicht von ihm wenden. Er sah so anders aus. Wie er zu dieser Umgebung passte. Seine Kostümierung machte ihn geheimnisvoll. Sie selbst fühlte sich auch eher unwirklich. So, als hätte etwas Fremdes sie angetastet. Schnell verscheuchte sie die Gedanken. Soweit kommt's noch, dachte sie. Fang jetzt bloß nicht an zu philosophieren. Fast wäre sie aus dem Takt geraten, aber eben nur fast. Robert schmunzelte, und, was denkst du so? Och, es kann ruhig so weiter gehen. Nur die Musik dürfte etwas schmusiger sein. Nele zupfte an ihrem Dekolleté herum. Sie strahlte Robert an. Okay, sitzt alles noch so wie es soll. Robert bewegte seine Hand Richtung Neles Brust. Nein, warte, murmelte er, hier stimmt etwas nicht. Von wegen, flüsterte Nele, und schob seine Hand nicht weg. Die beiden fanden einen eigenen Takt zur nächsten Musik ' Never let me down again' Depeche Mode. Das junge Pärchen neben ihnen, ließ sich durch nichts beirren. Die beiden hatten nur Augen für sich. Sehr cool sahen sie aus. Ganz schlicht ihr Kleid, mir einer überlangen Kette. Daran hing ein Kreuz. Die Augen lagen in Höhlen, wie blutunterlaufen sahen sie aus. Eine schwarze Rose war in ihre Haare geknüpft. Ein Piercing in der rechten Augenbraue. Er trug ein schmalgeschnittenes Hemd mit Stehkragen, und sein Gesicht war weiß geschminkt, nur die Augen waren tiefschwarz umrandet. Auch er trug eine Kette, daran hing ein mächtiger Stoßzahn. Er trug einen Zylinder. Dahinter tanzte eine Prinzessin mit sich selbst und der dazugehörige Prinz war auch nur mit sich selbst beschäftigt.

Robert nahm dies alles nur noch schemenhaft wahr, es war nicht viel mehr als eine Kulisse, die ihn umgab. Robert war ein Mensch, der sich ganz der Musik und dem Tanz hingeben konnte. Wenn ihm ein Song gefiel, wenn er sich einmal in dessen Rhythmus eingefunden hatte, dann war es fast wie ein tranceartiger Zustand, in den er geriet. Er vergaß dann alles um sich herum.
Nun, beinahe. Neles Gegenwart blieb ihm durchaus bewusst. Diese Losgelöstheit zu erleben und einen geliebten Menschen neben sich zu wissen, der dieses Gefühl mit ihm teilte, das war ihm neu, und es war ein wundervolles Erleben.

Denn dass es so war, spürte er von Anfang an. Selbst wenn sie sich im Gedränge der Tanzfläche verloren spielte das keine Rolle. Und wenn sie sich wiederfanden war es umso schöner. Ihre Blicke trafen sich und sie verstanden einer den anderen.

Es war überhaupt nicht nötig sie dazu im Arm zu halten.

Sie tanzte auch ganz ähnlich wie er, expressiv, mit ausgeprägten Arm- und Handbewegungen, doch ohne Allüren, ausgelassen, einzig der Musik folgend.

Und wenn sie nebeneinander tanzten, dann versuchte er sich in ihre Bewegungen einzufühlen, und sie tat es umgekehrt genauso, er spürte das, es brauchten keine Worte gewechselt zu werden, sie wurden eins im Tanz, sie waren sich so nahe wie nie.

Und wenn ein Stück zu Ende war, wenn sie leicht erschöpft und glücklich schnaufend nebeneinander standen um auf das nächste zu warten, und wenn die ersten Takte gespielt wurden, wenn sie feststellten, dass es eines war, das ihnen beiden gefiel, dann flüsterten sie sich ein ´oh, wie schön´ zu, oder drückten sich leicht die Hand, nahmen sich wohl auch in den Arm während der Pausen, und schon durfte es weitergehen.

Im Laufe der Nacht, als es sich allmählich zu leeren begann, erhielten sie mehr Platz auf der Tanzfläche, konnten den Raum ausnutzen, der sich ihnen nun bot, sich ausbreiten, umeinander drehen, sich in weiten Bögen voneinander entfernen, und sich wiederfinden.

Man merkt uns das Alter nicht an, dachte Robert glücklich, wir sind wie Teenager, ja, wir sind jung.

Für ihn war es eigentlich nie einer Überlegung wert gewesen, er hatte sich immer so gefühlt. Doch mit Nele hatte er nun jemanden gefunden, mit dem er nicht nur dieses Glücksgefühl des Tanzens, auch diese Bewusstheit teilen konnte. Unausgesprochen und wie selbstverständlich.

Nele fühlte sich so gut. Sie konnte tanzen. Sie konnte sich ausdrücken im Tanz. Sich einlassen auf die Musik und nur noch sich bewegen wie es einem in den Sinn kommt. Ach was, nichts ist da zum Sinnieren. Man muss nicht denken und überlegen. Man muss nur fühlen, sich innen aufspüren. Und das ist so wunderbar. Und hier war jemand der genau so dachte. Robert tanzte wie sie. Hingegeben an die Musik, sich selbst spürend und doch selbstvergessen. Es gab keine spöttischen Blicke. Sie waren sich alle einig. Das ist es, was mir an ihm so gefällt, dachte Nele. Er kann so 'er' sein. Und es auch zeigen. Und sie konnte 'sie' sein, und sie konnte es zeigen. Ohne Angst zu haben vor irgendwelchen Bemerkungen. Und wieder ein Stück das beiden gefiel. Sie flüsterte ihm ins Ohr, eins meiner Lieblingssongs. Und Robert nickte, und drückte sie kurz, und beide genossen den nächsten Tanz.
Von mir aus kann es immer so weitergehen, Nele lachte. Weißt du, ich versteh die Jugend so gut, wenn sie bei Techno so ausflippt. Stundenlang diese hämmernden Rhythmen. Und dann in Trance dazu tanzen, und nicht aufhören wollen. So wie wir.
Ich werd Sannah noch extra dafür drücken, dass sie uns hierhin entführt hat. Wo ist sie überhaupt?

Na, auf die brauchten sie nicht lange warten. Und sie hat sich von Nele auch gerne drücken lassen. Da strahlten sie beide übers ganze Gesicht. Und Robert freute sich fast noch mehr.
Ich habe euch beobachtet, sagte Sannah. Von meinem Daddy wusste ich es ja. Nun weiß ich es auch von dir,

Nele. Du kannst tanzen. Und noch eines weiß ich. Dass ihr richtig, richtig gut zusammenpasst.

Was Nele und Robert doch einigermaßen in Verlegenheit brachte.

Robert versuchte sich in der ihm eigenen Art zu fangen. Und, fragte er, warst du erfolgreich?

Ja, erklärte Sannah sich kurz, ich bin zufrieden. So, und jetzt gehen wir frühstücken, ihr müsst doch einen Bärenhunger haben, so wie ihr euch abgearbeitet habt.

Jetzt, wo du es sagst, meinte Nele, stimmt, ich habe tatsächlich Hunger wie eine Bärin.

Na, lachte Robert, dann will ich mal den Bären dazu abgeben.

Fein, sagte Sannah, dann mal ab zum Hans-Albers-Platz.

Oh ja, gute Idee, meinte Robert, es ist ja gerade mal die Straße runter, und dann lernt Nele den auch noch kennen, weißt du, sagte er, sich Nele zuwendend, da gibt es rundum ganz viele Bars und Clubs und eben auch Cafés, die sich ganz auf die Nachtschwärmer eingestellt haben, da findet sich jederzeit ein formidables Frühstück.

Sannah suchte sich ihren Mantel, Robert und Nele ihre Capes zusammen, die sich auch mühelos einfinden ließen, das war hier so, da kam nichts weg.

Und dann zogen sie los. Die frische Morgenluft machte sie ein wenig benommen. Einerseits war es mit etwas Wehmut behaftet, dass diese wundersame Nacht nun zu Ende ging, Robert sah es in Neles, Nele konnte es Roberts Augen absehen, doch sie hatten diese Nacht erlebt, es war etwas, woran sie sich beide festhalten, eine gemeinsame Erinnerung, die jeder für sich und in seiner Weise aufbewahren konnte.

Und dann machten sie sich über das Frühstück her. Das Frühstück der Bären.

Also, meinte Nele zwischendurch, wenn wir dann zurück sind, rufe ich bei meiner Firma an und melde mich krank.

Und ich schicke meinen Leuten eine Mail, sagte Robert.

Und dann dürft ihr euch ausschlafen, fügte Sannah fürsorglich hinzu. Und nicht vergessen Tante Doktor zu besuchen … ah, nein, darauf achte ich schon noch. Aber danach dürft ihr dann ungestört kuscheln. Ich bin dann weg. Ich fahr Pina besuchen und komme erst spät zurück.

Au fein, meinte Robert, das heißt … nicht, dass du uns stören würdest, aber Sannah legte ein sardonisches Grinsen auf, und morgen, Nele, machen wir es genauso, höchstens, dass wir mal etwas shoppen gehen, du weißt ja, die unnützen Dinge …

Da konnte man Sannah aber schallend lachen hören. Ach, Nele, sagte sie, immer noch prustend, du, den Wunsch darfst du ihm aber keinesfalls abschlagen. Ich glaube, das arme Väterchen ist da etwas traumatisiert. Weißt du, er hatte nie eine Frau, die er mal so richtig verwöhnen konnte. Früher, mit meiner Mutter, als es noch gut lief, da hatten sie kein Geld, und später hat er wohl nie die Richtige gefunden. Seine letzte Freundin, eine Ägyptologin, die war ja ganz nett soweit, aber ich glaube, die hatte nur Hieroglyphen im Kopf, das konnte nicht gut gehen. Also, du weißt Bescheid …

Ja, ich weiß Bescheid, lachte Nele, und dein Vater kennt schon einige meiner unnützen Dinge. Es ist bestimmt ein Leichtes noch ein paar davon aufzutreiben. Obwohl ich die unnützen Dinge immer sehr nützlich finde. Aber mir fällt schon was ein. Ich bin auf der Jagd nach einer LED Leiste. Sie kann man in Schubladen anbringen, und immer wenn man die Lade aufmacht schaltet sich die Leiste ein, automatisch, man muss nirgendwo draufdrücken. Und es gibt so kleine bunte Vögel aus Blech, die kann man mit einem Schlüssel aufziehen, und dann tapsen sie los und es sieht aus, als ob sie unentwegt picken. Und Robert, weißt du was auch toll ist? So ein Perpetuum Mobile. Da gibt es ganz tolle. Na, Väterchen, amüsierte sich Sannah, da bist du bei Nele ja richtig. Er schleppt nämlich auch gerne was Unsinniges an. Neulich kam er mit einem runden Aluplättchen an. Das kann man rollen, und steckt es dann in den Hals einer Weinflasche. Ungefähr die Hälfte, oder ein Viertel, oder was weiß ich muss oben rausgucken. Es rollt sich dann an der Innenwand etwas aus. Wenn man den Wein ausschenkt, kann nichts tropfen. Heißt ja auch DropStop. Der Wein läuft ganz geschmeidig darüber aus. Was macht mein Vater? Er steckt es irgendwann zu weit hinein. Und das Plättchen verschwand in der Weinflasche. Ich hab es aber gerettet. Die leere Flasche wurde mit einem Lappen umwickelt, und dann hab ich sie mit dem Hammer über der Mülltonne zertrümmert. Sannah prustete in einer Tour. Seit der Zeit wurde diese tolle Erfindung nicht mehr benutzt. Sie liegt wohlverwahrt im Schrank.

Unterdessen hatten sie zu Ende gefrühstückt, und sie beschlossen aufzubrechen.

Robert erwachte. Dieselbe Stimme, die gestern mit einem fröhlichen 'Juchhu!' zur Tür hereingeschneit kam, stand nun davor und ließ ein ähnlich frohlockendes 'Zweites Frühstück!' hören.

Robert rappelte sich auf.

Oh, dieses Ungeheuer! stöhnte er.

In seinem Rücken ließ sich ein leichtes Kichern vernehmen.

Nele! Die lag da, seitlich, den Kopf in die Hand gestützt, und schien sich königlich zu amüsieren.

Na, wie sehe ich aus? wollte sie wissen.

Wie eine Königin der Nacht. Davon habe ich immer geträumt. Aufzuwachen, und eine schöne Fremde liegt neben mir im Bett.

Ha! rief Nele empört. Das geht ja gut los. Schon sieht er sich mit fremden Frauen im Bett. Na warte, dir werd ichs zeigen! Sprachs, und machte sich ohne Umschweife über Robert her.

Hilfe! rief der.

Na prima, ließ sich die fröhliche Stimme von außen vernehmen. Da ist ja Leben in der Bude. Ich warte unten auf euch.

Währenddessen Robert gnadenlos durchgekitzelt wurde.

Oh! Uh!

Na, wie ist das nun?

Ich weiß von nichts …

Oh, leugnen tut er auch noch!

Nein! Halt!

Keine Gnade.

Nele! Bitte!

Na schön. Aber die Sache hast du noch nicht ausgestanden.

Auweia!

Selber schuld!

Du, komm, lass uns runtergehen, duschen können wir danach noch.

So, wie ich aussehe? Ich hab mich nichtmal abgeschminkt.

Königin der Nacht.

Schöne Fremde, wolltest du wohl sagen …

Nele, bitte …

Na schön.

Du, ich habe da mal einen Kimono geschenkt bekommen, in Türkis und hellen Grüntönen, sehr schön, also für mich ist das nichts, dir wird es aber bestimmt wunderbar stehen.

Du versuchst abzulenken …
Tu ich nicht.
Komm her, du …
Nein, Nele, lass uns vernünftig sein.
Ach was, immer willst du vernünftig sein …
Nele …
Und dann findet man dich mit fremden Frauen im Bett.
Also Nele …

Ooch, also Nele, sagt er. Aber von wegen, damit ist es nicht getan.
Nele kniete sich neben ihn und hielt seine Hände fest.
Du schwörst jetzt.
Ich kann gar nicht schwören, du hältst mir die Hände fest.
Egal, du schwörst jetzt. Ich werde niemals eine fremde Frau in meinem Bett dulden.
Ja, musst du ja auch nicht, brachte Robert gerade noch hervor.
Sooo, du nimmst mich nicht ernst, warte. Und Nele fing wieder an ihn zu kitzeln.
Robert versuchte aufzustehen, aber Nele setzte sich einfach auf seinen Bauch.
Erst der Schwur, dann geb ich dich frei.
Robert versuchte, so gut es ging, feierlich auszusehen.
Ich schwöre, dass ich nur bekannte Frauen in meinem Bett dulden werde.
Das war dein größter Fehler. Ich bleibe sitzen. Und du musst jetzt gar nicht …
Was muss ich nicht, Robert zog Nele zu sich hin, du bist es selber schuld. Man setzt sich nicht einfach auf einen Männerbauch …
Und es artete in langen Küssen aus, und das war noch der harmlosere Teil …

Du, ich beeil mich beim Duschen, so Nele. Gibst du mir den Kimono? Anziehen kann ich mich ja später.

Hoffentlich ist Sannah nicht total sauer.

Nele verschwand im Bad, und Robert suchte den Kimono. Kimonogewandet begrüßte sie dann Sannah. Dein Vater kommt auch gleich. Er duscht noch kurz.

Sannah hatte den Frühstückstisch gedeckt. Allzu viel hab ich im Kühlschrank nicht gefunden. Aber ihr wollt ja sowieso shoppen gehen. Du bist eine richtig Nette, weißt du das? Nele sah Sannah an. So eine Tochter hätte ich auch gerne.

Hast du Kinder? Ja, ich hab einen Sohn. Tim, aber der ist auch nett. Nele lachte. Du wirst ihn bestimmt mögen. Zu allen Schandtaten aufgelegt, und immer gut gelaunt. Sannah lachte, wenn er auf seine Mutter kommt, kann ich mir das gut vorstellen.

Ahh, Väterchen ist auch schon da. Wie gütig, dass du schon kommst. Ich bin fast verhungert. Robert schmunzelte, und nahm seine Tochter in den Arm. Guten Morgen, du Biest.

Ou, üppig sieht das ja nicht gerade aus. Na, macht nichts, wir gehen nachher noch einkaufen. Aber das große Shoppen findet erst morgen statt. Dafür braucht man Zeit und Muße. Bei Frau Dr. Reinhard habe ich uns bereits angemeldet. In zwei Stunden kann sie uns zwischenschieben. Und Umschläge für die Krankmeldungen habe ich auch schon frankiert, die brauchen wir später dann nur noch auszufüllen und einzuwerfen. Cool, was? Robert war guter Laune.

Okee, meinte Sannah, nach dem Frühstück bin ich weg. Ich komm dann aber doch nicht so spät erst nach Hause, ich soll morgen zum NDR, also Vorsicht, dass ihr mir keine Dummheiten macht.

Nele ließ sich auf das Spiel ein.

Wiiiir ..., dehnte sie unschuldig, aber nie im Leben ...

Sie waren alle drei guter Laune. Und Nele zeigte Robert kalte Schultern und warf kokette Blicke. Was sich im Kimono besonders reizvoll machte. Sollte der doch mal sehen ...

So verging die Zeit wie im Nu, so dass sich schließlich alle drei gemeinsam auf den Weg machten.

Das Frühstück morgen geht auf dich, Väterchen, rief Sannah noch.

Auf uns, rief Nele ihr hinterher, und Sannah lachte und warf ihr eine Kusshand zu.

Roberts Hausärztin machte kurzen Prozess mit den beiden. Sie bekamen einen ordentlichen Schnupfen attestiert und Robert zusätzlich die Leviten gelesen. Zum Wohle des Hamburgischen Museums für Völkerkunde. Auf dass es blühe und gedeihe und nicht unter liebeskranken Kuratoren zu leiden habe. Robert versprach Läuterung.

Im Wartezimmer wurden die Couverts ausgefüllt, zugeklebt, fertig.

So, meinte Robert, wie sie denn auf die Straße traten, die bringen wir schnell zum nächsten Briefkasten und dann geht es einkaufen. Was meinst du, Nele, wir machen es einfach und ohne Brimborium, das müsste dir doch gelegen kommen. Pasta und eine fertige Soße, dazu Salat. Und natürlich einen Tiramisu zum Nachtisch. Wo wir doch zwei solche Schleckermäuler sind. Es sei denn, du hättest eine bessere Idee. Ach ja, und für morgen zum Frühstück noch so einiges. Aber dann ist gut. Dann widmen wir uns ausgiebig unserem Heilungsprozess.

Außerdem werde ich das Gefühl nicht los, als hätte ich noch etwas gut zu machen bei dir ...

Nele schaute Robert an. Genauso machen wir das. Auch das Essen find ich in Ordnung, nur bitte für mich keinen Tiramisu. Sie kauften die erforderlichen Sachen ein. Auch für das Frühstück am nächsten Morgen war nun bestens gesorgt. So, die Rechnung geht auf mich, Nele steuerte die Kasse an, und duldete keinen Widerspruch.

Zuhause angekommen wurden die Sachen ausgepackt und an Ort und Stelle verbracht. Weißt du, was ich schön finden würde? Nele sah Robert zu, wie er die Spülmaschine ausräumte. Ja, weiß ich, so Robert. Sag bloß, was finde ich denn schön? Warte, sagte Robert und drückte Nele den Behälter mit dem Besteck in die Hand. Du findest es schön, wenn du das Besteck einräumen kannst. Haha, sehr witzig, lachte Nele und fing mit dem Einsortieren an.

Robert hakte nach, was würdest du denn schön finden. Ich fände es schön, wenn wir zusammen am Kamin sitzen würden. Ich weiß, fügte Nele hinzu, es ist hellichter Tag. Aber dann könnten wir wieder eine Bettenburg bauen und Musik hören. Wir könnten erzählen, und du, das du betonte sie, du könntest bei mir auf den Rücken malen.

Oder ist das zu kindisch, Nele zweifelte etwas. Wir können natürlich auch über weltbewegende Dinge sprechen, ohne Bettenburg, aber sehr gesittet. Oder wir könnten gemeinsam einen Film ansehen, aber den dann mit Bettenburg.

Oder wir spielen etwas. Mensch ärger dich nicht, oder ein Kartenspiel. Oh ja, kannst du Karten legen? Ich kann das nicht. Dann könntest du mir mein Schicksal vorhersagen.

Au ja, sag, dass du es kannst. Das wär toll. Damit könnten wir anfangen.

Und, sie sah Robert an, der nun endlich mit dem Einräumen fertig war, was meinst du dazu?

Ich meine dazu, dass das eine tolle Idee ist, nur hätte ich eine Programmänderung vorzuschlagen. Das Kartenlegen verschieben wir auf später. Wenn wir gegessen haben und es dunkel geworden ist. Dann aber werden wir Kerzen anzünden, auch die am Klavier, und Räucherstäbchen natürlich. Den Kamin aber werde ich jetzt schon bestücken. Und du baust uns eine romantische Bettenburg. Und dahinein wollen wir uns einkuscheln, und Musik hören, und in die Augen wollen wir uns schauen, ganz tief, und ganz lange, und dein Haar, ich liebe den Duft deines Haares, deine Lippen, dein Mund, und im Arm wollen wir uns halten, ganz fest, ach Nele, ich liebe dich so sehr ...

Ach, Robert, ich liebe dich auch so sehr. Nele stand vor Robert, und er schloss sie in seine Arme. Nele küsste in sein Gesicht alles Zarte, alle Sehnsucht, alles Glück. Robert war ganz selig und Nele war es auch. Du, ich bau uns die Kuschelburg und ich kriech dann in dich hinein. Dann bin ich immer bei dir. Schade, dass das nicht geht. Es wäre so wunderbar.

Ach du, Robert schaute sie an, ich bin so froh, dass wir uns kennengelernt haben. Nele löste sich von ihm, und fing an die Kissen zu stapeln. Robert kümmerte sich um den Kamin und holte sein Tablet.

Wo waren wir gestern eigentlich stehengeblieben in unserer Playlist, Robert schaute Nele fragend an. Bright Eyes war wohl das letzte Lied. Es ist mir gleich, Robert, stell du was Schönes an, und wir hören dann zu. Und jetzt,

Nele lachte, nimm Platz. Robert suchte noch nach einer geeigneten Sitzposition, als er sich von Nele umarmt fühlte. Komm endlich, Nele zog ihn stürmisch zu sich hinunter. Robert landete unsanft auf einem Kissenstapel und wollte sich gerade beschweren, als er sah, wie Nele anfing es sich gemütlich zu machen. Sie rückte nahe an ihn heran und legte ihren Kopf in seinen Schoß. Warte, so Nele, ich dreh mich etwas, dann kannst du besser kraulen. Wieso ich, schmunzelte Robert, fing aber umgehend damit an.

Nach einer Weile setzten sie sich gerade hin, lehnten ihre Köpfe aneinander und lauschten der Musik. Nele genoss jeden Augenblick und manchmal musste sie fast weinen vor Glück, wenn die Musik so gefühlvoll war. Die beiden sahen sich an, und nahmen sich in den Arm, und konnten in ihren Augen alles lesen, was sie sich so sehr wünschten...

Nele, weißt du was, sagte Robert nach einer Weile, ich finde uns total unmöglich. Ich meine, Menschen unseres Alters, die sollten gravitätisch im Gartenstuhl sitzen und ihre Enkelkinder schaukeln, ach so, du hast ja gar keine, und ich habe auch nur eins, aber was ich damit sagen wollte, also, stattdessen wälzen wir uns hier auf den Kissen und Decken wie auf einer 70er Jahre Party, und die Kerzen und die Räucherstäbchen, die kommen erst noch, oh Gott, oh Gott, wie das erst werden soll, aber ich finde das total richtig, ich finde dich richtig, ich finde mich richtig, ich finde uns richtig, und ich habe mich noch nie so wohl und glücklich gefühlt, und, du, ich müsste dir jetzt unbedingt mal den Bauch küssen, und meinen Kopf auf deinen Bauch legen, weil, der ist so wunderbar weich und warm, und wenn ich meine Hände dann etwas höher wandern lasse, und vielleicht einen Knopf deiner Bluse öffne, dann musst du ganz ernst und still bleiben, du, und wenn ich dann einen zweiten öffne, darfst du keinesfalls laut schreien, es hört dich ja sowieso keiner, und jeder Widerstand ist zwecklos …

Vor allem das Letzte hört sich wirklich nach einer wilden Jugendparty an, lachte Nele. Nur, dass ich keinen getroffen habe, der es mir so nett vorher erklärt hat. Aber war vielleicht auch besser. Von so einem offensichtlichen Lustmolch hätte ich mich sofort entfernt. Schließlich hatte ich Anstand.

Soo hör auf, ich warne dich. Nele schubste Roberts Hand weg, ziemlich zaghaft allerdings, und beide lachten.

Siehst du, so Nele, ich bin immer noch anständig. Aber du solltest dich schämen. Ich hätte nie gedacht, dass sich ein Opa so unmöglich benimmt.

Ein Opa benimmt sich nicht unmöglich. Er benimmt sich erfahren. Und das ist ein großer Unterschied. Robert schob seine Hand wieder da hin, wo sie vorher war. Schließlich hat er im Laufe seines Lebens, viele Knöpfe kennengelernt.

Hah, so Nele, wie unpraktisch. Ich hab sowieso lieber T-Shirts an. Darin fühl ich mich viel wohler. Und außerdem gib mal nicht so an. Oder hast du wirklich so viele kennengelernt?

Robert antwortete nicht sofort, anscheinend gab es doch noch unbekannte Knopfarten...

Antworte mir, wehrte sich Nele lachend.

Nein, sagte Robert, eigentlich nicht. Andererseits bin ich seit 25 Jahren Single, aber weißt du, es interessiert mich gar nicht mehr, erst recht nicht, weil es eine so schöne

Gegenwart gibt, und auch von dir will ich es gar nicht wissen, es sei denn, da wäre etwas, das dir auf der Seele brennt, dann sollst du natürlich darüber sprechen.

Ansonsten könntest du mir erzählen, wohin du in Urlaub gefahren bist, und wo es dir besonders gut gefallen hat, auf dem Mount Everest zum Beispiel, oder was du in deiner Freizeit gerne unternimmst, was deine Hobbys sind, dass du eine leidenschaftliche Tiefseetaucherin bist, das alles weiß ich doch gar nicht von dir.

Schau mal, dass du lieber T-Shirts als Blusen trägst, das war doch schon mal ein sehr wesentlicher und irgendwie auch beruhigender Hinweis angesichts der Schwierigkeiten, in denen ich gerade stecke, fuhr Robert, der sich noch immer vergebens mit dem zweiten Knopf abmühte, fort.

Und ich hätte dir zu berichten, dass ich gegenwärtig gar keine finsteren Absichten verfolge. Ich wollte eigentlich nur deine Brüste streicheln, denn auch die sind weich und schön, und womöglich wären sie beleidigt, wenn man sie nicht lobt und sich gebührend um sie kümmert.

So, so, dann erzähl ich dir mal von meinem schönsten Urlaub. Sag mal, Nele schaute sich Roberts Gewurschtel an, willst du den Knopf jetzt abreißen? Warte, ich knöpfe ihn freiwillig auf. Ach, weißt du was, ich zieh die Bluse jetzt aus. Sie ist gleich ganz knubbelig. Aber das ist noch lange kein Freibrief für obszöne Tätigkeiten. Beide lachten, und Nele kuschelte sich gleich noch dichter an Robert. Also, mein schönster Urlaub war am Lago Maggiore, aber das ist ewig her. Am allerliebsten bin ich in Holland, in Südholland. Ich liebe die Nordsee. Da kommt kein Lago mit.

Meine Hobbys kennst du doch schon. Ich interessiere mich für Kunst und für Glas. Da interessieren mich Paperweights sehr. Sie müssen aber rund sein, bzw. fast rund, sie stehen ja auf dem Abriss. Und natürlich Glasskulpturen aller Art. Und ich lese sehr gerne und liebe die Musik. Sportlich bin ich nicht, obwohl, ich schwimme gerne. Aber das tu ich so gut wie nie. Hab keine Zeit dafür. Und du, was machst du gerne, falls dir überhaupt die Zeit bleibt für Hobbys.

Ich, Robert schien amüsiert. Ich mag z.B. die K-Hobbys. Welche sind das denn, Nele wunderte sich. Küssen, Kuscheln, Knuddeln. So in etwa, Robert zog Nele an sich, und fing an sie zu küssen. Es dauerte recht lange, aber Robert war nicht schuld. Es gab sehr viele Stellen an Nele, die geküsst werden wollten.

Nein, mal im Ernst, meinte Robert, nachdem sie beide prustend und lachend aus ihren K-Aktivitäten aufgetaucht waren, auf deine Paperweighs bin ich mal gespannt, du, die musst du mir unbedingt vorstellen. Und Holland, ja, da bin ich oft gesegelt, du weißt ja nun schon, dass ich gerne segele und eine eigene Yacht habe, die ist 9 Meter lang, das klingt nach nicht viel, ist aber ein ganz schönes Ende, damit könnte man ohne weiteres um die Welt segeln, recht komfortabel sogar, aber ich weiß ja nicht ob Segeln so dein Ding ist, du, ich wäre nicht enttäuscht wenn nicht, es gibt wichtigeres, aber, da fällt mir ein, du hast doch neulich an der Elbe erwähnt, dass du gerne auf Flüssen fährst, hey, das wäre doch die Idee, du, das machen wir mal, unbedingt, weißt du, man kann sich Boote mieten, auch für zwei Personen, und in Holland, auf den ganzen Kanälen, da geht das wunderbar, in Irland soll es auch sehr schön sein, und in Frankreich, da wollte ich das eigentlich schon

217

immer mal machen, oh, das wäre schön, einfach mal drei Wochen lang mit dir durch Frankreich tuckern, du, das sollten wir unbedingt mal im Auge behalten, und mit den Booten kann ich umgehen, das ist überhaupt kein Problem, aber ich glaube, wir sollten uns vielleicht langsam ans Essen machen, du und ich, zwei Kochprofis, die große Premiere. Endlich.

Also hör mal, so Nele, eine Yacht die 9 Meter lang ist, die stell ich mir riesig vor. Und gesegelt bin ich noch nie. Aber das mit dem Boot, meinst du vielleicht ein Hausboot? Auf jeden Fall machen wir das. Das stell ich mir super vor. Wieso glaubst du eigentlich, dass ich ein Kochprofi bin? Nele musste sich das Lachen verkneifen. Weil ich es nicht bin, hab ich doch deinen Essensvorschlag unterstützt. Nudeln kochen nach Anweisung, kann ich aber sehr gut. Wo finde ich einen großen Topf? Robert zauberte einen großen Topf hervor. Nele füllte Wasser ein, und gab Salz dazu. Ich mag die Nudeln al dente, du auch? Robert nickte. Nele stellte den Topf auf den Herd. So bitte, du darfst dich dem Salat widmen. Viel Spaß beim Waschen. Wie richtest du ihn an? Robert murmelte etwas von Öl und Essig. Ach, mach nur, meinte Nele, ich stell jetzt den Herd an. Und den Tisch deck ich schon mal. Sag mir nur, wo ich die Teller finden kann. Ach, halt, wo ist die Eieruhr? Sonst nehm ich das Handy und stell da den Wecker ein. Nein, wo denkst du hin. Robert gab ihr die Eieruhr. Und ein Sieb brauch ich auch noch, und eine Schüssel. Robert kümmerte sich um den Salat. Nele kochte die Nudeln nach Anweisung, probierte aber vorsichtshalber eine Nudel bevor sie sie abschüttete. Einen Tacken bleiben sie noch drin. Die sind ja noch richtig hart. Aber dann war es endlich soweit. Und das Essen konnte beginnen.

Gegessen wurde im Wintergarten. Und Robert zündete Kerzen dazu an. Es begann bereits zu dämmern. Ich mag Kerzen, sagte Robert, sie geben jede ihr eigenes Licht und schaffen eine wohlige Atmosphäre. Gerade in den Jahreszeiten, wo es lange dunkel bleibt, habe ich das sehr gerne.

Ja, sagte Nele, mir geht es genauso, und mit dir zusammen ist es doppelt schön.

Und so plauderten sie fröhlich fort beim Essen und Robert erzählte noch etwas von seiner Idee mit dem Hausboot.

Dann wurde alles Geschirr verstaut und sie zogen gemeinsam mit der Weinflasche und den zugehörigen Gläsern zur Bettenburg zurück.

Kerzen und Räucherstäbchen wurden feierlich entzündet.

Und die Musik, sagte Robert, es muss natürlich etwas mystisches sein. Ich habe an die Sinfonien von Skrjabin gedacht, ich kann eigentlich gar nicht sagen warum, aber wir versuchen es einfach mal damit. Und so stellte er die Musik an und sie richteten sich wieder in der Bettenburg ein.

Weißt du, sagte Robert dann, mit Wahrsagerei hat das, was ich jetzt mit dir vorhabe, nichts zu tun. Ich sage es dir gleich, damit du nicht enttäuscht bist, verspreche dir aber, dass wir trotzdem eine Menge Spaß haben werden. Wir werden uns nämlich ein Tarot legen.

Ich hatte auch kurz über das chinesische I Ging nachgedacht, aber das ist zu kompliziert. Da steht ein ganzes philosophisches System dahinter. Und eine Zeremonie gehört dazu. Du weißt ja, die Japaner und die Chinesen lieben so etwas.

Im Wesentlichen geht es darum, dass man ein Muster aus sechs diagonalen Linien legt, die entweder geschlossen oder durchbrochen sein können. Daraus ergibt sich ein Symbol zu dem ein chinesisches Schriftzeichen und ein historischer Text mit vielen Erläuterungen gehört. Wenn man viel Zeit und Muße mitbringt, kann es sehr erhellend sein sich darin zu versenken.

Aber es wäre jetzt auch zu schwierig dir das alles zu erklären. Darum das Tarot.

Man kann nun zwar sowohl das I Ging als auch das Tarot zu Wahrsagezwecken benutzen, ich aber bevorzuge eine andere Herangehensweise.

Für mich stellen beide so etwas wie ein Werkzeug dar, mit dessen Hilfe man sich über sich selbst Gedanken machen kann.

Man könnte sich zwar genauso gut aufs Sofa setzen und ein Bild von, was weiß ich, Gauguin, Nolde oder Kokoschka betrachten. Und die Gedanken schweifen lassen, darauf kommt es mir dabei an. Denn auch das Tarot arbeitet mit Bildern. Die einen hohen Symbolgehalt haben, du wirst es gleich sehen.

Aufgebaut ist es wie ein Kartenspiel. Mit vier Farben, das sind zusammen 56 Karten, die man das Kleine Arkana nennt. Dazu kommen noch 22 Spezialkarten, das Große Arkana.

Es gibt verschiedene, teilweise recht komplizierte Legemuster, wir werden es uns aber einfach machen.

Robert holte die Karten hervor. So, sagte er, trinken wir noch einen Schluck und geben uns einen Kuss. Einen Traubenkuss diesmal, das ist auch nicht schlecht.

Und dann setzen wir uns im Schneidersitz gegenüber. Und schauen uns noch einmal tief in die Augen.

Wunderbar, sagte Robert dann, und begann zu mischen. Jetzt ziehe ich dir gleich deine Karten.

Die erste Karte wird für die Vergangenheit stehen, die zweite für die Gegenwart, und die dritte für die Zukunft. Deine Aufgabe wird es dann sein sie dir genau zu betrachten und zu überlegen, was sie für dich bedeuten könnten, ob du etwas aus den Karten lesen kannst.

Es gibt für alle Karten eine Erklärung, die historisch gewachsen ist. Und im Grunde sagen alle Autoren, die Bücher zum Tarot schreiben, und davon gibt es viele, dasselbe darüber aus. Das kann man zu Rate ziehen. Das können wir uns später dann vorlesen. Ich ziehe es aber vor, mir meine eigenen Gedanken zu machen. Das schlage ich dir auch vor. Betrachte die Karten. Lass dir Zeit. Du musst dich zu nichts zwingen dabei. Sei spontan. Manchmal sprechen sie zu dir und manchmal nicht. Das ist nicht schlimm. Es ist mehr wie ein Spiel, weißt du, und nur du und ich spielen es.

Und nun ziehe ich die Karten für dich, und du später dann für mich.

Wollen wir loslegen? Nele nickte. Lächelte.

Das ist schön, sagte Robert, beugte sich vor und gab ihr noch einen Kuss.

Also. Robert wurde ganz feierlich.

Die erste Karte: Die Zehn der Münzen, die Vergangenheit.

Die zweite Karte: Die Zwei der Stäbe, die Gegenwart.

Die dritte Karte: Die Vier der Stäbe, die Zukunft.

Und die Kerzen flackerten. Und die Räucherstäbchen, japanische, Robert hatte den Duft von grünem Tee gewählt, verbreiteten den Duft des Geheimnisvollen, des Ewigen.

Und nun, sagte Robert, nun lass dir Zeit.

Nele war auch feierlich zumute. Es war alles so mystisch. Und jetzt lagen diese Karten vor ihr.

Auf den ersten Blick sagt ihr die Karte für die Vergangenheit nichts. Die Zehn der Münzen. Sie betrachtet sie lange. Sie beißt sich an den Münzen fest. Sie sieht erst auf den zweiten Blick Alt und Jung. Ein kleines Kind ist dabei und zwei Hunde, ein junges Paar und eine alte Frau. Und ihr Blick fällt immer wieder auf eine Figur, die wie ein Clown aussieht. So ein Stehaufmännchen, das man drehen und kippeln kann. Es kommt immer wieder in die richtige Stellung zurück. Sie besieht sich die Karte nochmal, und stellt fest, dass sie sich den Clown nur eingebildet hat.

Robert, ich kann mit der Vergangenheit nichts anfangen. Also, sie verbessert sich, mit der Karte der Vergangenheit, meine ich natürlich. Robert lächelt ihr zu, dann nimm die Gegenwart, sagt er.

Nele sieht einen entschlossenen Mann, der aussieht als sei er bereit in die Welt zu ziehen. Seine linke Hand umfasst einen Stab und in seiner rechten Hand trägt er eine Weltkugel. Man sieht einen zweiten Stab und einen See, und Berge.

Ich sehe darin Entschlossenheit und Zuversicht. Ich finde die Karte tröstlich, sagt Nele. Ich muss nur eine Stufe nehmen und die Welt liegt vor mir. Ich hab es in der Hand, und wenn der eine Hilfe-Stab mal bricht, hab ich ja noch den zweiten. Aber, irgendwie stört sie mich jetzt doch. Nele wird unsicher. Ich kann mich nicht entscheiden, wo soll ich hingehen. Die Möglichkeiten sind zwar da, aber es ist trotzdem unrealistisch. Ich hab nicht so viel Möglichkeiten, oder doch?

Es stimmt ja sowieso nicht, es ist ja bloß ein Spiel. Nele will sich nicht länger mit dieser Karte beschäftigen.

Die Karte der Zukunft gefällt ihr. Sie sieht so leicht aus. Die Sieger sind da und gehen gleich durch eine Art Tor.

Zwei Stäbe tragen eine Blumengirlande. Die Zukunft gefällt mir am besten. Ich hab das Gefängnis verlassen und bin frei. Obwohl, dieser Turm im Bild, er sieht aus, als hätte er eine Schießscharte. Also, ich muss mich beeilen, damit mich nicht doch noch das Unheil trifft. Nele lacht befreit auf.

Nele fühlt sich etwas durcheinander. Jetzt könnte man noch anfangen zu philosophieren, denkt sie. Wie merkwürdig, sie hat die Karten im Kopf, und am meisten stört sie die Vergangenheit. Vor allem, was haben die Münzen auf der Karte zu suchen.

Robert, ich eigne mich für sowas nicht. Ich blick überhaupt nicht durch.

Warte mal eben, sie erhebt sich, geht zu Robert und gibt ihm einen Kuss.

Aber du eignest dich bestimmt dafür, befindet Nele. Soll ich für dich die Karten ziehen?

Na, lachte Robert, eine besonders enthusiastische Tarot-Interpretin scheinst du mir nicht gerade zu sein. Er nimmt sich Neles Karten zur Hand, um sie seinerseits zu betrachten.

Über die Vergangenheit kann und will ich nichts sagen, aber was die Gegenwart betrifft, da hättest du doch unbedingt bemerken müssen, dass ich das bin, der da auf einsamer Wacht steht, Ausschau haltend nach der Geliebten, nach dir natürlich. Na, und die letzte Karte erst, die Zukunft, Nele, das sind doch wir, wir beide, versteht sich, in Harmonie vereint, strahlende Frühlingstage, blütenumkränzt.

Aber mach dir nichts draus, ich sagte ja, es ist ein Spiel, weiter nichts, und wir Ethnologen, die wir es gewohnt sind uns mit Mythen und Mysterien zu beschäftigen, sie zu deuten, nach Interpretationen zu suchen, wir sind da wohl etwas anfälliger dafür.

Was nun nicht heißen soll, dass ich mir jeden Tag die Karten lege, schmunzelte Robert, wenn ichs mir recht überlege, habe ich sie seit Jahren nicht angerührt, früher aber, als ich studierte, da haben wir uns viel mit diesen und ähnlichen Orakelspielchen beschäftigt, aber eben – spaßeshalber.

Ich glaube, du hast, na, einen Fehler kann man es nun nicht gerade nennen, aber du hast dich insofern eingeschränkt, als dass du dich zu sehr auf die Bildbeschreibung konzentriert hast. Worauf es aber eigentlich ankommt, ist, dieses Bild in Bezug auf dich selbst, auf deine persönliche Situation hin wirken zu lassen und deine daraus resultierenden Gedanken auszusprechen. Na, aber ich rede und rede, lass uns lieber mal schauen, wie ich damit klarkomme. Doch zuvor, unbedingt, noch ein Kuss. Oder besser … noch einen … ach, Nele, komm, nimm mich nochmal in den Arm … und dann darfst du mir die Karten legen, erst mischen, und dann, so wie ich vorhin, einfach die drei obersten Karten nehmen, oder sie aus dem Stapel ziehen, ganz wie du magst.

Nichts lieber als das, lachte Nele. Ich meine das mit dem in den Arm nehmen. Die Karten können warten. Wie, was wird das denn jetzt, Robert kam gar nicht dazu sich zu sträuben, denn Nele war schneller. Wenn es hier schon so mystisch zugeht, dann muss man das auch auskosten. Es riecht so gut, und du, wie riechst du nochmal?

Nele begann Robert auszuziehen. Jede Aktion wurde von Küssen begleitet. Robert ergab sich in sein Schicksal, und wurde ganz willenlos. Die Kerzen flackerten durch die plötzlich entstehenden Luftzüge und Nele sah Robert an und streichelte ihn. An manchen Stellen war er viel empfindlicher …

So, jetzt leg ich dir die Karten, flüsterte Nele, aber Robert wollte unbedingt, dass es weiterging. Ach Nele, seufzte er, mach einfach weiter, lass doch die Karten Karten sein. Nein, mein Schatz, jetzt leg ich dir die Karten.

Du kannst ruhig so bleiben wie du bist, mich stört es nicht.

Sie nahm wieder im Schneidersitz Platz und nahm den Stapel mit Karten und mischte ihn ausgiebig.

Auch sie ganz feierlich.

Die erste Karte : der Gehängte für die Vergangenheit

Die zweite Karte : Ritter der Schwerter für die Gegenwart

Die dritte Karte : Zwei Schwerter für die Zukunft

Bitte Robert ...

Oh, meinte Robert, oh, oh … die gefallen mir aber gar nicht, alle drei nicht, aber abwarten, mal schauen, ich will sie erstmal wirken lassen …

Also, nein, so schlimm sind sie denn doch nicht, meine ich. Die Vergangenheit. Die Welt steht Kopf. Aber nur, weil er sich mit dem Kopf zuunterst aufgehängt hat. Denn er macht mir nicht den Eindruck, als ob er dazu gezwungen werde oder darunter leide. Nein, er könnte sich, wann immer es ihm beliebt, auch wieder auf die Füße stellen. Eigentlich wirkt er, also ich, recht zufrieden so … Oder auch nicht? Nicht ganz, nein.

Aber da kommt die Gegenwart. Stürmisch herangeprescht. Dem Wind entgegen. Man sieht es an den Wolken, den geneigten Föhren, der Mähne des Pferdes. Aber der Ritter lässt sich nicht beirren. Und der Ritter, versteht sich, das bin ich. Es gilt die Liebste zu erobern, womöglich zu befreien, und die Liebste, natürlich, das bist du.

Einfach aber wird es nicht werden für den Ritter, wie ungestüm und siegesgewiss auch immer er sich auf dem Bild zeigt, man sieht ja nicht, was vor ihm liegt, welche Gefahren auf ihn lauern mögen. Und doch, es kann nur einen Weg für ihn geben, zuversichtlich, doch achtsam dabei.

Und die Zukunft? Oh, oh ... da bleibt es dabei. Es sieht schwierig aus. Es gilt eine Entscheidung zu treffen, scheint mir, zwischen zwei Wegen zu wählen, so deuten es die beiden Schwerter an, die in unterschiedliche Richtung weisen. Aber vielleicht gilt es ja auch eine Balance zu finden, die Augen geschlossen, innezuhalten, innere Einkehr zu suchen. Aber nein, die Entscheidung, eine Entscheidung, soll getroffen werden, doch, auf jeden Fall, nur, welches Schwert weist den Weg zu den Blumenkränzen, oder gibt es gar einen dritten Weg, und der liegt jenseits des Meeres? Ach, ich kann nur hoffen, dass ich das Richtige tun werde, du, Nele, ich könnte jetzt etwas Trost gebrauchen, würdest du mich vielleicht mal in den Arm nehmen?

Ohh, mein Armer, lachte Nele und nahm Robert in den Arm. Komm, lass dich trösten. Sie gab ihm einen Kuss.

Weißt du, ich werde mir auch Tarot Karten besorgen. Sie sind irgendwie interessant. Was man dabei alles denken kann. Ich hab noch nie über mich nachgedacht. Das heißt, schon, aber nicht so, wie du es vorhin getan hast.

Robert nickte nur.

Es wurde still. Beide hingen ihren Gedanken nach. Die Musik, der Kamin, die Räucherstäbchen, die Kerzen, dazu passte nur Harmonie.

Manchmal fing einer den Blick des andern auf. Darin lag so viel Liebe, und die Gewissheit angekommen zu sein.

Und als Nele diese Sicherheit spürte, fiel alles Unwichtige ab. Sie konnte sich hingeben. An die Musik. An Robert. An sich.

So lagen die beiden, eingekuschelt in ihrer Bettenburg.
Die Zeit floss dahin, in ruhigem Gleichmaß, wie ihre Atemzüge. Mal lagen sie auf dem Rücken, die Augen geschlossen, die Gedanken gerichtet auf … Robert wusste es gar nicht zu sagen, und er drehte sich zu Nele hin, die, im selben Augenblick, sich ihm zuwandte. Und ihre Blicke trafen sich und sie sahen sich in die Augen.
So floss die Zeit dahin.
Bis Sannah hereingeschlichen kam. Ganz leise hatte sie die Tür geöffnet und wollte sich schon wieder zurückziehen, doch Robert gab ihr durch ein Zeichen zu verstehen, dass sie ruhig nähertreten sollte.
Hol dir noch ein Glas, sagte er. Was sie auch tat und in der Bettenburg, wo Robert und Nele zusammenrückten, Platz nahm.
Schön habt ihrs hier, sagte Sannah anerkennend, ach, und Tarot, als sie die Karten bemerkte und zur Hand nahm, das ist doch mal eine nette Idee, hab ich auch schon lange nicht mehr gemacht, sollte ich doch mal wieder … Sie blätterte nachdenklich den Stapel durch.
Und bei dir? wollte Robert wissen.
Wir waren im Kino. Und haben gequatscht. Weißt ja. Klamotten und so. Aber ich denke, ich verabschiede mich jetzt. Sie trank ihr Glas leer. Wird morgen bestimmt anstrengend.
Ich denke, meinte Robert, wir schließen uns an. Oder was meinst du, Nele?

Die nickte. Ja, ich bin auch müde, es war ja doch auch anstrengend mit der letzten Nacht, man kommt ganz aus dem Rhythmus.

Da ist was dran, sagte Robert, es täte uns bestimmt gut mal vernünftig auszuschlafen, komm, lass uns noch schnell die Decken und Kissen wegräumen …

Wartet, sagte Sannah, ich helf euch noch dabei, so viel Zeit muss sein …

Und dann packten sie alles schön zurück, während Sannah resolut den Badezimmer-Plan aufstellte: Ladies first. Du darfst dich hinten anstellen, Väterchen, dafür wartet Nele dann im Bett auf dich.

Gesagt, getan. Nachdem sie im Bad fertig war, wünschte Nele Sannah eine gute Nacht, und legte sich erwartungsfroh ins Bett. Sie musste noch an Sannah denken, die sich zuvor ein paar Bemerkungen nicht hatte verkneifen können. Aber alle waren nett und lieb gemeint.

Robert brauchte nicht sehr lange, und stand keineswegs todmüde vorm Bett. So, da bin ich, und sehr gespannt, was mich hier so erwartet.

Nele lachte. Also, ich kehr den Spieß jetzt mal rum. Ich bin schließlich müde, und du scheinst ja noch ziemlich fit. Also, was spricht dagegen, dass der muntere Herr seine Dame in den Schlaf krault. Oder, du könntest ja mal dreißig Liegestütze machen, damit du auch müde wirst.

Wie bitte, kommt gar nicht in Frage. Robert lachte. Mal sehen, was sich machen lässt. Einerseits möchte ich dich schnell schlafen lassen, andererseits könnte ich ja mal testen ob meine Verführungskünste noch ausreichen.

Als erstes, ehe Nele sich versah, hatte er ihr die Decke weggezogen. So, jetzt sieht die Sache schon anders aus. Nele wollte sich, ganz empört, die Decke wieder

228

heranziehen, aber Robert warf die Decke einfach auf sein Bett. Gemeinheit, rief Nele, weißt du wie kalt mir ist?

Na, meinte Robert, dafür bin ich jetzt da. Komm zu mir, sagte er und kletterte ins Bett, komm auf meine Seite und kuschel dich in meine Arme, und ich erzähle dir eine Gutenachtgeschichte. Ja, leg deinen Kopf in meine Armbeuge und gib mir einen Kuss. Zur Inspiration. Mmmmh ... oder besser noch einen. Ach Nele, Liebste, du bist so wundervoll. Also, ich werde dir natürlich eine Südseegeschichte erzählen. Die Geschichte von einem großen Helden und seinem Volk. Der Held hat vorerst noch keinen Namen, vielleicht werden wir ihm später einen geben.

Der Held und sein Volk lebten auf einer Insel mitten im Pazifischen Ozean. Aber, wie es dort eben so geht, und es ist früher nicht anders gewesen als es heute noch ist, wenn irgendwo ein Vulkan ausbricht, in Indonesien vielleicht, oder die Erde bebt, es kann auch in Amerika sein, da wird das Meer bewegt und eine große Welle baut sich auf, wird immer größer und zieht über das Meer hin. Und wo diese Welle auf Land trifft kommt es zur Katastrophe. So war es mit ihrer Insel geschehen. Die meisten Menschen zwar hatten ihr Leben retten können, doch die fürchterliche Flut hatte die Hälfte ihrer Insel mit sich fortgerissen, und sie wussten, dass sie auf dem übriggebliebenen Fleckchen Erde nicht genug würden erwirtschaften können um Nahrung für alle bereitzustellen, auch dass sie eine weitere Flut, die sicherlich irgendwann kommen würde, nicht mehr überleben konnten.

So beschlossen sie fortzuziehen, eine neue Insel zu suchen, eine, die höher gelegen war, die ihnen mehr Schutz und Sicherheit bieten würde.

Also machten sie sich bereit, verstauten ihr Hab und Gut, soweit sie es auf das offene Meer hinaus mitnehmen konnten. 1000 Kanus waren es, mit 1000 Kanus begaben sie sich auf den Weg.

Sie wussten um die Gefahren, die vor ihnen lagen, die Ungewissheit, denn sie würden nicht nach Westen segeln, wo es andere bewohnte Inseln gab, die sie kannten, mit denen sie von jeher Handel getrieben hatten, doch dort würden sie auf keine Aufnahme hoffen dürfen, diesen Inseln war es nicht besser ergangen als ihnen.

Nach Südwesten, so ihr Beschluss, würden sie segeln, einer ihnen unbekannten Region zu.

Die Reise verlief gut, doch eine neue Insel wollte sich nicht finden, sie waren geschwächt und manchem mochte wohl bereits die Hoffnung schwinden, als sie ein schweres Unwetter ereilte.

Angekündigt hatte es sich mit einer riesigen Nebelbank, die sich mit einem Male vor ihnen aufgetan hatte, und in die sie hineingesegelt waren, weil der Wind so ungünstig blies, dass es für sie kein Entrinnen gab. Und dann begannen sich die Wellen aufzutürmen, hoch und immer höher …

Robert drehte seinen Kopf zu Nele hin. Die hatte bislang ganz still und mit geschlossenen Augen dagelegen. Die öffnete sie nun.

Hey, murmelte sie, was ist denn nun, willst du nicht weitererzählen?

Nein, sagte Robert, wenn du magst, werde ich die Geschichte morgen fortsetzen, aber für heute ist Schluss.

Ohhh, verstehe, sagte Nele, das wird ein Märchen wie aus 1001 Nacht …

Nun ja, in Roberts Gesicht machte sich ein verschmitztes Lächeln breit, ganz so lange wird es wohl nicht dauern ...

Und er strich Nele übers Haar.

Uuuh, so schade, schnurrte die und begann Robert mit ihren Händen über die Brust zu streifen.

Nein, sagte der bestimmt, morgen ist auch noch ein Tag.

Und Nele murrte nur noch ein ganz klein wenig, denn sie begann nun doch schläfrig zu werden.

Aber ich darf doch bei dir bleiben?

Ich bestehe sogar darauf.

Und so schliefen sie denn auch bald ein. Einander im Arm haltend, tief umschlungen.

Und obwohl Robert sich beim Einschlafen noch fest vorgenommen hatte unbedingt als erster wach zu werden, kam Nele ihm doch wieder zuvor.

Nele erwachte und musste sich erstmal orientieren. Sie lag noch halbwegs auf Roberts Seite, hatte sich aber mit beiden Decken zugedeckt. Der arme Robert. Bestimmt war ihm kalt. Sie hörte ihn ganz gleichmäßig atmen, und beschloss, ihn schlafen zu lassen. Sie wickelte sich aus den Decken und deckte Robert ganz vorsichtig zu. Da, ein tiefer Schnaufer. Nele verhielt sich ganz still. Ob er, aber nein, er schlief weiter. Dafür war Nele umso wacher. Sie mummelte sich ein, und dachte an den vor ihr liegenden Tag. Robert hatte vom Shoppen gesprochen. Darauf freute sie sich schon.

Ihr kam der Gedanke an zu Hause, und vor allem musste sie an die Arbeit denken. Heute würde die Krankmeldung eintreffen. Sie hatte sowas vorher noch nie fertiggebracht. Sie schob den Gedanken beiseite. Es ist wie es ist, und ich bin froh, dass ich in Hamburg bin. Irgendwie ist das alles so unwirklich. Ob es wirklich keinen Haken an der

Geschichte gibt? Nele ließ den gestrigen Abend Revue passieren. Es war wunderschön mit Robert. Wie sie schweigend dagelegen hatten. Einfach so, ohne eine Erwartung. Das hatte sie mit einem Mann noch nicht erlebt. Überhaupt, wie lieb er war. Und dass er eine Bettenburg schön fand. Und was für schöne Musik er hatte. Es passte alles. Klar, dachte sie sofort, mir passt alles. Hoffentlich findet er auch alles passend. Aber wenn nicht, kann er es ja sagen. Sie gab sich, typisch, wieder selbst die Antwort. Ihr fiel das Tarot ein. Dort konnte man auch Antworten finden. Auf Dinge, die man sich gar nicht gefragt hat. Sie lachte in sich hinein. Alles großer Humbug. Aber schon interessant. Sie würde sich damit beschäftigen. Später mal, wenn ihr keiner dabei zusah. Und Tim werde ich mal überreden. Ihm werde ich die Karten legen, und er wird sagen: was soll das denn? Und ich werde ihn aufklären. Und er sagt dann: weißt du was Mama, das hätte ich mal machen sollen. Deinen Vortrag kann ich mir lebhaft ausmalen. So ein Unsinn.

Nele hörte Robert immer noch gleichmäßig atmen. Ich werde mich jetzt aus dem Bett schleichen und Kaffee kochen. Dann weck ich ihn, und wir frühstücken im Bett. Obwohl, ihr fiel Sannah ein. Hatte sie nicht gesagt, dass sie früh aus dem Haus musste? Bestimmt war sie schon auf. Ob sie ihr guten Morgen sagen sollte. Sie stand vorsichtig auf, hoffentlich quietschte das Bett nicht. Nein, alles gut. Sie schlich sich aus dem Zimmer. Tatsächlich, Sannah stand in der Küche und trank ihren Kaffee aus. Ah, rief sie, du bist schon wach. Hat Väterchen zu laut geschnarcht? Beide lachten. Nein, nein, rief Nele, vor lauter Frieren hat er das Schnarchen vergessen. Ich hatte ihm seine Decke nur zur Hälfte gelassen. Er schläft noch ganz fest, und mir fiel ein, dass du früh aus dem Haus musst. Wollte dir nur schnell einen guten Tag wünschen. Sannah lächelte, das ist nett von dir, bin auch schon so gut wie weg. Sie stellte die Kaffeetasse ab. Ich hol mir meinen Mantel und hau ab. Nele nahm Sannah in den Arm. Du bist eine total Liebe, will ich dir nur mal eben sagen, und du hast einen supertollen Vater. Sie gab Sannah ein Küsschen auf die Wange. Die freute sich und drückte Nele. Klar, ist eben mein Väterchen. Aber ich mag dich auch. Ihr passt zusammen, darauf kommt es an. So, ich muss los. Nele erhielt auch ein Küsschen. Sannah schnappte sich ihre Tasche und verließ das Haus.

Nele beschloss, Kaffee zu kochen. Oder sollte sie noch einmal nach oben gehen? Sie entschied sich gegen den Kaffee, und wendelte, so drückte sich Robert ja immer aus, nach oben.

Sie öffnete leise die Tür und versuchte Roberts Atem zu hören.

Der öffnete die Augen. Und ein Strahlen glitt über sein Gesicht. Nele, sagte er, wie schön. Und ich hatte eben noch geträumt, dass du weg seist. Nach Düsseldorf zurückgefahren. Ich war schon ganz unglücklich. Und nun stehst du da.

Und ich hatte mir ganz fest vorgenommen vor dir aufzustehen und Frühstück zu machen. Warst du schon unten? Nele nickte. Und Sannah, ist sie noch da?

Nein, sagte Nele, sie hat eben das Haus verlassen.

Dann komm zurück ins Bett, sagte Robert, wir haben doch den ganzen Tag Zeit. Und weißt du was? Ich möchte dich jetzt lieben wie noch nie. Es sei denn, du hast moralische Bedenken …

Nein, lächelte Nele, nein, ich habe weder moralische noch sonstige Bedenken.

Dann komm, sagte Robert, und schlug die Decke zurück, komm zu mir.

Und Nele kletterte zu Robert ins Bett zurück, der sie liebevoll in die Arme nahm.

Du bist so schön, flüsterte er Nele ins Ohr, so wunderschön. Und dein Körper ist mir jetzt schon so vertraut. Und ich liebe ihn. Weißt du, es gehört keine Perfektion dazu. Es müssen nicht zwei Menschen sein, die irgendwelchen dummen Idealen entsprechen. Es muss nur einfach stimmen. Und ich weiß gar nicht, wie es dazu kommt. Aber mit dir stimmt alles. Alles an dir gefällt mir. Und ich begehre dich. Sehr sogar. So sehr. Du, sag mir, dass es nicht schlimm ist, dass es so ist …

Aber nein, flüsterte Nele zurück, und schmiegte sich noch enger in Roberts Arme, du Dummer, was du nur immer denkst, natürlich sollst du mich begehren, ich erwarte nichts anderes von dir, das wäre ja noch schöner, wenn es nicht so wäre.

Und Robert richtete sich etwas auf und fuhr die Linien ihrer Mundwinkel entlang, und dann waren es seine Lippen, die ihre Lippen suchten, und fanden, und sie küssten sich, und Roberts Finger begannen über Neles Schultern zu wandern, das Weiche, Wohlige ihres Körpers zu erkunden, dieses Gefühl in sich aufzunehmen und dem anderen zurückzugeben, dass da jemand ist, den man liebt und begehrt ohne Wenn und Aber, mit Hingabe und von ganzem Herzen.

Nele fühlte sich so unbeschreiblich gut. Sie spürte seine Finger, sie waren so zart. Er roch so unwiderstehlich. Sie dehnte sich und streckte sich ihm entgegen. Da war überhaupt keine Scham, alles war gut wie es war. Sie begann ihn zu erkunden. Sein Gesicht mit den Augen, die sie so mochte, und die oft so traurig aussahen. Ich möchte ihm am liebsten die Traurigkeit für immer daraus wegküssen. Sie strich über seinen Mund, die Lippen hatte sie längst verinnerlicht, sie hätte sie genauestens malen können. Sie streichelte sich zur Brust, zum Bauch und ihre Hand fühlte seine Lenden. Sie flüsterte ich liebe dich so, und spürte, wie er ihre Brust in seine Hand nahm. Und beide suchten die Stellung, in der sie dem andern zeigen konnten, wie groß die Sehnsucht nach ihm war. Ihnen wurde heiß, und da war diese Lust, die immer weiter anstieg. Man musste sie nicht mit irgendwelchen Tricks entfachen. Sie war in beiden, und ließ sie stöhnen und alles was geschah, tat so gut. Beide waren erfahren in der Liebe und wussten mit sich umzugehen. Und sie liebten sich und fanden ihre Erfüllung. Und die Erschöpfung danach machte sie so sehr zufrieden.

Schöner kann ein Tag doch gar nicht beginnen. Sie lagen da, immer noch eng umschlungen, erschöpft und glücklich. Und sie lösten sich nicht voneinander. Lange Zeit nicht. Lange Zeit noch lagen sie da und streichelten sich.
Und für Robert hätte es gerne so weitergehen können. Da war es Nele, die wohl über mehr Verantwortungsbewusstsein verfügte und sanft aber bestimmt zum Aufstehen drängte.
Robert fügte sich ohne Murren. Neigten sich die Zeiger der Uhr doch bereits weit jenseits der Neun.
Geh du nur schon mal ins Bad, ich gehe neuen Kaffee kochen und sehe nach was sonst noch so nötig ist.
Schließlich saßen sie gemeinsam am Frühstückstisch, glücklich und noch immer ein wenig betäubt.

Wenn ein Fremder uns sehen könnte, wie wir hier sitzen, mit diesem verklärten Lächeln im Gesicht, der müsste uns für komplett durchgedreht halten, meinte Robert.

Ach was, sagte Nele, für verliebt. Was denn sonst. Das sieht doch ein Blinder.

Meinst du wirklich?

Aber ja doch. Und du siehst so süß aus dabei – sie gab ihm einen dicken Kuss auf die Backe – wie ein begossener Pudel und … sooo … ein wenig tollpatschig …

Na, vielen Dank, lachte Robert, aber ich fürchte, da wirst du nicht so ganz Unrecht haben, wie ein Tollpatsch, der plötzlich sein Glück gefunden hat. Wobei, ein Tollpatsch bin ich eigentlich nicht, und unglücklich bin ich vorher auch nicht gewesen, dass ich jetzt aber viel glücklicher bin, das steht einmal fest. Du, und ich fühle mich glücklich, nein, wie von Glück durchströmt, jedes Mal wenn ich dich anschaue, jedes Mal von neuem, du, das ist so … und er beugte sich zu Nele hinüber und gab auch ihr einen dicken Kuss.

Und ich freue mich so mit dir zusammen zu sein. Und gleich mit dir bummeln zu gehen. Darauf freue ich mich auch. Ganz besonders sogar.

Du wirst sehen, ich bin ein Mann, mit dem man gut bummeln kann. Vielleicht werden Männer in dieser Hinsicht auch maßlos unterschätzt und verkannt. Vielleicht sind sie heute auch nicht mehr so wie sie früher einmal waren. Vielleicht bin ich auch eine Ausnahme. Ich weiß es nicht. Aber ich freue mich unheimlich darauf. Wir werden ins AEZ gehen, ins Alster-Einkaufs-Zentrum, das liegt gleich hier in der Nähe, mit dem Auto brauchen wir nicht viel mehr als fünf Minuten dorthin. Wir fahren besser mit dem Auto. Wer weiß, was wir alles mit zurück zu schleppen haben. Du kennst ja jetzt meine Küche. Und am

Ende fallen dir tausend Dinge ein, mit denen du sie verbessern könntest. Und wir wollen dir was Schickes zum Anziehen kaufen, ja? Und mir auch. Und überhaupt. Du wirst ja sehen. Das Einkaufszentrum ist groß und ganz besonders schön eingerichtet, auch die Geschäfte sind zu einem guten Teil eher ungewöhnlich, sehr elegant, so sehr, dass sie von außen manchmal beinahe abschreckend wirken, jedenfalls auf mich, aber du wirst dir dein eigenes Urteil bilden. Und es wird schön werden. Und wir wollen uns Zeit nehmen, ja?

Nele sah Robert an. Weißt du, ich kann gar nicht glauben, dass ich so viel Glück habe. Wir haben uns die ganze Zeit gut verstanden. Alles ist so selbstverständlich schön. Ob es wohl so auch gewesen wäre, wenn wir uns früher kennengelernt hätten? Also, ich meine, als wir noch richtig jung waren.

Aber, sie redete gleich weiter, da hätten wir auch nicht den Plan gehabt ins Einkaufszentrum zu fahren. Das wär der Oberknaller gewesen, wenn mein Freund mir das früher vorgeschlagen hätte. Nele lachte. Ich hätte bestimmt an seiner Liebe gezweifelt. Andererseits hatte ich auch nie die Gelegenheit tagelang mit einem Freund in dessen Wohnung zu sein. Sie wohnten noch bei ihren Eltern. Einer meiner Freunde studierte. Der Ort war aber zu weit weg für mich. Zum Glück kam er am Wochenende immer zu seinen Eltern. Dann konnten wir uns sehen. Na ja, ich freu mich jedenfalls auf unsere Shopping Tour.

Das Schlimmste ist übrigens, wenn ich mir vorstelle, dass ich bald wieder zu Hause bin, und du in Hamburg. Da darf ich gar nicht dran denken. Nele verzog ihr Gesicht. Das ist voll doof.

Voll doof ist das, soso. Robert schmunzelte. Was ist das denn für eine Ausdrucksweise? So drücken sich ältere Herrschaften aus? Aber im Rheinland macht man das wahrscheinlich, hier spricht man wesentlich gepflegter.

Ahh, so Nele, ich rede, wie ich will. Daran wirst du dich gewöhnen müssen. Und es hat nichts mit dem Rheinland zu tun.

Allerdings kann ich mich auch gewählt ausdrücken. Du musst dich also nicht fürchten, ich versuch dich nicht zu blamieren, wenn es drauf ankommt.

Also weißt du, Nele, du solltest mich doch mittlerweile besser kennen. Das habe ich doch nur im Scherz so gesagt. Aber vielleicht sollte ich solche Bemerkungen unterlassen bis wir uns noch besser kennengelernt haben. Das dauert eben seine Zeit bis jeder die feinen Nuancen des anderen so drauf hat, ich denke, das ist ganz normal, du, sag, dass du mir nicht böse bist, nein, gib mir einen Kuss, so, jetzt ist alles wieder gut, ja?

Du, und darüber, dass wir uns bald werden trennen müssen, darüber habe ich mir noch gar keine Gedanken gemacht, du bist ja noch da. Und ich weiß nicht, wie es werden wird. Vielleicht wird es gar nicht so schlimm. Weil wir beide wissen, dass der andere da ist, dass man liebt und sich widergeliebt fühlen darf, auch wenn man weit voneinander entfernt ist.

Aber vielleicht macht eben gerade dieses Bewusstsein alles nur noch schwerer. Weil die Sehnsucht so groß ist. Und immer größer wird, wer weiß … Du, wir werden lernen müssen damit umzugehen. Leicht wird es bestimmt nicht werden. Aber weißt du was? Ich werde dich bald besuchen kommen, wenn ich darf. In zwei Wochen vielleicht, oder Anfang Mai, du, ich glaube der erste Mai

fällt auf einen Freitag, da hätten wir mehr Zeit miteinander. Was meinst du?
Und wie ist es, würde ich bei dir wohnen dürfen? Oder wäre das aus irgendwelchen Gründen doof. Das machte aber nichts, wenn nicht, ich kann ja jederzeit bei Sonya und Franz unterkommen.

Ach, Robert, Nele seufzte ganz leicht. Du kannst es immer so schön beschreiben. Es wäre wunderbar, wenn du so schnell wie möglich kommst. Und der 1. Mai ist perfekt. Aber noch bin ich ja hier, und alles ist gut. Und natürlich kannst du bei mir wohnen. Ich hab zwar nur eine kleine Wohnung, aber Platz für dich ist immer. Sie herzte und küsste Robert, als wäre es die letzte Gelegenheit.
Was meinst du, meine Robert, sollen wir uns auf den Weg machen? Nele strahlte, ja, ich brauch nicht lange. Aber vorher räumen wir noch auf. Nichts ist schlimmer als bepackt nach Hause zu kommen, und nicht wissen, wohin mit den Sachen, weil überall schon was liegt.
Weißt du, was mir einfällt, Nele sah Robert an. Es gibt einen kleinen Hubschrauber aus Styropor. Er ist mit Fernbedienung. Und statt Batterien hat er einen aufladbaren Akku. Ihn kann man in der Wohnung fliegen lassen. Wenn er abstürzt, beschädigt er nichts, weil er so leicht ist. Aber er ist voll cool. Da werd ich mal nach sehen, ob sie sowas haben. Oder wir schauen mal nach einem Roboter. Die sind auch cool. Er müsste ein Tablett haben. Darauf kann man ein Getränk stellen. Man liegt in der Badewanne und dann: bitte bring mir das Getränk. Hammer, dann kommt er angedackelt, und man nimmt sich das Getränk, und musste die Badewanne nicht dafür verlassen.

Ja, komm, lachte Robert, auf geht's. Sie nahmen ihre Jacken und verließen gutgelaunt das Haus.

Na, dann lass uns mal losdüsen, sagte Robert. Und so fuhren sie denn den Wellingsbüttler Weg zum AEZ hin.
Wie du siehst gibt es auch einen Saturn. Wenn du also meinst, dass wir für unsere Laptops, du hast doch einen Laptop? … Nele nickte … wenn du also meinst, dass wir für die einen kleinen Ventilator bräuchten, wer weiß, der Sommer kann heiß werden, oder irgendwelche hübschen Blinke-Blinke-Leuchten – ich bin für alle Schandtaten zu haben.
Na, aber was die Ideen angeht, ist das doch etwas dürftig, mit deinen jedenfalls kommt das bei Weitem nicht mit. Ich glaube, ich werde mich von dir inspirieren lassen. Der Hubschrauber zum Beispiel. Du, so einen Hubschrauber finden wir bestimmt, und damit legen wir heute schon los, und wenn uns Sannah endgültig für Kindisch erklärt. Und wenn wir keinen aus Styropor finden, na, dann eben einen anderen, und wenn er am Kamin zu Bruch geht haben wir eben Pech gehabt. Aber mit dem Roboter, hmmm, da bin ich skeptisch, stell dir mal vor, wenn der über die Badezimmermatte stolpert, und wir sitzen da in der Wanne … und sie beide mussten lachten bei der Vorstellung, und Nele knuffte Robert in die Seite, was den kein Stückchen was störte, er grinste nur vergnügt zu seiner Beifahrerin hinüber.
Und dann waren sie auch schon da und parkten in der Tiefgarage. So, sagte Robert, einfach noch über die Straße …
Wow, meinte Nele, das ist aber wirklich groß … und, wie Robert ihr die Tür aufhielt, schön ist es auch …

Ich kenne jemanden, der sogar von wunderherrlich sprechen würde, lächelte Robert.

Ach, sag bloß, wer mag das wohl sein? Du hast doch nicht etwa Geheimnisse vor mir? Und schon wieder wurde ihm in die Seite geknufft. Aber Robert beschränkte sich darauf Nele bei der Hand zu nehmen. Von wegen geheimnisvoller Fremder. Er würde sich kein zweites Mal in diese Falle locken lassen. Er doch nicht.

Weißt du was, wir schlendern einfach ein wenig herum. Schau, die Thalia Buchhandlung, ich bin durchaus kein Freund dieser Großbuchhandlungen, vor allem, weil ich miterlebt habe wie sie die Kleinbuchhandlungen, die es auch in den Centern gab, verdrängt haben, aber diese hier ist wenigstens groß genug, sogar über zwei Stockwerke, dass man auch was Vernünftiges finden kann. Natürlich, hier im Eingangsbereich ist alles vollgestopft mit Bestsellern. Und Bestseller, heutzutage, das sind vor allem schnulzige Liebesromane. Robert lachte und wies auf die Stapel hin. Na, ein Segen, wir schreiben unsern eigenen.

Ich bin ja sowieso eher ein Freund von Antiquariaten. Da könnte ich stundenlang. Sei mal froh, dass hier keines ist. Obwohl, und er warf Nele einen Seitenblick zu, bei dir könnte ich mir alles vorstellen ...

Du, sag mal, wo gehst du eigentlich deine Sachen kaufen, Kleider und so, meine ich? Also ich gehe entweder in irgendwelche Sportgeschäfte, ein Ethnologe braucht schließlich viele praktische Sachen, bei uns im Museum geht es in der Hinsicht auch völlig entspannt zu, und wenn es mal etwas förmlicher wird, bei einer Ausstellungseröffnung oder einem Vortrag, na, da reicht auch ein Sakko zur Jeans. Ansonsten gehe ich gerne zu C&A, und H&M, das ist immer noch mein Lieblingsladen, was das betrifft, alte Gewohnheit, das liegt einfach daran, dass die Anfang der 80er ihren ersten Laden hier in Hamburg eröffnet haben, also, den ersten in Deutschland, meine ich.

Das ist ja witzig, in diesen Geschäften fühl ich mich auch recht wohl, so Nele. Aber ich bin eher so der ungebundene Typ.
Wenn ich mir ein Teil zum Anziehen in den Kopf gesetzt habe, finde ich es dort mit Sicherheit nicht. Also klappere ich weitere Läden ab. Wobei ich gerade übertreibe. Die weiteren Läden sind höchstens drei. Denn ich hab in der Zwischenzeit jede Lust verloren, und lass mich dann auf andere Sachen ein, die ich entdeckt habe.
Und wenn die Mode wechselt, finde ich das meiste erstmal blöd. Hab ich mich dran gewöhnt, und mich entschlossen, mir etwas in der Art zu kaufen, ist meistens nichts Gescheites mehr zu bekommen.
Das größte Problem sind die Farben. Wenn Lila modern ist, bekommst du nichts in Rot. Sehr frustrierend.
Ich hab früher oft in einer kleinen Boutique eingekauft. Die hatten annehmbare Preise und ausgefallene Klamotten. Sie haben aber leider schließen müssen. Die Konkurrenz war zu groß.
Na ja, bin gespannt was es hier so gibt. Und eins brauche ich auch sehr dringend. Nele sah richtig begeistert aus. Da bin ich gespannt, so Robert, aber lass mich raten. Es sind Schuhe. Falsch, es ist eine Handtasche. Sie muss klein sein, aber jede Menge Platz haben. Sie muss einen Schulterriemen haben und muss aus Leder sein. Sie muss schlicht sein, aber nicht langweilig. Och, so Robert, bei diesen Voraussetzungen dürfte es kein Problem sein eine Tasche zu finden.

Schau mal, wie süß diese Schlüsselanhänger sind. Aber mein Schlüsselanhänger wird nicht ersetzt. Nele legte einen wirklich süssen, kleinen Teddybär zurück ins Körbchen, in dem viele weitere davon lagen. Robert, gibt es hier auch NANU-NANA?

Die mag ich sehr, oder Depot. Ahh, warte mal, da vorne ist Douglas. Ich muss unbedingt mal eben reingehen. Ich will mal nach meinem Parfum sehen. Das ist viel zu teuer, aber es ist manchmal im Angebot. Kommst du mit, oder willst du warten. Aber erschrick nicht über den Preis, ja? Edel ist eben teuer. Nele lachte. Und siehe da, Robert wirkte unschlüssig. Ach, geh du mal, ich warte so lange. Oder, nein, ich komm mit. Es kann aber sein, dass ich auch noch was anderes ansehen will. Robert schmunzelte. Na, nur zu. Ich hab Zeit.

Nele lief zielsicher zur Abteilung mit den Parfums. Thierry Mugler - nein, natürlich nichts im Angebot. Ahh, Shalimar von Guerlain. Das war ja auch immer toll. Zum Glück hatte sie sich nicht einparfümiert, also könnte sie sich damit mal einsprühen. Aber zuerst wollte sie Robert fragen, ob ihm der Duft gefiel. Sie kommen zurecht? Eine freundliche Verkäuferin stand vor ihr, doch Nele benötigte sie nicht. Robert, Nele hatte das Parfum auf einen Teststreifen gesprüht, schnupper mal. Hmmmh, das riecht aber gut. Irgendwie orientalisch. Jaa, so Nele, schau mal das Bild auf dem Karton. Ist es nicht schön? Shalimar ist pudrig, orientalisch, geheimnisvoll. Warte, Nele nahm den Testflakon und sprühte sich etwas auf die Handgelenke. Ich könnte drin baden. Ich glaub, ich wechsel demnächst wieder mein Parfum. Und bitte, sie hielt Robert ihr Handgelenk unter die Nase. Was sagst du? Ja. Es riecht wundervoll. Soll ich es dir schenken? Nein, auf keinen Fall. Es ist viel zu teuer, und außerdem trag ich eigentlich ein anderes. Aber, Nele lachte, das ist genauso sündhaft teuer. Außerdem hast du es auch schon an mir gerochen. Und jetzt fällt mir ein, dass du noch nie gesagt hast, wie toll ich dufte. Am ersten Abend hatte ich es aufgelegt. Sie sah Robert mit leicht hochgezogenen Augenbrauen an.

Wolltest du nicht noch was anderes hier, lenkte Robert ab.

Ach, nein, das ist jetzt zu langweilig. Das mach ich lieber ein anderes Mal.

Sag mal, möchtest du nichts einkaufen oder ansehen?

Du tust gut daran mich zu rügen, bekannte Robert, ich hätte viel eher loben sollen wie gut du duftest, aber vielleicht lag es daran, dass ich etwas aus der Übung bin, und dann gab es so vieles andere an dir, das zu loben und zu bewundern war, und, wie wir jetzt wieder erfahren, kommt immer etwas Neues dazu, du, wir fangen gerade erst an …

Ach Robert, Nele fiel ihm um den Hals, du bist so süß, und du gibst dir immer so große Mühe …

Und du duftest so gut …

Schelm …

Duuu, weißt du was, wir nehmen sie beide, oder ein anderes, wenn dir etwas anderes besser gefällt, und auch ansonsten … schließlich bist du mein Gast, und vergiss nicht, ich habe dich zu dieser Shopping-Tour eingeladen …

Nein, Liebster, sagte Nele bestimmt, das kann ich unmöglich annehmen.

Doch, für dieses Mal muss ich darauf bestehen, wir beide, Robert betonte das ´beide´, werden uns anschaffen was immer uns gefällt, und keinen Gedanken daran verschwenden was es kostet, Nele, bitte, das ist ein besonderer Tag …

Ach Robert, ja, aber nur dieses eine Mal.

Und Robert freute sich. Und du schaust dich nochmal ganz in Ruhe um. Und weißt du was? Du suchst mir auch etwas aus. Etwas, wovon du denkst, dass ich unbedingt danach riechen sollte, nur für dich, ja, und vielleicht werde ich dann ja auch gelobt ... und schau mal, von diesem Thierry Mugler, da gibt es doch auch etwas für Männer. Ich benutze ja sonst nur Biokosmetik. Neobio gefällt mir besonders gut, die haben oft so ausgefallene Mischungen, kennst du das? Wenn nicht, werde ich es dir nachher zeigen. Hier bei Douglas werden sie es nicht haben.

Und dann habe ich dir noch etwas vorzustellen. Meine beiden Lieblingsläden nämlich. Depot und NANU-NANA finde ich auch ganz gut. Aber ich glaube, ich habe da noch etwas Besseres für uns. Na, lass dich mal überraschen.

Und außerdem gibt es hier jede Menge kleinerer Boutiquen, mit denen kenne ich mich natürlich nicht aus, aber wenn wir daran vorübergehen und du im Schaufenster etwas entdeckst, das dir gefällt, dann gehen wir da rein, ja, willst du mir das versprechen? Ohne zu fragen?

Ohjeh, da hatte er aber einen wunden Punkt berührt. Nele hatte sich irgendwann einmal vorgenommen, sich von einem Mann nichts mehr schenken zu lassen. Konnte sie diesmal eine Ausnahme machen? Sie konnte, denn sie sah Roberts Augen, die voller Freude waren, in keinster Weise berechnend. Und sie fiel ihm wieder um den Hals. Du, rief sie , du bist soo lieb, und ohne sich an irgendwelchen Menschen zu stören, gab sie ihm einen Kuss, und rempelte dabei versehentlich eine ältere Dame.

Sowas kann man auch zu Hause machen, missbilligend sah die Frau sie an. Oh, tut mir Leid, Nele schaute schuldbewusst, und lachte dann, wenn sie wüssten, was wir zu Hause machen, rief sie übermütig hinterher.

Robert, es muss auf jeden Fall ein holziger Duft sein, so was wie Fahrenheit, oder so. Von Givenchy gibt es was Schönes, oder Joop. Aber du kannst mir auch deine Marke mal zeigen. Aber Paco Rabanne Million ist auch cool, zwar nicht holzig, aber seehr interessant. Aber da müssten wir genauestens testen, ob dieser Duft auch zu älteren Herren passt. Sie lachte vielsagend und fing sich dafür einen leichten Knuff ein. Bulgari Man gewann schließlich den Riechtest. Robert nahm sich den Tester und besprühte sich. Na, und? Oh, mein Gott, seufzte Nele und verdrehte die Augen.

Also landete das Eau de Toilette im Einkaufskörbchen, und plötzlich lag auch noch Shalimar darin....

Komm, Robert nahm Neles Hand, wir gehen jetzt mal zu einem meiner Lieblingsläden. Ich bin gespannt, was du dazu sagst. Dazu müssen wir aber ins Untergeschoss.

Auf dem Weg dorthin die große Entdeckung. Duuuuu, schau mal, da ist ja ein ganzer Stand voller Hubschrauber. Mensch, Nele, das ist ja cool, komm, wir suchen uns einen aus. Einen passenden für zwei große Spielkinder bitte.

Der Verkäufer war auch gleich zur Stelle und präsentierte Flugkunststückchen. Was ja ganz nett war. Aber wir brauchen nur einen ganz kleinen. Einen gaaanz winzig kleinen. Wirklich. Und am Liebsten einen aus Styropor. Aber den gab es nicht. Na gut, dann den da. Der sieht so niedlich aus. Robert und Nele kicherten. Und dann auch noch der Name: Zoopa 150 IR. Duuu, wir werden ihn Zuppy Zoopa nennen. Kichern total.

Was dem armen Verkäufer den Rest gab.

Und das Geschäft des Tages einbrachte. Na ja, teuer war er nun nicht. Dafür aber die Ehre uns bedient haben zu dürfen. Genau! Kicher.

Meine Güte, meinte Robert, nun bin ich ein Hubschrauberpilot, der nach ... wie heißt es doch gleich ... duftet.

Bulgari Man, aber von wegen Pilot, ich werde natürlich fliegen.

Ha!

Nix mit Ha! Wer hat hier die Tüte!

Her damit.

Kommt nicht in Frage.

Nele!

Robert!

Die Leute kucken schon!

Mir doch egal!

Mir aber nicht!

Na komm, ich will ja gar nicht so sein. Aber du musst das Zauberwort sagen.

Das Zauberwort?

Das Zauberwort.

Ah, ich habs ... Bitte. Bitte, liebe Nele ...

So ist es recht. Jetzt lass ich dich vielleicht auch mal fliegen.

Vielleicht? Nun übertreibst dus aber. Von einem Sieger darf man erwarten, dass er gnädig ist.

Was für ein Sieger?

Na, du natürlich. Ich erkläre dich hiermit zur Siegerin. Dafür musst du mir, dem Unterlegenen, eine Bitte erfüllen.

Dacht ich mirs doch, das da ein Haken dran hängt.

Von wegen Haken, das ist ein altes Gesetz.

Nie gehört ...

Sehr alt. Und ehrwürdig. Darum darf man auch nicht dagegen verstoßen. Du musst mir also versprechen, dass wir dir jetzt ein Kleid kaufen gehen. Die anderen Läden können warte.

Na, da hab ich doch wohl auch noch ein Wörtchen mitzureden.

Denk an das Gesetz. Ich werde mich auch nicht einmischen. Nur so in beratender Funktion. Und wir werden mir auch etwas kaufen. Und du darfst es mir aussuchen. Das ist doch ein Deal oder? Na, komm schon …

Wie albern wir sein können. Nele fand es richtig Klasse.

Zuppy Zoopa, sie prustete vor Lachen. Wenn der Verkäufer nach Hause kommt, hat er genug zu erzählen. Von zwei bekloppten Leuten, die einem Hubschrauber einen Namen geben. Obwohl, du hast ihn ja benannt, nicht ich.

Lenk nicht ab, so Robert. Wir kaufen jetzt das Kleid.

Selber Schuld, so Nele, du wirst dich wundern.

Da gibt es nichts zu wundern. Erst wenn du im neuen Kleid vor mir stehst, werde ich mir verwundert die Augen reiben.

Ja eben, so Nele. Weißt du, wie lange das dauern kann?

Na und, grinste Robert. Ich werde es genießen. Ich sitze vor der Umkleidekabine, die nicht richtig dicht schließt, und passe auf, dass niemand versehentlich reinkommt, während du dich umziehst.

Ja, sicher, da lassen sie dich auch bestimmt sitzen. Aber du hast viel ehrenvollere Aufgaben. Du darfst mir immer neue Kleider holen gehen, wenn sie mir nicht passen oder gefallen. Und nachdem ich mindestens fünf Kleider anprobiert habe, finde ich bestimmt alle blöd, und wir müssen in einen anderen Laden. Dann wähle ich aber eine

Boutique, da darfst du sitzen, während die Verkäuferin mir die Klamotten bringt.

Wir können ja gleich in eine Boutique gehen, schmunzelte Robert. Ich rieche ja schon passend, und die Verkäuferin wird mir ein Getränk anbieten.

Nele freute sich schon auf das Kleid. Aber was für eins es sein sollte war ihr nicht klar. Am besten, ich wähle ein schwarzes Kleid. Dazu passen meine roten High Heels, die ich noch gar nicht habe. Sie musste sich das Lachen verbeißen. Aber schwarze Pumps hatte sie, also könnte sie ein rotes Kleid wählen. Auf keinen Fall nehme ich ein Kleid mit Muster. Es sei denn, es wäre ein wirklich ausgefallenes Teil. Aber Achtung, immer an passende Schuhe denken.

Da vorne Robert, schau mal, die haben ja schöne Sachen im Schaufenster. Und das Kleid da gefällt mir.

Aber sehr viel beige Töne, nee, ich kann höchstens mal fragen, ob sie das Kleid auch in einer anderen Farbe haben.

Das finde ich schön. Es ist asymmetrisch geschnitten und zipfelig. Steht mir bestimmt, was meinst du?

Wenn du es schön findest, ist es schön.

Och nee, jetzt fang nicht so an. Du sollst ehrlich sagen, wie du es findest.

Das weiß ich doch erst, wenn du es angezogen hast. Komm, wir gehen rein.

Eine mittelmäßig freundliche Verkäuferin begrüßte sie und fragte nach ihren Wünschen.

Nele fragte, ob das Kleid im Fenster auch in einer anderen Farbe da sei. Nein. Die Verkäuferin schaute irritiert. Die Farbe ist doch sehr schön. Ihnen würde sie bestimmt stehen.

Nele schüttelte den Kopf. Diese Farbe steht mir nicht. Ich schau mich mal um.

Aber gerne. Die Kleider sind nach Farben geordnet.

Nele sah sich im Schnelldurchlauf die Kleider an. Zwei kamen in die nähere Auswahl.

Robert hatte sich auf einem Stuhl niedergelassen, und ließ Nele gewähren.

Sie verschwand in der Umkleidekabine.

Das erste Kleid konnte sie gleich vergessen. Es war viel zu eng. Das zweite Kleid passte zwar, gefiel ihr aber nicht, weil der Ausschnitt zu groß war. Obwohl.... Pah, dachte sie, na und. Sie ging näher zum Spiegel und besah sich ihr Dekolleté, so gut es ging, von allen Seiten. Doch, eigentlich sieht es gut aus. Sie musste sich nur grade halten... Erst mal sehen, was er meint.

Robert strahlte. Sieht gut aus.

Findest du den Ausschnitt nicht zu groß?

Ja, er ist schon recht groß, aber du kannst es tragen. Vielleicht mit einer schönen Kette dazu.

Wie, ohne Kette nicht?

Doch, auch ohne Kette. Sie kam mir ja nur in den Sinn, weil der Ausschnitt sehr groß ist.

Aha, siehst du, du findest ihn nämlich auch zu groß. Ich nehm das Kleid nicht. Ich finde es zwar ganz schön, aber du sagst ja, dass der Ausschnitt zu groß ist.

Robert wollte sich gerade rechtfertigen, kam aber nicht dazu, weil Nele gleich in die Kabine ging und sich umzog.

So, da bin ich. Ich such mal woanders.

Natürlich, schau mal, da hinten ist ein besonders schönes Geschäft. Da war ich mal mit Sannah drin. Die haben reichlich Auswahl.

Tatsächlich, die Verkäuferin war jung und sehr freundlich. Sie fragte nach Neles Wünschen.

Ich suche ein Kleid, das ausgefallen ist, aber zu vielen Gelegenheiten passt. Entweder in schwarz oder rot, auch bunt darf es sein.

Robert konnte es sich auf einem antiken Sofa bequem machen, und wartete ergeben auf irgendein Ergebnis.

Ich hab da ein sehr schönes Kleid, sehen sie mal. Es sind genau die Farben, die zu Ihnen passen.

Oh ja, das gefällt mir auch. Es ist aber sehr elegant. Nele lachte. Ich bin eher so der etwas sportlichere Typ. Soll heißen, dass ich zwar nicht sportlich bin, aber meine Klamotten. Beide lachten. Ziehen Sie es doch mal an. Ich will es Ihnen nicht einreden. Aber ich kann sie mir gut darin vorstellen.

Das Kleid war traumhaft. Es lag eng an und hatte ein mittleres Grau als Grundfarbe. Zwei diagonale Streifen in schwarz und rot verliefen unterhalb der Brust über die Taille hinweg bis zum Saum. Der Ausschnitt machte ein sehr schönes Dekolleté.

Nele kam aus der Kabine raus. Sie war ganz begeistert. Die Verkäuferin schaute anerkennend. Wunderbar, wie für sie gemacht. Natürlich passen die Schuhe nicht, aber das ist ja klar. Wie gefallen sie sich?

Ich gefall mir richtig gut. Mal sehen, was mein Liebster dazu sagt.

Robert war hin und weg. Du siehst einfach toll aus. Wenn es dir genauso gut gefällt wie mir, dann lass es dir einpacken.

Nele drehte und wendete sich noch ein paar Mal, und entschied sich freudestrahlend für das schöne Kleid.

Als sie das Geschäft verließen, gab Nele ihrem Liebsten einen Kuss. Vielen Dank, du, ich freu mich total!

Sie drückten sich, und Robert freute sich, dass er Nele das Kleid schenken durfte.

So, nun sag mal, was du dir gerne kaufen möchtest.

Robert war noch ganz geblendet. Vielleicht Jeans und ein paar T-Shirts, murmelte er halbherzig und wusste sofort, dass er damit nicht durchkommen würde.
Die Antwort kam prompt.
Wie bitte? Kommt nicht in Frage! Die kannst du dir auch kaufen, wenn ich nicht dabei bin. Stell dir mal vor, ich möchte in meinem neuen Kleid mit dir ausgehen und du kommst in Jeans und T-Shirt daher.
Nun ja …
Nun ja? Das geht gar nicht!
Auf keinen Fall möchte ich einen stinknormalen Anzug haben …
Wer hat denn von Anzug gesprochen? Und stinknormal …
Nele rümpfte die Nase … wir werden schon das Richtige für dich finden, lass mich mal machen …
Ich weiß nicht, ob ich der richtige Typ dafür bin …
Du weißt doch gar nicht, was ich mir so vorgestellt habe.
Und was hast du dir so vorgestellt?
Ich hab keinen Plan, verkündete Nele frohgemut und nahm Robert bei der Hand, komm, immer locker bleiben …
Aber hallo! Ich bin sowas von locker …
Und, komischerweise, so fühlte Robert sich auch.
Also gut, wir suchen uns jetzt einen Herrenausstatter.
So gefällst du mir.
Und so schlenderten sie, munter ihre Einkaufstaschen schlenkernd, voran. Robert war nun auch zu allen Schandtaten bereit. Mit Nele, das machte einfach Spaß. Er hatte es sich schon so gedacht. Aber es übertraf alle Erwartungen.
Das da! Riss Nele ihn aus seinen Gedanken.

Das da, das hatte Robert befürchtet. Also war er gefasst. Na klar. Das sieht doch alles sehr schön aus. Er betrachtete sich eingehend die Auslagen des Schaufensters.

Ja, also dann ...

Sie wurden von einem sehr netten Verkäufer empfangen. Der war wirklich nett. Gar nicht so, wie Robert sich das vorgestellt hatte. Nur, wie hatte er es sich denn vorgestellt? Nun ja, dass da jemand auf ihn lauere, der mit eisigem Blick auf die Modebanausen herabsieht.

Das war gar nicht so. Auch nicht, als Robert, nach einem kurzen, vergewissernden Seitenblick auf Nele, den Wunsch nach etwas legerem geäußert hatte.

Der nette Verkäufer zeigte sich zuversichtlich.

Und er und Robert begaben sich auf die Suche, während Nele in einem sehr einladend dreinblickenden Fauteuil Platz nahm.

Es war – gar nicht schlimm. Obzwar Nele den Fortgang der Dinge mit großem Ernst verfolgte. Dieses schwarz-gelb gemusterte Hemd fand durchaus Gnade vor ihren Augen, doch der Rest dazu ...

Also weitersuchen. Und dann hatten sie es. Eine Kombination, die Robert, wenn man es ihm vorher erzählt hätte, als gänzlich ausgeschlossen von der Hand gewiesen hätte.

Eine schwarze Jeans. Nun ja – eine Jeans. Aber eine Designer-Jeans, Nele würde schon ... und wenn nicht ... Robert war geneigt die Sache durchzufechten. Dazu ein dunkelblaues Hemd mit weißen Punkten. Und ein, ja, mittel- bis dunkelbraunes Jackett, sehr schön geschnitten und bequem. Und Robert gefiel sich darin. Der nette Verkäufer wirkte gleichfalls zufrieden. Daumen hoch. Also denn, auf, sich Nele präsentieren. Nun kam es darauf an.

Nele war entzückt. Sie sprang auf und begutachtete Robert von allen Seiten.

Süß schaust du aus, flüsterte sie ihm ins Ohr.

Robert strahlte. Nicht wahr! Es passt zu mir.

Und wie.

Toll.

Also zurück. Umziehen. Alles einpacken lassen.

Toll.

Robert war happy. Allein die Anzahl ihrer Einkaufstaschen nahm bereits bedrohliche Ausmaße an.

Du, meinte Robert, wie sie das Geschäft verließen, lass uns mal auf die Bank da setzen …

Also, verkündete er. Weißt du, was ich mir eben beim Umziehen überlegt habe? Wo wir uns doch jetzt so schön neu eingekleidet haben, da bräuchte es den rechten Rahmen, um das einzuweihen. Und weil doch der erste Mai auf einen Freitag fällt, da könnte ich doch Donnerstagabend bereits kommen, und wir gemeinsam in den Mai tanzen … aber das können wir später noch besprechen … ich glaube, Schuhe bräuchten wir noch, oder?

Ja, auf jeden Fall, so Nele. Es war ihr einfach so herausgerutscht. Sie fand sich mittlerweile unverschämt.

Also, ich meine, du brauchst Schuhe. Ich hab zu Hause genug, ich brauche keine neuen.

Aber sieh mal, Nele zeigte auf einen Ständer mit Sonnenbrillen. Da hängen ja wirklich coole Brillen. Schau mal, wie findest du diese. Sie setzte sich eine sehr große Brille auf, mit breiten Bügeln. Nein, warte mal, die hier ist besser. Sie besah sich in einem Minispiegel, der oben am Ständer angebracht war. Und sie drehte sich um.

Sieht gut aus, aber sitzt sie nicht etwas schief?

Ja, tatsächlich. Ich finde sie aber so schön. Kannst du sie nicht grade biegen? Nele reichte Robert die Brille.

Nein, du, da lässt sich nichts biegen. Man würde nur den Bügel abbrechen.

Aber schau mal. Hier ist doch eine Ähnliche. Aber, nur Robert konnte eine Ähnlichkeit sehen. Nele fand die andere nicht schön. Dafür hatte Robert für sich eine Brille entdeckt.

Nele, und, wie seh ich aus?

Wow, sehr cool. Die kannst du nachher gleich anziehen. Steht dir super gut.

Vielleicht sehen wir später noch andere Brillen, dann schau ich noch mal.

Aber, zuvor gehen wir jetzt Schuhe für dich kaufen. Hast du einen bestimmten Laden, oder gehen wir in den nächstbesten?

Robert war es gleich, und so schauten sie sich in einem kleinen Lädchen um. Dort gab es aber nicht die richtigen, wie Nele befand. Und weiter ging's.

Weißt du, Nele, ohne dich macht es eigentlich keinen Spaß. Ich kann dich gut verstehen, ich habe schon verstanden, wie du gezögert hast, darum will ich auch nicht in dich dringen. Die Schuhe für mich jedenfalls kann ich auch später noch kaufen. Für jetzt schlage ich vor, dass wir erst einmal unsere bisherigen Errungenschaften zum Auto bringen. Dann haben wir die Hände wieder frei. Denn nun möchte ich dir meine beiden Lieblingsläden vorstellen.

So gesagt taten sie es. Rasch zum Parkhaus hinüber, alles verstaut, und zurück. Gut gelaunt.

Nele nahm Roberts Hand. Dann gab sie ihm einen raschen Kuss auf den Mund. Danke. Sagte sie. Robert wusste warum. Er hielt sie zurück. Und gab auch ihr einen Kuss. Der nun sehr lange dauerte. Unter der Ampel. Die von Rot auf Grün sprang und wieder zurück.

Und zurück ins Center. Und zum ersten Lieblingsladen hin. Schacht & Westerich.

Der Name wird dir nichts sagen, erklärte Robert, es ist eine kleine Kette, die gibt es aber nur in Hamburg und Bremen. Die sind spezialisiert auf Papierwaren, Schreibgeräte, Mal- und Bastelsachen.

Der ist aber schön aufgemacht, so großzügig, und das Licht gefällt mir auch. Nele war voll der Anerkennung.

Oh ja, bestätigte Robert, und ich bin ihm auch ein ganz klein wenig verfallen, aber, und er deutete es mit Daumen und Zeigefinger, nur ein so kleines bisschen.

Weißt du, wenn man Ethnologe ist, und erst recht, wenn man sich dann für die Museumsarbeit entscheidet, da kann es nicht schaden wenn man nicht nur eine Neigung zum Zeichnen, Malen und Basteln entwickelt, sondern auch ein gewisses Talent dafür mitbringt. Und, nun ja, bei mir ist das so, ich zeichne sehr gerne, nicht nur für die Arbeit, also ist so ein Laden für mich wie ein kleines Paradies. Was sie hier haben ist von guter Qualität, sie haben aber auch, siehst du, da drüben unter den Glastischen und in den Vitrinen an der Wand, ziemlich übertriebene Sachen, da gibt es Füllfederhalter, die kosten mehrere tausend Euro. Das erscheint mir recht aberwitzig. Aber schön sind sie, das ist gar keine Frage.

Oh je, meinte Nele, wenn ich mir überlege so einen Füller, darf man dazu überhaupt Füller sagen? ... Robert nickte schmunzelnd, doch, von mir aus schon ... also, wenn ich so einen Füller in der Handtasche hätte, und dann würde ich ihn irgendwo liegenlassen, nicht auszudenken.

Robert nickte nur wieder. Genau. Das ist wohl eher etwas für Geschäftsleute, die damit etwas hermachen möchten. Und am Ende noch total unpraktisch. Ich hatte mal einen Füller von Lamy, der ist mir ständig eingetrocknet, das war sehr ärgerlich, nun habe ich einen, der hat glaube ich überhaupt keinen Namen, den habe ich aber auch hier gekauft, und der schreibt ganz toll. Ich schreibe nämlich gerne mit Tinte, so, wie ich auch gerne damit zeichne, aber dafür habe ich ein eigenes Set an Federspitzen unterschiedlichster Breiten, die ich mir im Laufe der Zeit zugelegt habe, und die man nur auf einen Füllhalter aufzusetzen braucht, komm ich zeig dir das mal, und auch die anderen schönen Sachen zum Malen, die sind im hinteren Bereich des Ladens.

Nele war ganz begeistert. Du, sagte sie, das interessiert mich auch. Ich male nämlich auch etwas. Also nichts Tolles, nur so zum Spaß. Und den hab ich. Man kann so schön abschalten dabei.
Aber bei dir kommt es ja drauf an. Wenn du zeichnest, sehen es ja die Museumsbesucher, so hab ich dich jedenfalls verstanden. Und kann es sein, dass ein paar Zeichnungen von dir zu Hause an der Wand hängen?
Ich persönlich finde das Zeichnen viel schwieriger als das Malen. Es kommt so auf Exaktheit an. Und die mag ich auch, aber sie fordert mich zu sehr. Ich hab ein dickes Buch zu Hause. Darin wird anhand von Beispielen das Zeichnen erklärt. Ich hab mit viel Begeisterung angefangen, aber ich war immer unzufrieden mit den Resultaten. Deswegen überlass ich das Zeichnen den wahren Könnern. Einer von ihnen steht ja gerade neben mir.

Geschickt wich sie dem Knuff aus. Und dass ich nun gerade jemanden liebe, der gerne mit Füllfederhalter schreibt ... Sie blickte sehr anerkennend, das finde ich wirklich toll. Ich schreibe überhaupt nicht gerne mit der Hand, denn meine Schrift ist unmöglich. Wenn ich zügig schreibe kann es kein Mensch lesen, selbst ich habe später Mühe damit.

Sie waren in den hinteren Bereich des Ladens gelangt. Dort hingen Leinwände in allen Größen. Und was es da für Pinsel gab. Das ist ja enorm, die haben ja eine richtig gute Auswahl. Und schau mal Robert, die Palettenmesser, davon kauf ich mir welche. Und sieh mal die Malblocks. Oh, da sind ja auch die mit Postkartengröße. Die sind schön praktisch. Man kann sie gut als individuelle Grußkarte verwenden. Das mach ich öfter. Davon nehm ich mir auch welche mit. Sie müssen nur für Aquarelle geeignet sein. Mal schauen ob sie dazu taugen. Für Acryl nehm ich lieber größere Formate.

Warum sind wir nicht gleich hierher gegangen? Nele lachte. Ich hätte mich lieber mit solchen Sachen eingedeckt, statt mit Anziehklamotten. Aber das konntest du ja nicht wissen. Robert, schau doch mal, die Aquarellstifte. Mit wieviel Farben im Set. Aber sieh dir den Preis an. Obwohl, ich gebe mein nicht vorhandenes Geld, Nele lachte, eher für sowas aus, als für Kleider.

An solchen Sachen kann ich mich ergötzen, wenn du verstehst, was ich meine. Ich hab den großen Fehler begangen und hab mir anfangs die kleinen Sets gekauft, weil sie für Anfänger, in schlauen Büchern, als ausreichend beschrieben wurden.

So ein Quatsch! Es sind doch gerade die Farben, die es ausmachen, betonte Nele, aber sehr mit Nachdruck und

Augenbrauenhochziehen. Und das Mischen ist was für Fortgeschrittene!

Aber, Nele sah Robert an, du wolltest doch für dich hier etwas besorgen. Was ist es denn?

Nach etwas besonderem suche ich eigentlich gar nicht, ich komme nur gerne hierher, darum wollte ich dir den Laden zeigen. Aber nun, wo du die Aquarellmalerei erwähnst … darin habe ich mich noch nie so richtig versucht, und wenn du das gerne machst, mir vorzustellen, wir beide am Rheinufer, da sitzen und Aquarelle malen, das gefällt mir schon sehr, obwohl, wenn es dann soweit ist, da werden wir womöglich ganz anderes im Sinn haben … und Robert schaute Nele so verliebt in die Augen, dass sie nur ein ´Ach, du!´ hervorbringen konnte.

Aber, erklärte Robert zuversichtlich, ich werde mir trotzdem so ein Set mitnehmen, da kann ich schon einmal üben und sehe dann nicht allzu dumm aus, wenn ich eines Tages doch neben der wahren Meisterin des Aquarellmalens Platz nehmen darf.

Und Nele bekam – keine Widerrede – ein kleines Tuschset. Und dann fanden sie die unsichtbare Tinte. Oh, wie schön, rief Nele, da können wir uns Liebesbriefe schreiben und nur wir können sie lesen, weil nur wir das Geheimnis dieser Tinte kennen.

Und das werden wir uns sorgfältig bewahren.

So erhielt jeder ein solches Fläschchen. Und die blaue Tinte mit dem Silberglitzer wurde auch noch eingepackt.

Du, das sieht wie Sternenstaub aus. Nele strahlte übers ganze Gesicht. Aber die unsichtbare Tinte ist natürlich der Hammer, das muss ich unbedingt ausprobieren.

Und bitte das Liebesbriefeschreiben nicht vergessen.

Keinesfalls. Oh, das ist so poetisch.

Und wird dich hoffentlich zu den glühendsten Bekenntnissen inspirieren.

Na, und dich erst, du, ich erwarte Großes von dir.

Oh, oh …

Nichts da, du wirst dich gefälligst anstrengen für mich.

Ich werde mir die größte Mühe geben, mehr als das kann ich dir nun wirklich nicht versprechen.

Du Armer, fühlst du dich überfordert?

Na höre mal, du wirst dich noch über mich wundern.

Das wollte ich von dir hören.

Während sie so sprachen hatten sie erneut das Center durchquert und Roberts zweiten Lieblingsladen erreicht.

Diesen noch, strahlte er, und wies auf den Eingang hin, danach haben wir frei und können noch ein Weilchen ungezwungen herumstromern.

Aber zunächst einmal, hereinspaziert und wohlfühlen.

Nun, also, es ist natürlich alles ein ungeheurer Plünnkram, unerhört preiswert und nicht eben von bester Qualität, aber mich stört das nicht, na, und so schlimm ist es denn auch wieder nicht, und es ist überhaupt einfach, na, du wirst ja sehen …

Ja, was ist denn hier los. Hier gibt es ja reichlich zu bewundern.

Es fing gleich gut an.

Schau mal Robert, die Spinne mit Fernbedienung. Einfach genial! Die muss ich haben. Nele prustete vor Lachen. Und die Giraffen sind auch süß. Die kann man so einknicken, indem man unten den Boden bewegt. Sehr schön. Aber diese hier, sie hatte gerade eine Giraffe ausprobiert, ist nicht in Ordnung. Warte mal, ich probier andere aus. Endlich hatte sie unter cirka 10 Giraffen, die einzig richtig funktionierende gefunden. Robert hielt kleine Tontöpfe in der Hand. In jedem war ein Kaktus. Sag bloß, du magst Kakteen? Das wusste ich ja gar nicht. Nele staunte. Und die hier sind gar nicht teuer.

Robert schmunzelte. Sieh mal genauer hin.

Ach, herjeh, das sind ja Teelichter. Sollen wir sie mitnehmen?

Keine Frage, sie landeten im Einkaufskorb.

Sie stöberten wie kleine Kinder, die mit ihrem wenigen Taschengeld große Schätze erstehen wollten.

Es macht so viel Spaß mit dir, Nele drückte Roberts Hand.

Oh, schau mal, ein Blumenkranz. In die Mitte kann man eine Schale oder ähnliches stellen. Robert nahm den Kranz und legte ihn sich auf den Kopf.

Nele lachte.

Du bist verrückt.

Nein, ich bin die Blumenfee.

Ja, doch verrückt bist du trotzdem. Nele nahm ihm den Kranz vom Kopf und legte ihn in den Korb.

Zu Hause setz ich ihn dir auf, und wir tanzen einen Elfenreigen. Ach so, ich brauch ja dann auch noch einen.

Sie legte einen weiteren Kranz in den Einkaufskorb.

Robert hatte in der Zwischenzeit eine Brille mit Scheibenwischer entdeckt. Schau mal Nele, was wirklich Nützliches. Endlich hab ich im Regen klare Sicht. Er setzte die Brille auf und betätigte die Scheibenwischer.

Zack, und die Brille lag im Korb.

Nele hatte in der Zwischenzeit eine Strickliesel entdeckt.

Das ist ja der Hammer, rief sie, sowas hatte ich als Kind. Ich weiß nur nicht mehr wie es geht. Sie entdeckte aber eine beiliegende Anleitung. Du, die nehm ich auf jeden Fall.

Robert, welche findest du schöner. Die rote, oder die grüne.

Robert ließ sich keinerlei Desinteresse anmerken.

Ich finde die grüne schön.

Ja, das stimmt, so Nele, aber die rote finde ich auch schön.

Ja, so Robert, dann nimm doch die rote.

Nein, so Nele, du findest doch die grüne schön.

Ja, so Robert, aber ich benutze sie doch nicht. Nimm doch die, welche dir am besten gefällt.

Ach, so Nele, ich glaub die grüne ist wirklich schöner.

Oder, wart mal eben, nee, ich nehm doch die rote.

Loriot ließ grüßen....

Aber nichtsdestotrotz war es ein prima Einkauf.

Ojeh! Robert schüttelte den Kopf, da haben wir aber zugeschlagen, also, das ist ja was mit uns beiden … Aber es war herrlich, findest du nicht auch? Du, es ist so herrlich, herrlich verrückt mit dir zu sein, du ahnst es ja gar nicht. Aber ich denke, wir sollten es jetzt genug sein lassen, aufhören, wenn es am Schönsten ist, ich bin auch einigermaßen groggy jetzt, muss ich gestehen.

Ja. Nele legte ihren Kopf an Roberts Schulter. Und dann umarmten die beiden sich auch noch, mitsamt ihren Einkaufstaschen in den Händen. Ich finde auch, dass es wieder Zeit wird für die Kissenburg. Und dort breiten wir dann unsere Schätze um uns aus und begutachten sie ausgiebig. Und natürlich dürfen wir den Elfenreigen nicht vergessen …

Und wir müssen den Jungfernflug von Zuppy vorbereiten, das ist auch ganz wichtig, nur dieses achtbeinige haarige Ungeheuer, das groß ist wie ein Chihuahua, und womöglich springt es sogar noch, das kommt mir nicht mit hinein, du, das hast du doch hoffentlich für deinen Sohn angeschafft, oder jemand anderes, oder …?

Doch Nele erwies sich als undurchsichtig. Wer weiß …
sagte sie nur, und ein Lächeln spielte um ihre Lippen.
Robert ergab sich in sein Schicksal. Er kannte Nele nun
gut genug um zu wissen, dass es zu nichts führen würde.
Wir könnten noch ein Eis essen gehen, wenn du magst, es
gibt hier eine sehr schöne Eisdiele, und dann, du hast doch
diese Schlemmerecke gesehen mit den ganzen Obstläden,
Bäckereien undsoweiter, da gibt es einen Laden, die haben
ganz vortreffliche Quiches, da kaufen wir uns was,
natürlich auch ein Stück für Sannah, falls sie noch Hunger
hat wenn sie nach Hause kommt, die brauchen wir uns nur
noch warm zu machen, dazu eine schöne Salatmischung,
ein Chiabatta-Brot mit zwei oder drei Dips, und schon
haben wir ohne großen Zeitaufwand das schönste
Abendessen beisammen und können uns ungehindert den
angenehmen Seiten des Lebens widmen.

Nele freute sich über Roberts Essensplan.
Ich bin mit allem einverstanden. Aber am meisten
begeistert mich das Eis in der Eisdiele.
Das freute Robert sehr. Also, dann nichts wie hin. Bald
saßen beide mehr oder weniger geschafft vor ihrem
leckeren Eisbecher. Bei uns kenne ich nur eine Eisdiele,
die so große Kugeln anbietet. Leider schmeckt das Eis dort
aber nicht so lecker. Nele bot Robert ihre Eiswaffel an.
Möchtest du sie haben? Doch bevor er antworten konnte,
hatte sie ihm die Waffel bereits in sein Eis gesteckt. Aber
Robert war gut gelaunt und übersah ihre Frechheit.
Später kauften sie die von Robert vorgeschlagenen
Zutaten ihres Abendbrotes. Nele bemerkte, dass Robert
keinen Knoblauch mochte, also verzichtete sie ihm
zuliebe, doch leichten Herzens auf ihren geliebten Aioli
Dip.

Mit letzter Kraft schafften sie es zum Auto hin. Dort angekommen wurden die Sachen verstaut. Bevor es jedoch losging, nahmen sich beide in den Arm.

Es war herrlich mit dir zu shoppen. Nele sah Robert ganz verliebt an. Du hattest Recht. Ich hab bisher noch niemanden kennengelernt, der so viel Geduld hat. Hoffentlich bleibt das auch so, schob sie vorsichtshalber hinterher.

Ich bin schon extrem geduldig, lachte Robert. Anders wäre es auch nicht möglich gewesen, so einen Einkaufstag mit dir zu überstehen.

Nele wollte gerade etwas Biestiges antworten, entschied sich aber dann für einen Kuss.

So, jetzt nichts wie nach Hause. Die Bettenburg wartet.

So, meinte Robert, als sie zu Hause angelangt waren, wollen wir vielleicht einen Teil deiner Sachen bereits im Auto lassen … ach, nein, du wirst es sicher noch umpacken wollen …

Nele schaute so zu ihm rüber, so … und Robert haspelte ein wenig herum … ach, ich habe es auch nur gesagt, weil ich hoffte dieses Monstrum, du weißt schon, von der Bettenburg fernhalten zu können …

Ach, Robert, du bist so süß … Nele musste lauthals auflachen … hast du etwa Angst vor Spinnen?

Nein, eigentlich nicht, aber dieses Dings da, ich würde mich unbehaglich fühlen, und ich mag mich jetzt nicht unbehaglich fühlen.

Nele legte ihm beruhigend eine Hand auf die Schulter, immer noch ein wenig glucksend.

Du, ich werde gleich etwas umpacken und dann bekommt dieses ´Dings´ eine eigene Tüte und bleibt im Wagen. Bist du nun beruhigt?

Ja! Robert strahlte sie dankbar an.

Und dann wurde das so gemacht und alles Übrige ins Haus getragen.

Sooo – dann die Bettenburg …

Und den Kamin nicht vergessen.

Sowieso nicht …

Und alles malerisch ringsum verteilen.

Du, die Kränze setzen wir uns aber gleich aufs Haupt.

Aber ja … und dann wollen wir mal Zuppys Gebrauchsanweisung studieren, ich glaube, der will bestimmt aufgeladen werden, bevor er losstarten kann …

Und so war es, nachdem zwei blumenbekränzte Köpfe sich über das Zuppy begleitende Schrifttum geneigt hatten, tatsächlich der Fall. Dessen Akku musste aufgeladen werden, das würde seine Zeit in Anspruch nehmen.

Doch da war ja noch der Elfenreigen …

Nele, wie vertraut bist du eigentlich mit englischer und irischer Folkmusik?

Och, eigentlich nicht so …

Na, dann wirst du dich aber gleich zu wundern haben. Und Robert nahm das unvermeidliche Tablet zur Hand und tippte daran herum, während Nele ihm neugierig über die Schulter linste.

Dann schien er das Werk zu seiner eigenen Zufriedenheit vollbracht zu haben.

Darf ich bitten! Es kann, Robert strahlte Nele an, recht munter zur Sache gehen. Das heißt, wir werden nach Herzenslust Hüpfen und Springen dürfen. Du magst doch Hüpfen und Springen?

Ja, sicher, Hüpfen und Springen, könnte glatt meine Lieblingsbeschäftigung sein. Nele verzog ihr Gesicht, aber nur ein wenig. Ich hatte mir unter einem Reigen eher etwas

Gediegeneres vorgestellt. Sagt doch schon das Wort, oder nicht?

Reigen, wiederholte sie, da hört sich nichts nach Springen an.

Aber gut, zu deiner Musik könnte es passen. Ihre Müdigkeit verflog zusehends, und Robert und sie hüpften einen Reigen, über den sich jede Elfe gewundert hätte...

Och nee, Robert, nicht noch einen Reigen. Es reicht. Nele ließ sich mit einer gekonnten Drehung in die Bettenburg fallen und zog Robert mit. Der fiel fast über sie. Beide Blumenkränze flogen in die Ecke. So, und nun lauschen wir hingebungsvoll der Musik, beschloss Nele und kuschelte sich an Robert.

Hingebungsvoll ist ein schönes Wort, so Robert.

Ich erklär es dir mal. Man gibt sich voller Hingabe dem Liebsten hin.

Und wie geht das genau, er schaute Nele an.

Ich weiß es nicht, so Nele, ich hatte es außerdem auf die Musik bezogen.

Dann werde ich es dir beibringen. Es beginnt damit, dass du mir auf den Rücken schreibst oder malst. So ungefähr eine Stunde lang.

Warte, er drehte sich etwas zur Seite. So, bitte, du kannst anfangen. Das Weitere erklär ich dir später.

Nein, es beginnt immer mit der Damenverwöhnung. Nele lachte. Sie muss ja in Stimmung gebracht werden, damit die Hingabe klappt.

Außerdem, wollten wir den Zuppy in Betrieb nehmen. Er ist sicher schon voll geladen. Schau doch mal nach, ob das Licht an der Ladestation aus ist.

Wo ist eigentlich meine Giraffe? Ist sie noch in der Tüte? Ich hab sie gar nicht gesehen. Hoffentlich haben wir sie nicht im Laden vergessen.

Robert erhob sich etwas widerwillig und suchte nach der Tüte. Ah, rief er, du hast Recht. Sie ist noch drin. Er reichte ihr die Giraffe, und Nele ließ diese nach Herzenslust einknicken.

Und, was macht der Akku? Nele stand unternehmungslustig auf.

Der ist bestimmt noch nicht bereit. Robert nahm Nele in den Arm und ließ sich mit ihr auf die Kissen fallen.

Es folgte eine Rangelei, die ihren Namen nicht wirklich verdiente, und beide waren so glücklich und küssten sich wieder und wieder.

So, jetzt ist Zuppy dran, beschloss Nele. Robert setzte den Akku ein und begann mit dem Start. Es ging schon gut los.

Zuppy gewann zwar an Höhe, konnte sich aber nicht oben halten, wie es sich für einen Hubschrauber gehört, und stürzte ab.

Boah, Robert, gib mir mal. Nele begann ihrerseits einen fachmännischen Start hinzulegen, aber gerade als sie sich siegessicher fühlte, geriet Zuppy ins Trudeln und landete unsanft auf dem Boden.

Schau mal, Robert, Nele besah sich den Hubschrauber, der hat sich den Rotor schon etwas verbogen, oder?

Bestimmt ist das schon bei deinem Flug passiert. Deswegen konnte es bei mir nicht klappen.

Gib her, tatsächlich. Das ist eine Unverschämtheit. Sowas darf doch so schnell nicht passieren. Stell dir vor, Kinder würden damit spielen, was denn dann? Robert schüttelte den Kopf. Er bog den Rotor wieder zurecht und versuchte einen neuen Start.

Diesmal gelang es ihm besser. Triumphierend ließ er ihn eine ganze Weile oben, schon fast an der Decke, stehen.

Dann landete er punktgenau auf der Stelle, die Nele mit der Giraffe und der Strickliesel markiert hatte. Super, war das. Nele schaute anerkennend.

Jetzt ich. Der Start klappte sehr gut, nur das Stehenbleiben nicht, und Zuppy landete wieder ganz unsanft, aber diesmal zum Glück auf der Bettenburg.

Robert nahm den Hubschrauber auf und legte ihn beiseite. Weißt du Nele, sagte er und lehnte sich in die Kissen zurück, so langsam wird mir wehmütig ums Herz. Und ich finde es schön, dass du so lange geblieben bist. Ich weiß schon, dass dir das nicht leicht gefallen ist. Aber so haben wir uns doch besser kennenlernen und zueinander finden können. Und ich finde, das ist uns besser gelungen als ich mir hätte träumen lassen. Und wenn wir nun bald getrennt sein werden, wird mir auch nichts anderes bleiben als das – Träumen. Von dir. Und von der schönen Zeit mit dir. Und auch darum war es gut, dass wir länger beisammen waren. Denn wir haben viel erlebt in der kurzen Zeit. Miteinander erlebt. Und so werde ich auch viel zu träumen haben. Und du vielleicht auch.

Ich weiß ja gar nicht ob du viel träumst, oder dich an deine Träume erinnern kannst. Du schläfst immer so ruhig. Wenn ich einmal wach werde, nachts, dann liegst du da, ganz ruhig, und fast ist mir, als ob du lächeltest im Schlaf. Aber eigentlich ging es mir ja um das Wachträumen. Auf dem Sofa zu liegen, Musik zu hören, und an dich zu denken.

Du, wollen wir das mal ausprobieren? Ich stelle uns ganz leise, entspannende Traummusik ein, und dann kuscheln wir uns in die Decken. Und du legst deinen Kopf auf meine Schulter, und dann träumen wir, üben uns im Träumen ein, bis es Zeit zum Abendessen wird.

Nele sah Robert an und merkte, wie sie mit den Tränen kämpfen musste. Sie versuchte dagegen anzukommen, und schluckte ein paarmal. Robert bemerkte es sofort, und nahm sie in den Arm. Sei nicht traurig, wir sehen uns, so oft es geht.

Du, ich finde mich richtig kindisch, aber ich hab immer so nah am Wasser gebaut. Nele lachte so halbwegs dabei, und Robert war ganz gerührt.

Und jetzt, flüsterte Nele Robert ins Ohr, jetzt stell uns die Musik an, ja?

Robert nickte nahm sich das Tablet, wählte Enya aus und beide kuschelten sich aneinander. Robert, ich hab dich so lieb. Ich hätte nie gedacht, dass ich nochmal so verliebt sein kann. Mit den anderen nach Alexander, war es nicht so wie mit dir. Nicht so intensiv. Nicht so harmonisch. Ach, ich weiß auch nicht, wie ich es sagen soll. Ich liebe dich eben so richtig.

Das liegt auch daran, dass ich dir so vertraue. Ich glaub dir, was du mir sagst. So bedingungslos, weißt du, wie ich es meine?

Ich muss nicht überlegen, ich vertrau dir ohne nachzudenken. Ich kann mich auf dich verlassen. Nele nickte, genau, bestätigte sie sich.

Beide gaben sich einen langen Kuss. Die Musik schmeichelte sich weiter in ihre Herzen, und sie lagen schweigend beieinander, und jeder hing seinen Gedanken nach. Beide sahen glücklich und zufrieden aus.

Und so lagen sie dann da, ganz leise, ganz still, jeder in seiner eigenen Welt, und doch beide vereint in ihrer gemeinsamen, größeren, der, die nur ihnen gehörte. Und vergaßen alles ringsum. Es wurde dunkel, doch keiner der beiden erhob sich um das Licht einzuschalten oder Kerzen anzuzünden. Auch das Feuer im Kamin war heruntergebrannt.

Da drehten sie sich zueinander hin, beide im selben Augenblick, als ob es eine geheime Verabredung gegeben hätte.

Du …

Ja, ich weiß …

Komm, sagte Robert, wir wollen jetzt stark sein. Wir gehen in die Küche und bereiten uns das Abendessen, das wird uns auf andere Gedanken bringen.

Und so taten sie es auch. Die beiden Quiche-Stücke wurden in den Ofen geschoben, das Brot wurde geschnitten, die Dips in kleine Glasschälchen umgefüllt.

Beim Salat gab es ein gehöriges Gerangel, weil es Robert bei Öl und Essig bewenden lassen wollte, Nele hingegen auf einem Dressing bestand. Aber, harmonisch, wie die beiden sich mittlerweile zusammengefügt hatten, mixten sie sich eine Kombination zusammen und strahlten sich an, beglückt ob ihrer diplomatischen Fertigkeiten.

Alles wurde dann schön auf ein Tablett gepackt, auch eine Flasche Wein durfte nicht fehlen, und in die Bettenburg verbracht.

Wo Robert den Kamin ganz schnell wieder in Betrieb brachte, das Feuer prasselte, und sie aßen, nun doch wieder schweigsam, obwohl Robert ein Gespräch anzufachen versuchte, doch Nele schien wieder der Schwermut zugeneigt, wie sehr er sich auch mühen mochte.

Dann hatten sie aufgegessen und brachten das Tablett in die Küche zurück.

Wir packen das Geschirr nur in die Maschine, anwerfen können wir sie morgen früh, es lohnt sich noch nicht, sagte Robert, und Nele nickte nur.

Na komm, sagte er dann, wir gehen zurück und suchen uns die CD´s für die Fahrt zusammen. Also, was mich betrifft, sollte die Musik drei Kriterien erfüllen – schön muss sie sein, na ja, das sowieso, und laut muss sie sein, und sie sollte sich zum Mitsingen eignen. Das alles finde ich ausgesprochen wichtig beim Autofahren.

Nele rief sich zur Befragung. So nannte sie es immer. Sie hatte irgendwann einen eigenen Trick entwickelt. Immer wenn sie traurig war, weinte, und vor lauter Selbstmitleid nicht weiter wusste, wandte sie ihn an, den Trick. Sie stellte sich dann eine Frage. Sie lautete: warum genau weine ich eigentlich, oder warum genau bin ich so unendlich traurig.
Bis jetzt hatte es zum Glück damit geklappt, wieder zurück zu finden in ein halbwegs heiles Seelenleben. Vor allem auch, weil sie bisher nie diesen Punkt verpasst hatte, an der ihr die Frage einfiel.
Also, warum genau bin ich so traurig. Ich bin so traurig, weil ich Robert bald nicht mehr bei mir habe. Weil wir morgen nach Hause fahren und er wieder weg fährt. Sehen wir uns nie mehr wieder? Doch. Bald schon. Ist es nicht klar, dass jeder seine Arbeit hat, der er auch nachkommen muss? Sicher ist das klar. Aber ich liebe Robert. Aber liebst du ihn nicht mehr, wenn du ihn eine Weile nicht siehst? Natürlich liebe ich ihn dann auch. Immer weiter. Das hat doch damit nichts zu tun.
Sooo, wo also ist der Grund sich jetzt so anzustellen und ein Trauerspiel zu veranstalten?
Ja, eben. Punkt. Punkt! Und: also bitte Nele!!
Nele sah Robert an, und gab ihm einen Kuss. Sie strahlte schon etwas dabei. Robert bemerkte es sofort, wie er es immer bisher bemerkt hatte.

Das ist es ja, denkt Nele. Deshalb liebe ich ihn. Er ist immer so aufmerksam. Ihm fällt jede Veränderung an mir auf. Sie seufzt, aber diesmal vor lauter Glück. Du, sagte Robert. Geht es dir wieder besser? Ja, mir geht es wieder besser. Komm wir suchen die CD's. Auf jeden Fall Sting, Police, Element of Crime, Coldplay, Red Hot Chili Peppers, David Bowie, Leonard Cohen, Bruce Springsteen, Dire Straits, ach, mir fallen gar nicht alle ein. Welche magst du denn so? Nele lachte.

Und Robert lachte mit. Och, sagte er, wenn wir Fleetwood Mac, Patty Smith und vielleicht noch etwas von The Cure dazu nehmen bin ich ganz zufrieden. Dann haben wir ohnehin schon mehr als genug. Sting und Dire Straits sind zwar nicht so meins, ich habe aber auch nichts dagegen, und wenn es dir Freude macht sie zu hören, bin ich dabei. Und mitsingen kann ich dazu auch.
Robert lachte schon wieder. Nun, da er spürte, dass Nele sich wieder gefangen hatte, kehrte auch seine gute Laune in vollem Umfang zurück und er wollte es sie auch wissen lassen.
Du, sagte er, lass uns noch etwas Musik hören und dann früh zu Bett gehen, dann können wir morgen zeitig los. Und vielleicht möchtest du ja auch schon etwas vorpacken. Auf Sannah brauchen wir nicht zu warten, die ist bestimmt noch mit ihren Fernsehleuten unterwegs oder hat sich mit einer Freundin verabredet.

Ja, du hast Recht. Ich werde meine Sachen schon mal zusammensuchen. Damit ich auch wirklich nichts vergesse. Obwohl, in so einigen Romanen lassen die Damen absichtlich etwas zurück. Aber das wäre ja mehr als kitschig.

Wenn du kommst, dann nicht, um mir ein Ladekabel zu bringen. Übrigens, Nele zog die Stirne kraus, wo hab ich es eigentlich.

Da muss ich gleich mal nachsehen. Robert, weißt du was mir gerade auffällt, ich hab so gut wie gar nicht gesimst oder telefoniert. Meine Güte, das ist der Beweis, ich bin absolut nicht Handysüchtig. Nele lachte. Wer mich kennt, wird es mir nur schwer glauben, wenn ich's erzähle.

Und Tim war auch so still. Er findet mich wahrscheinlich unmöglich. Ich hab ihm ja nur geschrieben, dass ich noch nicht nach Hause komme.

Er ist eben ein wohlerzogener Sohn, der genau weiß, wann er seine Mutter nicht zu stören hat.

Robert lachte, und übersah Neles zweifelnden Gesichtsausdruck.

Das Ladekabel fand sich unten in der Handtasche, und sämtliche Anziehsachen werde ich schon mehr oder wenig ordentlich in den Koffer packen. Es kommt nicht darauf an, so Nele, wird sowieso alles gewaschen. Die Toilettenartikel bleiben noch im Bad. Sie werden ja noch gebraucht.

Also, ich bin soweit. Von mir aus können wir schon ins Bett gehen. Es ist ja vorläufig das letzte Mal, das müssen wir ausnutzen.

Oder?

Das war jetzt echt blöd von mir. Nele schalt sich dafür. Sie hatte den Stich genau gespürt. Jetzt bloß nichts anmerken lassen.

Robert gab keine Antwort. Ihr schien, als hätte er kurz geschluckt.

Er nickte nur und nahm Nele in den Arm. Ich bin mindestens so traurig wie du. Nur, dass du's weißt. Beide wendelten nach oben.

Innerlich musste Robert schmunzeln. Wie forsch voran sie wieder gewesen war, seine Nele. Das war so typisch für sie, diese Impulsivität, die er so sehr zu lieben gelernt hatte. Wie oft sie sich dadurch wohl bei vergleichbaren Gelegenheiten in Schwierigkeiten gebracht haben mochte? Andererseits besaß sie genügend Mutterwitz, um sich aus jeder Bredouille befreien zu können. Sie war schon phänomenal wundervoll. Seine Nele. Ein zweites Mal flüsterte er es sich zu. Er war schon ganz schön stolz auf sie. Doch nein, halt, das war natürlich Quatsch. Er war einfach nur froh sie gefunden zu haben. Eine solch phänomenal wundervolle Frau. Und doch würde es nicht schaden ihr einen kleinen Schabernack zu spielen. Das war nun etwas, das er sich nicht verkneifen konnte. So war er nun mal. Und sie würde natürlich darauf anspringen in ihrer Impulsivität. Bis sie ihm auf die Schliche kam. Denn auch das würde unweigerlich geschehen. Sie war eine kluge phänomenal wundervolle Frau.

Robert freute sich im Vorhinein auf die Konsequenzen seines Schabernacks. Sie würde ihm um den Hals fallen, denn er wusste, auch sie kannte ihn nun gut genug, und er würde sie ganz lieb in den Arm nehmen. Und sie würden beide sehr, sehr glücklich sein.

Duu, Nele, sagte er, wie sie zu Ende gewendelt hatten und er Nele so geschickt zur offenen Schlafzimmertür gelenkt hatte, dass er in ihrem Rücken zu stehen kam und seine Hände um ihre Hüften legen konnte, wo du doch vom Bett und von Ausnutzen gesprochen hast, also, ich bin ein Mann, falls du dir das bitte in Erinnerung rufen möchtest … und er begann sich ausgiebig mit Neles Nacken zu beschäftigen, den er mit Küssen bedeckte … ich lasse mich sehr gerne ausnutzen. Wenn dir also der Sinn nach wilden Liebesspielen steht, ich bin dabei …

Du … du Wüstling, war alles, was Nele herausbringen konnte, indem sie versuchte sich aus Roberts Umarmung zu befreien, der allerdings ihre Hüften nun etwas fester umklammert hielt und sie zu sich herangezogen hatte, und so ganz ernst schienen ihre Bestrebungen denn doch nicht zu sein …

Erinnerst du dich noch an unsere kleine Episode mit dem Negligee, fuhr Robert unbeirrt fort, und dass du solch ein unglaubliches, ja geradezu empörendes Desinteresse bekundetest? Null Ambitionen. Aber weißt du was? Ich habe Fantasie. Ich habe sogar eine ganze Menge davon. Ich stelle mir also einfach mal eine Nele im Negligee vor … hmmm … und Robert ließ seine Hände, dem Schwung ihrer Hüften folgend, freien Lauf … einfach zauberhaft!

Nele versuchte sich nun doch aufzuraffen.

Weißt du eigentlich, dass du dich völlig daneben benimmst!

Und da vermochte Robert sich nun doch nicht mehr zu beherrschen. Er musste einfach lachen. Und Nele zu sich herumziehen. Um ihre blitzenden Augen vor sich zu sehen.

So, was war das gerade. Du stellst dir mich im Negligee vor. Aber, das ist ja kein Problem. In Düsseldorf gibt es sehr erlesene Läden, mit Sicherheit sind sie mondäner als in Hamburg. Denn auf der Kö verkehrt die High Society.

Und da darfst du mir ein Negligee kaufen. Dann kannst du dich auch gleich an die Preise gewöhnen. Denn, du musst wissen, für mich ist das Beste gerade gut genug.

Ach so, gut, dass ich mich gerade selbst daran erinnert habe. Lass mich mal eben sehen, ob du überhaupt das Beste bist.

Und Nele versuchte Roberts T-Shirt auszuziehen. Robert lachte, und ließ es geschehen.

Bitte sehr, ich bin ja nicht so. Ich stell mich nicht an, wenn man mich auszieht. Im Gegenteil, ich erleichtere demjenigen sogar die Sache, wie du siehst. Nele ließ sich nicht beirren.

So, mein Lieber, und nun geht's weiter. Sie versuchte sich an seinem Hosenknopf. Boah, kannst du den mal aufmachen. Ich krieg es nicht hin.

Och, sie kriegt es nicht hin. Das tut mir ja leid. Bestimmt hat sie Angst um ihre Fingernägel.

Ja, ganz genau. Du sagst es.

Nun lachten beide, und Robert nahm Nele in den Arm und gab ihr einen langen Kuss.

Das Ausziehen ergab sich kurz darauf wie von selbst. Und Roberts Bett war sehr bequem, das stellte Nele wieder mal fest...

Bevor sie in Roberts Armen einschlief, hörte er noch wie Nele murmelte, doch, ich hab das Beste für mich gefunden.

Robert war glücklich. Er lag noch etwas wach, dachte an die bevorstehende Fahrt, und küsste Nele nochmal ganz vorsichtig.

Dann schlief auch er ein.

Nun geht es also gleich los, sagte Robert, wie sie am Frühstückstisch saßen. Die große Abschiedstour. Aber es hat doch auch sein Gutes. Wir können noch etwas zusammen sein, und ich lerne den Weg kennen, der mich wieder zu dir führt.

Sag mal, wie fahren wir eigentlich? Bis Münster ... Und dann querbeet, oder? Richtung Oberhausen ... Ich blättere das gleich nochmal im Autoatlas nach.

Bevor du dich wieder entsetzt, ich habe kein Navi im Auto. Auf dem Handy schon. Für den Notfall. Aber weil ich so gerne Auto fahre, macht es mir auch nichts aus mich mal zu verfahren. Findest du das arg schlimm?

Nö, so Nele, das finde ich überhaupt nicht schlimm. Und weißt du was das Allerbeste ist, sie hielt sich die Hand vor den Mund, das wird eine lustige Fahrt. Sie prustete, da hast du nämlich die Richtige gefragt. Ich weiß es auch nur so ungefähr. Aber, setzte sie hinzu, Oberhausen ist richtig. Von da aus wird sowieso schon Düsseldorf angezeigt. Und wir müssen auf jeden Fall irgendwie auf die A 52. Wir fahren in Düsseldorf-Rath ab und von da aus nach Kaiserswerth.
Ich bin gespannt, ob wir in einen Stau geraten. Eigentlich besteht die Gegend um uns herum täglich aus Staus.
Was machen wir mit der Spülmaschine? Anstellen ist schlecht, denn es ist ja niemand hier, der sie abstellen könnte.
Ist Sannah eigentlich noch da? Ich hätte mich gern bei ihr verabschiedet.

Ich weiß es nicht, erwiderte Robert, entweder sie ist schon wieder fort oder noch nicht aufgestanden. Ich vermute eher letzteres. Sie wird wohl spät erst nach Hause gekommen sein, da wollen wir sie mal schlafen lassen. Du wirst sie ja hoffentlich bald einmal wiedersehen. Spätestens auf unserer Hochzeit, du weißt ja - in Rosa. Robert konnte ein Schmunzeln nicht unterdrücken. Wobei ich stark vermute, dass es Sannah damit ausschließlich auf die Brautjungfern abgesehen hatte. Du wirst dir dein Kleid wählen dürfen wie du magst, das versteht sich doch von selbst.

Nele blickte streng. Robert, sagte sie, du benimmst dich schon wieder unmöglich.

Ach Nele, Robert beugte sich zu ihr hinüber, legte ihr den Arm um die Schulter, und blickte ihr in die Augen, ich versuche es uns doch nur leichter zu machen.

Na also weißt du, Nele schüttelte nur den Kopf und kämpfte mit den Tränen, du bist und bleibst eben doch ein rechter Tollpatsch. Und dann kämpfte sich doch ein Lächeln auf ihr Gesicht zurück. Aber deine Bemühung will ich gerne anerkennen.

Weißt du was, sagte Robert, ich befolge jetzt Neles unschlagbares Geheimrezept und wende den Trick an und frage mich. Und er stemmte seine Ellenbogen auf den Tisch und gab ein theatralisches 'Pruuuust!' von sich. Und gut! Verkündete er strahlend. Und jetzt packen wir deine Sachen ins Auto. Um das Geschirr kann Sannah sich kümmern. Oder ich mich später. Wir beide, wir stürzen uns jetzt munter in den Stau. Denn das ist in Hamburg bestimmt schlimmer als in Düsseldorf. Hier gibt es ja nur zwei Wege, die über die Elbe führen, den Elbtunnel und die Elbbrücken. Und da ist immer alles schön dicht. Weil alle, die nach Norden wollen, oder zurück in den Süden, die müssen da durch. Oder drüber weg. Mal schauen. Ich werfe jetzt doch mal einen Blick auf mein Navi ... Und er griff sich sein Handy und schmiss die App an, gab Düsseldorf als Ziel ein, und schon meldete sich die Karte. Ja, alles klar, sagte er, und schob das Gerät zu Nele hinüber, siehst du, das da, das ist der Elbtunnel, hübsch rot alles, was? Aber die Elbbrücken sind nur orange eingefärbt, na, das wird schon schlimm genug werden. Aber wir haben ja uns. Und die Musik.

Nele überlegte kurz ob sie wirklich alle Sachen eingepackt hatte. Robert schnappte sich den Koffer und Nele beschloss, im Auto eine Jacke anzuziehen. Robert hatte sich auch eine Jacke angezogen, vorsichtshalber wurde aber auch sein Mantel verstaut. Weißt du, Robert, etwas hab ich vergessen. Dann hol es doch eben, noch sind wir nicht weg. Ich kann es nicht holen, weil ich es nicht habe. Ach so, ja, nee, alles klar. Ich weiß Bescheid. Robert sah etwas hilflos aus. Was ist es denn eigentlich? Nele lachte. Es ist Weingummi. Zu einer langen Autofahrt gehört Weingummi. Außerdem fällt mir auf, wir haben kein Wasser mitgenommen. Stell dir vor, wir stehen im Stau, und müssen zusätzlich noch verhungern und verdursten.

Bah, Robert schüttelte sich. Sag bloß du magst gerne Weingummi? Ja, sehr gerne sogar, nur das englische mag ich nicht. Aber ich muss es mir dauernd verkneifen. Es hat so viele Kalorien. Aber Autofahrten stellen immer eine Ausnahme dar.

Es ist schon ein Kreuz mit dir, Robert lachte. Wir sehen nach, ob wir unterwegs Weingummi auftreiben können. Früher hab ich auch immer Reiseproviant mitgenommen, als ich mit den Kindern unterwegs war. Heute nehm ich nichts mehr mit. Aber du hast Recht. Ich hol uns noch Wasser.

So, es geht los. Robert schloss die Haustür ab, und beide nahmen im Auto Platz.

Das vorhergesehene Gewürge. Über die Brücken bis hinter Maschen und das Buchholzer Dreieck. In Stillhorn hatten sie kurz Halt gemacht um sich mit Proviant einzudecken.

Na also, frohlockte Robert, als sie endlich freie Fahrt hatten. Nun kann der Kleine hier sich endlich austoben. Das ist nämlich die Luxusvariante. Der ist schneller als jeder Porsche. Na ja, natürlich nur, weil ich am Steuer sitze. Robert lachte. Er hat auch einen Namen. Weil er so schön schwarz ist nenne ich ihn den Dämonenprinzen. Robert strahlte nun übers ganze Gesicht. Und drückte ordentlich auf die Tube. Und weil Nele 'Lieblingsfarben und Tiere' eingelegt hatte, konnten sie ausgiebig mitsingen. Das taten sie.

Soll ich dir mal was sagen, bemerkte Nele nach einer Weile, du fährst wie eine gesenkte Sau.

Ja? Robert schien das als Kompliment aufzufassen und wirkte sichtlich mit sich zufrieden. Glücklich lächelnd schielte er zu Nele hinüber. Ich wette, du tust das auch. Es würde einfach zu dir passen. Nein, es kann gar nicht anders sein.

Und da der Sven Regener von Element of Crime so schön von denselben Sternen sang, stimmte er munter mit ein, und Nele tat es ihm gleich.

Als das Lied zu Ende war schaute er Nele beglückt an. Du, sagte er, nochmal ...

Und Nele lächelte und tat ihm gerne den Gefallen, drückte die Zurück-Taste. Und wieder sangen sie fröhlich mit.

Weißt du was? sagte Robert, als das Lied erneut abgespielt war, wir machen das zu unserer Liebeshymne. Wann immer wir es hören, wollen wir an den anderen denken, und wenn wir in den Himmel schauen und dort Sterne sind, dann auch. Denn die leuchten über uns beide. Dieselben Sterne.

Du, ja, das machen wir auf jeden Fall. Das ist schön. Wir haben unser Lied gefunden. Nele drückte Roberts Hand. Aber weißt du eigentlich, für was du einen dicken Pluspunkt bei mir bekommen hast?

Nein, so Robert, aber ich dachte, ich hätte reichlich Pluspunkte bei dir. Da kann ich nicht über jeden Bescheid wissen. Er lachte.

Nein, ernsthaft jetzt. Dein Auto ist schwarz. Und das bedeutet Geschmack. Denn, Nele zog das Wort in die Länge, ein Auto muss schwarz sein!

Henry Ford hatte Recht: Ein Auto kann jede Farbe haben. Nur schwarz muss es sein.

Ich hatte zwar auch mal andersfarbige Autos. Aber wenn ich die Wahl habe, dann nur ein schwarzes. Aber, meinem Auto einen Namen geben, das hab ich noch nie gebracht.

Und außerdem hab ich noch keine Punkte in Flensburg. Ich möchte nicht wissen, wie viele du hast. Ich habe nur ein paar schöne Fotos.

Wie langweilig, so Robert, du arme Nele. Er schaute sie bekümmert an.

Du sollst auf die Straße schauen, mich musst du nicht ansehen. Zumindest jetzt nicht, fügte sie hinzu und knuffte ihn.

Aua, rief Robert, sie hat mich gekniffen. Ich mach das jetzt auch mal. Und er legte seine Hand auf ihren Oberschenkel.

Robert, wie im Kindergarten, lass das sein.

Im Kindergarten macht man das auch? Dann ist es ja nicht schlimm. Dann darf ich das.

Beide lachten. So, welche CD nehm ich jetzt. Nele stand der Sinn nach Sting.

Wie laut darf man bei dir die Musik hören? Ich brauche sie jetzt nämlich etwas lauter. Sämtliche Nebengeräusche müssen ausgeblendet werden. Und sie drehte den Knopf: Fields of Gold.

Robert setzte zur Antwort an. Doch Neles: Ruhe bitte, ließ ihn vorübergehend verstummen.

Und Robert blieb ganz still und ließ Nele ihren Träumereien nachhängen.

Gut, dachte er, diese Musik schien ihr etwas zu bedeuten, und es schien etwas Gutes und Schönes zu sein. Dann war es auch für ihn gut. Er schielte nach dem CD-Cover hin. Ten Summoner's Tales. Ach ja. Er hatte die CD seinerzeit wohl nur der Vollständigkeit halber gekauft. Um auch etwas von Sting im Haus zu haben. Nein, er hatte sogar noch mehr CD's von ihm. Aber er hatte sie sich bestenfalls ein- zweimal angehört. Nun, das würde sich jetzt eben ändern. Wenn es Nele so gut gefiel …

Auf jeden Fall würde er die CD auf dem Rückweg noch einmal ganz für sich alleine anhören. Und zu Hause dann auch. Und er würde an Nele denken. Wie versunken sie war … Er liebte sie so sehr. Und lauschte mit ihr.

Dann war die CD zu Ende gespielt. Und Gefahren lauerten.

Lohne/Dinklage … Er hatte es mehr für sich selbst vor sich hingebrummelt.

Wie bitte? Nele schien noch immer in Gedanken.

Lohne/Dinklage, setzte Robert zu einer Erklärung an. Wir sind bald da. Dort ist immer ein Stau. Da kann man sich fest darauf verlassen. Das war schon immer so. Immer, wenn ich diese Strecke Richtung Süden nehme, staut es sich da. Und auch im Radio hört man es ständig. Es hat also nicht nur mit mir zu tun. Roberts Stimmung schien einmal mehr fröhlich und unbeeindruckt. Selbst wenn ich drei Monate in der Südsee war, das erste, was ich im Radio höre ist: Stau in Lohne/Dinklage.

Wir könnten natürlich außen herum über die Dörfer fahren. Das habe ich auch schon mal gemacht. Dauert aber genauso lange. Ich denke, wir bleiben auf der Autobahn. Und hören Musik. Du, Nele, dafür bist du zuständig. Etwas beschwingte Staumusik also, wenn ich bitten darf.

Und wenn wir durch sind, oder nee, noch ein Stückchen weiter, so Richtung Münster, machen wir eine Rast. Und gehen nochmal ganz groß essen. Raststättenessen …

Beschwingte Staumusik, das ist leicht. Tataaa, die Red Hot Chili Peppers / Stadium Arcadium. Dani California, yesss. Nele schaute Robert an. Zu laut?

Nein, ich bin sowieso schon schwerhörig.

Na, dann ist ja alles bestens.

Robert gab sich Mühe. Er hätte sicher etwas anderes gewählt, aber so ist das, wenn man den Damen den Vorrang lässt.

Der Stau war selbstverständlich da wo er sein sollte, und Robert schien ziemlich unaufgeregt.

Ich hasse Staus, Nele verzog das Gesicht. Das einzig Nette daran sind höchstens Autofahrer mit denen man flirten kann. Nele lachte. Aber wenn man in Begleitung ist, fällt das natürlich flach.

Mich kann so ein Stau nur nerven, wenn ich es wirklich eilig habe. Was ich nicht ändern kann, kann ich nicht ändern. Da bin ich ziemlich gelassen. Robert musste bremsen. Er sah Nele an. Du kannst ja ausnahmsweise mit mir flirten.

Oh ja, sie lächelte ihn an, schaute weg, schaute ihn wieder an und lächelte.

Robert versuchte ihren Blick einzufangen. Aber sie schaute schon wieder weg.

So geht also flirten, meinte er. Wusste ich noch gar nicht. Man kann doch viel lernen mit dir.

Der Stau erwies sich denn als halb so wild. Und mit Neles Musikauswahl war Robert sehr einverstanden.

Was die nur immer hatte. Ihm war ihr zweifelnder Gesichtsausdruck durchaus nicht entgangen. Auch er mochte die Chili Peppers, und die tat gerade so, als ob die ihr persönliches Eigentum wären. Aber das war ja kein Problem.

Außerdem gaben sie sich recht ernsthaft ihrem Flirtspiel hin. Von Zeit zu Zeit warf Robert einen Blick zu Nele hinüber um ihr ein Lächeln zu schenken und, sofern sie geneigt war und nicht demonstrativ anderswohin schaute, seinerseits eines in Empfang zu nehmen. Und wenn sie einmal zum Stehen kamen beugte er sich zu ihr hin, gab ihr einen Kuss und ließ sich einen wiedergeben. Tüscher, hörte er Nele einmal flüstern, und ein Hauch von Wehmut schlich sich in sein Herz, doch er fing sich gleich wieder. Es war einfach ein zu tolles Gefühl mit ihr unterwegs zu sein, und er genoss es, wollte es ausschöpfen und genießen bis zum letzten Augenblick.

Das Raststättenessen entsprach ihren Erwartungen, war also als Schockmoment ebenfalls auszuschließen, beide hatten einfach zu gute Laune und tauschten sich lebhaft zu ihren Verkehrsdelikten aus. Nele zeigte sich erneut stolz auf ihre schöne Bildersammlung, nach der es Robert denn auch zu sehen verlangte sobald er sie sicher in Kaiserswerth abgeliefert habe. Er selbst leugnete vehement jemals jegliche größere Verstöße begangen zu haben.

Ich doch nicht! Aber eine Bildersammlung habe ich auch.

Och, wie schade, so Nele, die habe ich nun verpasst.

Ach, meinte Robert, gar nichts hast du verpasst, du bist bestimmt viel fotogener. Wahrscheinlich sogar ganz besonders hübsch, weil du pausenlos am Flirten bist, da übersieht man schon mal eine rote Ampel oder einen Starenkasten. Aber damit ist jetzt Schluss, hörst du!

Aber Nele machte nur 'Pffft', und spielte die Unschuld vom Lande.

Sie hatten also noch eine Menge Spaß miteinander, und das wohl umso mehr, da ihnen beiden nur allzu bewusst wurde, wie bald sie nun voneinander getrennt sein würden. Doch sie überspielten es nach Kräften. Sie gaben sich Mühe.

Zum Abzweig ins Ruhrgebiet war es nicht mehr weit. Nele übte sich unbeirrt als Disc-Jockey. Und sie machte es gut. Auch das machte sie gut. Und die Musik war gut. Und die Musik tat ihnen gut. Gelsenkirchen und Bottrop wurden auf Roberts Wunsch mit Patti Smith umfahren, doch als man sich Oberhausen zu nähern begann verlangte es Nele erneut nach den Chili Peppers, und so kam deren zweite mit an Bord gebrachte CD Californication an die Reihe.

Und Robert kürte Nele feierlich zur großen Navigatorin, Pfadfinderin und im Zweifelsfalle auch Kartenleserin. Sobald wir Duisburg zur Seite haben bist du dran. Dann verlasse ich mich ganz auf dich.

Nele musste sich schon sehr zusammenreißen um ihre Traurigkeit zu überspielen. Jetzt dauerte es nicht mehr lange bis zur Trennung. Aber, dachte sie, es macht nicht nur mir was aus. Ihm merkt man es auch deutlich an.

Sie tat so, als schaute sie interessiert aus dem Fenster, dabei wollte sie nur vermeiden, dass Robert sie ansah.

Die Augen begannen feucht zu werden. So was Blödes, dachte sie, das auch noch. Sie kramte in der Handtasche nach einem Taschentuch. Schnell die Augen abtupfen. Mir war gerade, als hätte ich was ins Auge bekommen, aber Durchzug ist ja hier nicht.

Robert enthielt sich zum Glück einer Äußerung.

Nele hatte auch keine Lust mehr auf die Peppers. Robert, ich nehm jetzt Coldplay, ja? A Rush of Blood to the Head, Nele suchte die CD heraus und legte sie ein. The Scientist musste es jetzt sein. Danach gleich nochmal und Clocks. Du, Robert hast du auch X&Y von ihnen? Das Lied Fix You, ich liebe es. Bei dem Lied werden alle Feuerzeuge, Wunderkerzen, Handylichter und was weiß ich angezündet bei ihren Liveauftritten. Es war so genial im Stadion damals. Und Chris Martin, besser gesagt seine Stimme, unverwechselbar.

Sollten sie irgendwann wieder ein Konzert in Düsseldorf geben, ich bin auf jeden Fall dabei. Vielleicht bist du ja auch dabei, das wäre schön.

Und siehe da, es fand sich auch die CD mit Fix You. Und die Stelle, wo nur die Musik zu hören ist, und das Schlagzeug den Takt so besonders betont, diese Stelle musste man sehr laut hören, und das auch mehrmals hintereinander …

Robert konzentrierte sich auf den Verkehr. Der hatte nämlich stark zugenommen.

Ich könnte ja stundenlang so mit dir weiterfahren, sagte er, aber ich glaube, wir sind bald da. Ich hatte ja auf der Karte nachgesehen, ich glaube, es sind zwei Abfahrten, die in Frage kommen. Nele, du musst mir jetzt helfen. Und wenn es noch so traurig ist, dass wir uns bald trennen müssen, aber bis Frankfurt weiterzufahren wäre glaube ich auch nicht die Lösung.

Er hat ja Recht, dachte Nele. So, wir sind ja schon fast am Schnittpunkt angekommen. Wenn die A59 endet, fahren wir auf der B8 weiter. Und sie führt uns Richtung Düsseldorf. Wir fahren in Angermund ab, und sind dann auch bald da. Auf jeden Fall bist du genial gefahren. Ich nehme meist eine andere Route, aber so ein Weltenbummler hat anscheinend den Überblick. Ich muss ja immer lange überlegen, wo ich eigentlich hinwill. Und einem Navi vertrau ich auch erst, nachdem ich mich vergewissert habe, ob es überhaupt Recht haben kann. Nele lachte. Da kann ja jeder kommen, und mir was vom Pferd erzählen.

Achtung, da hinten musst du runter, siehst du? Robert sah es natürlich und bog ab.

Hier kannst du schon den Rhein schnuppern, so Nele. Robert schmunzelte. Na, ja, den Rhein rieche ich noch nicht. Aber ich stelle am Leuchten deiner Augen fest, dass du ihn dir vorstellst. Dafür fing er sich mal wieder einen Knuff ein.

Sie fuhren ein kurzes Stück durch Angermund. Dieser Stadtteil von Düsseldorf gehörte früher zum Amt Angerland. Also genauer gesagt zu Ratingen, erklärte Nele. Angermund selbst ist schon sehr alt. Dann führte die Straße am Kalkumer Schloss vorbei. Es war aber von der Straße aus nicht einsichtig. Fahr schön langsam, hier wird oft geblitzt. Wir kommen gleich an einem Gymnasium vorbei und überqueren dann Straßenbahngleise. An der nächsten Ampel biegst du links ab.

Robert tat wie ihm geheißen.

Jetzt waren sie in Kaiserswerth. Und schon bald standen sie vor dem richtigen Haus. Hier wohnte Nele. Robert gefiel es auf Anhieb. Es war ein alter Stadtteil, die Straße mit Kopfsteinpflaster. Viele Menschen waren unterwegs. Parkplätze waren Mangelware. Auch Robert musste etwas weiter fahren zum Parken. So ist das immer hier, meinte Nele. Man braucht viel Glück. Aber am Ende der Straße fand sich ein Parkplatz, sogar gebührenfrei.

Beide stiegen aus und nahmen sich in den Arm. Ja, nun bist du bei mir, flüsterte Nele, und sie gaben sich einen etwas längeren Kuss.

Die Sachen wurden ausgeladen, und Nele holte ihren Schlüssel aus der Handtasche und schloss die Haustür auf. Zwei Treppen mussten sie nehmen, und standen dann vor Neles Wohnungstür. Soo, Nele drehte den Schlüssel im Schloss, bitte, hier ist mein Reich.

Ihre Wohnung war hell und freundlich. Ein kleiner Flur führte zu den verschiedenen Räumen. Es gab ein Wohnzimmer, eine Küche. Das Bad befand sich am Ende des Flures. Daneben gab es noch eine Gästetoilette. Und ein offenstehender Raum lag auf der anderen Seite der Küche. Das ist das ehemalige Kinderzimmer. Nele lachte. Hier steht auch ein Besucherbett. Sie sah Robert an. Das ist für Leute, die nicht in mein Bett dürfen.

Robert konnte sich eines kleinen Lächelns nicht erwehren. Aber er verkniff es sich darauf einzugehen. Stattdessen fragte er, wo er denn den Koffer abstellen sollte.

Ach, du Armer, rief Nele, die sich bereits einige Schritte voraus Richtung Wohnzimmer aufgemacht hatte. Nun machte sie kehrt.

Na komm, sagte sie, bring ihn hier ins Schlafzimmer. Und sie öffnete die Tür. Voila! Und da hatte Robert ja das Bett vor sich, in das er hoffentlich Einlass würde finden dürfen, in drei Wochen ...

Doch auch jetzt hütete er sich vor jeglichem Kommentar in dieser Richtung. Schön hast du es, sagte er stattdessen, es ist alles so licht, und so geschmackvoll eingerichtet ... und so ordentlich, nicht so ein Chaos wie bei mir.

Da täusch dich mal nicht, erwiderte Nele, das ist nur, weil ich nochmal gründlich aufgeräumt und sauber gemacht habe, bevor ich nach Hamburg fuhr, aber es kann schon sein, ordentlicher als du werde ich wohl sein, aber chaotisch bin ich auch, du hast mich doch erlebt, sonst würden wir uns wohl nicht so gut verstehen.

Da hast du Recht, sagte Robert, und er musste Nele jetzt unbedingt wieder in den Arm nehmen. Was er auch tat. Chaotisch sind wir beide wohl, und nicht zu knapp, oder vielmehr – spontan. Das wohl eher. Wenn ich bedenke, was wir so alles veranstaltet haben in den letzten Tagen, und wie oft wir Pläne umgekippt haben. Die meisten anderen Menschen hätten eine Krise bekommen. Wir nicht. Und auch darum passen wir so gut zusammen.

Und weil das so ist wie es ist, habe ich, was ich eigentlich vorhatte, auch schon wieder über den Haufen geworfen.

Eigentlich wollte ich mich noch auf einen Kaffee bei dir einladen und deine Sammlung Paperweights bewundern, aber ich glaube ich verzichte sogar auf deine Bildersammlung und breche gleich wieder auf. Dann wird uns der Abschied nicht so schwer.

Aber etwas anderes möchte ich dir jetzt unbedingt noch sagen: Ich hab dich lieb. Und ich weiß, dass du die Richtige für mich bist. Und wenn du mich auch lieb hast und du denkst, dass ich der Richtige bin, dann wird es uns nicht schwer fallen. Der Abschied nicht, und nicht die Trennung. Ach, doch, die ja, das wird schon schlimm genug werden, aber wir werden das schaffen. Weißt du, wenn wir jetzt Teenager wären, ich könnte mir vorstellen, das würde nicht funktionieren, ich weiß es nicht, ich habe es als Teenager nicht erlebt, aber ich denke, das wäre sehr problematisch geworden. Doch wir sind alt genug um damit klar zu kommen. Du, Nele, ich hab dich ganz doll lieb!

Nele sah Robert an. Möchtest du nicht doch wenigstens einen Kaffee? Robert schüttelte den Kopf. Du, Nele, versteh mich doch. Bittend sah er sie an. Und Nele nickte. Ich denke, dass es gut ist, man muss einen Abschied nicht unnötig ausdehnen.
Wir sind alt genug damit umzugehen. Das stimmt. Ich weiß, dass du der Richtige für mich bist. Ich hab dich lieb, Robert, so sehr! Sie hielten sich im Arm und küssten sich. Und ein paar Tränen, die bei Nele nun doch kullerten, wischte Robert ihr aus dem Gesicht. In drei Wochen bin ich wieder hier. Du, und wenn ich gleich im Auto bin, stell ich mir unsere Liebeshymne an.
Über dir - über mir - dieselben Sterne.
Nele brachte Robert zum Auto. Du, bitte fahr vorsichtig, und melde dich sofort, wenn du angekommen bist.
Ein letzter Kuss. Ich hab dich so lieb.
Nele winkte, bis er nicht mehr zu sehen war. Hinter ihr lagen wunderschöne Tage mit Robert, und vor ihr lag eine noch unbekannte Zeit.
Auf jeden Fall mit Robert.

Robert fuhr nach Hause. Neles Musik im Ohr. Vor allem die Stücke, von denen er nun wusste, dass Nele sie besonders mochte, hörte er nun. Und ihre Hymne natürlich. Neles Bild vor Augen. Eine lachende Nele. Ein

Bild, das ihn begleiten würde. Sie war da. Sie liebten sich. Alles war gut.

Dammer Berge legte er eine Pause ein. Trank einen Kaffee, aß ein Stück Kuchen.

Früher, als er Sonya und Franz noch öfters besuchte, hatte er hier regelmäßig angehalten. Es lag etwa halben Weges nach Köln. Nun, nach Düsseldorf, würde es wohl auch so in etwa hinkommen.

Auch mochte er diese Raststätte, die über die Autobahn hinweg gebaut war, besonders gerne. Hier zu sitzen, dem unter ihm dahingleitenden Verkehr zu folgen, losgelöst, als ob er nicht dazu gehörte, für eine kurze Zeitspanne.

Unschlüssig betrachtete er das neben ihm liegende Handy. Nun würde die große Zeit von WhatsApp anbrechen. Warum nicht gleich damit beginnen.

Er öffnete die App und schrieb: Dammer Berge. Ich liebe dich. Und ohne Zögern setzte er wieder das große rote Herz dahinter. Tippte auf den Senden-Pfeil. Und lächelte. Saß da. Und lächelte still vor sich hin. Das Display vor Augen. Zwei blaue Häkchen erschienen. Nele hatte die Nachricht empfangen.

Sie schrieb: Ich liebe dich auch. Fahr vorsichtig. Und ein großes rotes ♥